KB262340

허담 新무협 판타지 소설

고검무산

FANTASTIC ORIENTAL HEROES

고검추산 1

허담 新무협 판타지 소설

초판 1쇄 찍은 날 § 2007년 9월 14일
초판 1쇄 펴낸 날 § 2007년 9월 20일

지은이 § 허담
펴낸이 § 서경석

편집장 § 문혜영
편집책임 § 이재권
편집 § 유경화 · 심재영 · 김규진

펴낸곳 § 도서출판 청어람
등록번호 § 제1081-1-89호
등록일자 § 1999. 5. 31
어람번호 § 제2-1293호

주소 § 경기도 부천시 원미구 심곡1동 350-1 남성B/D 3F (우) 420-011
전화 § 032-656-4452 팩스 § 032-656-4453
http://www.chungeoram.com
E-mail § eoram99@chollian.net

ISBN 978-89-251-0914-5 04810
ISBN 978-89-251-0913-8 (세트)

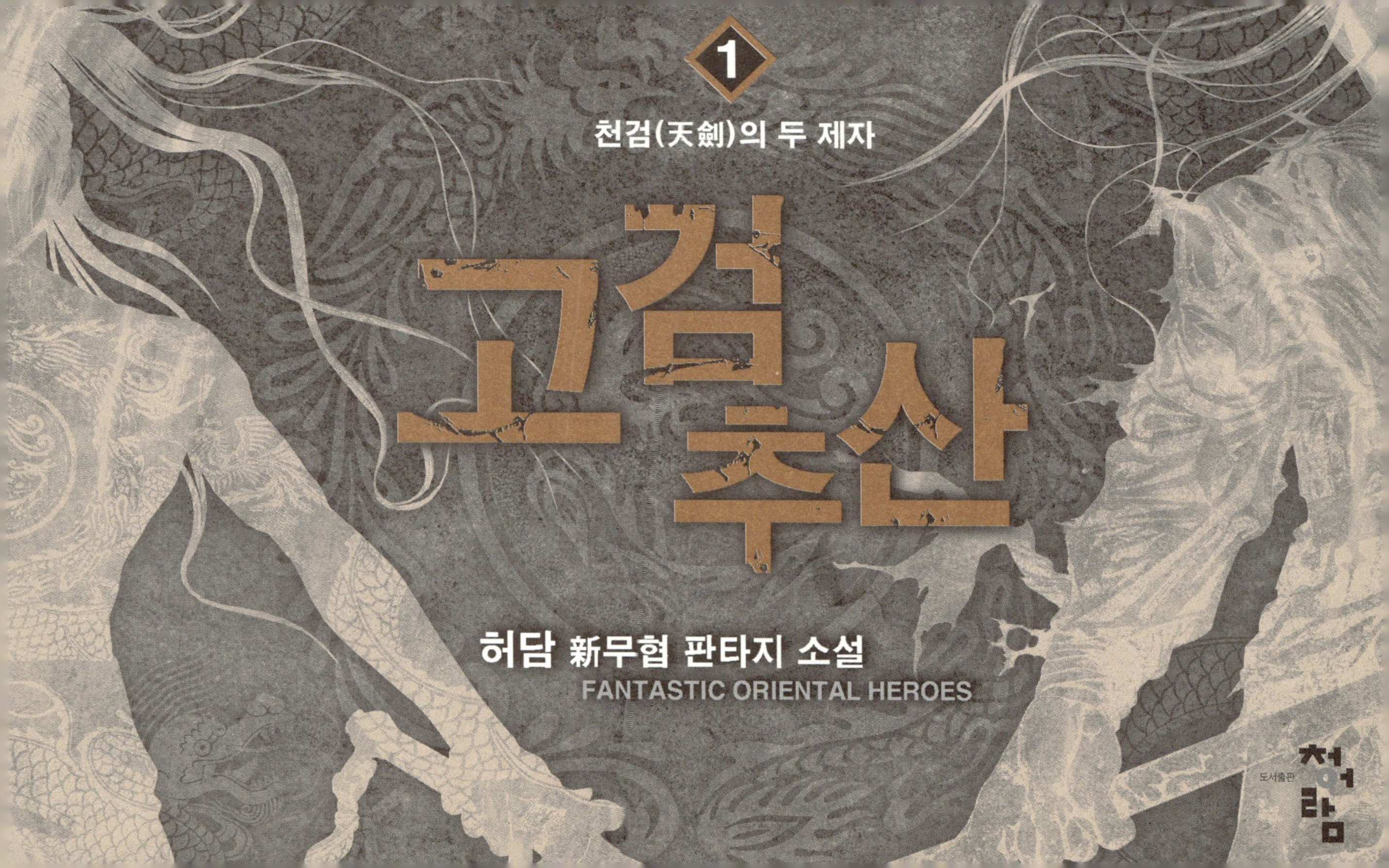

1
천검(天劍)의 두 제자
고검무쌍
허담 新무협 판타지 소설
FANTASTIC ORIENTAL HEROES
도서출판 청어람

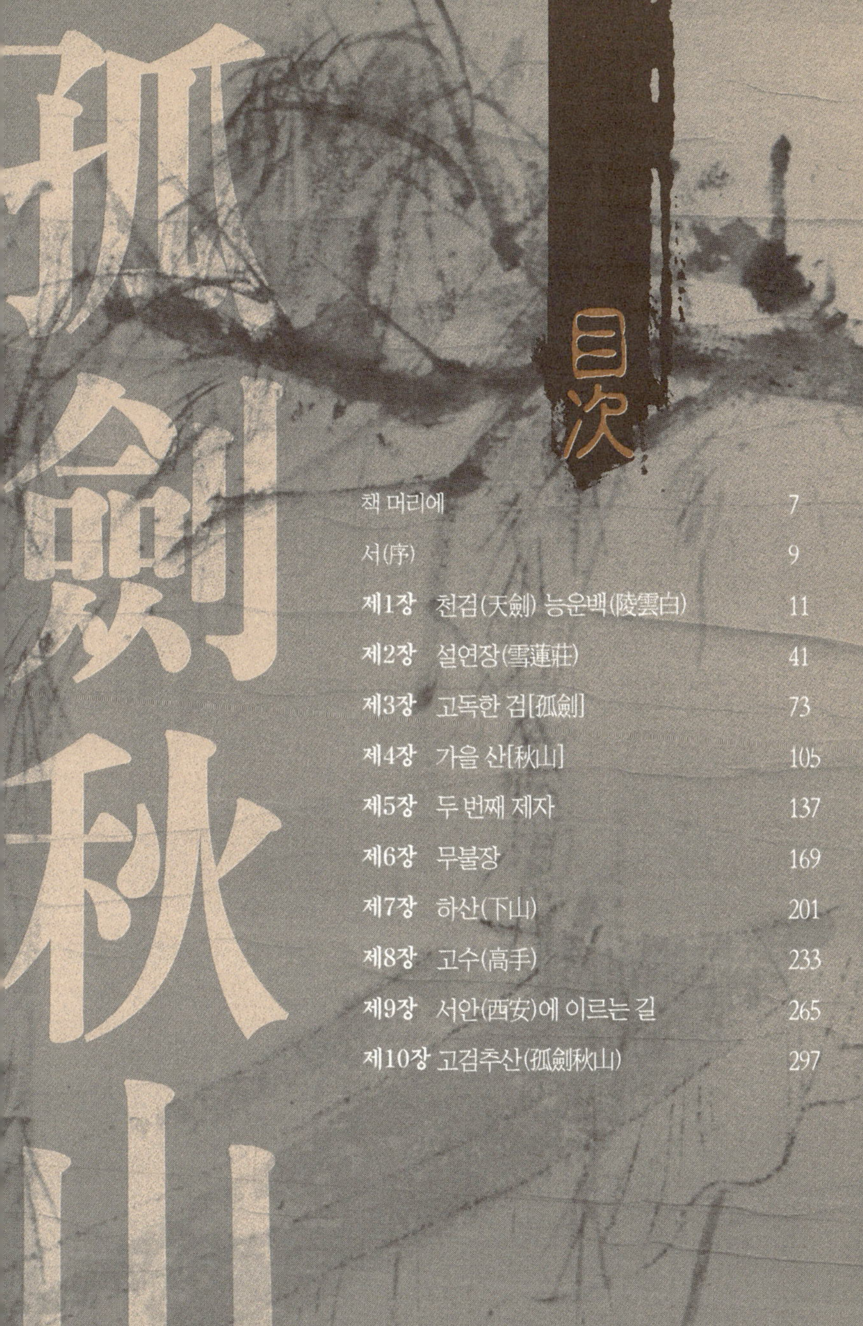

孤劍秋山

目次

　　*고검추산*은 고검과 추산 두 사형제가 청부사로서 강호의 난제들을 해결해 나가는 이야기입니다.

　　따라서 각 권마다 각기 다른 이야기들이 담길 예정입니다. 하지만 사건을 풀어나가는 주인공은 언제나 고검과 추산이죠. 또한 고검추산 전편에 걸쳐 천하사패의 흥망이 함께 전개될 예정입니다.

　　독자 여러분의 많은 성원 바랍니다.

2007년 9월 허담

천하(天下)가 사패(四覇)의 대립으로 혼란스러웠다.

세상이 락해지자 강호(江湖)에 온갖 은원(恩怨)이 넘쳐 났다. 그러자 금전을 받고 도처에 흘러넘치는 강호의 은원을 해결해 주는 일을 업(業)으로 삼는 자들이 나타났다. 그들은 돈이 되는 일이라면 어떤 일이라도 마다하지 않았으므로, 강호인들은 그들을 무공을 팔아 재물을 구하는 돈벌레[黃金蟲]라 부르며 멸시했다.

그런데,
그 비천한 황금충(黃金蟲)의 무리 중에서 천하팔대고수(天下八大高手) 중 한 명이 탄생할 줄 누가 상상이나 했겠는가?

천검(天劍) 능운백(陵雲白)!
천하팔대고수이자 강호제일 청부사의 이름이다.

第一章

천검(天劍) 능운백(陵雲白)

孤劍秋山

쩌저적!

벼락처럼 청색 검기(劍氣)가 공기를 찢어놓았다. 그 일검에 지난 삼 년간 천하를 공포의 도가니로 몰아넣었던 칠마(七魔) 중 최후까지 살아남은 아수마왕(阿修魔王) 음천기(陰天氣)의 목이 땅에 떨어졌다.

세인들이 칠마의 난이라 명명한 전대미문의 혈겁. 장장 육 개월에 걸친 추격전, 칠마의 주 활동 무대였던 북방무림의 패자(覇者) 북천무맹(北天武盟)이 투입한 일급고수(一級高手)만도 이백여 명! 천하 각지에서 몰려든 의협호한(義俠好漢)과 청부금을 노리고 뛰어든 청부사 또한 수백 명에 달하는 대추격전(大

追擊戰)이었다.

　이 지루한 추격전에 종지부를 찍은 고수는, 혹자는 천하팔대고수(天下八大高手) 중 일인이라 부르며 검선을 보듯 추앙하고, 혹자는 그래 봐야 무인의 자존심을 돈에 판 황금충일 뿐이라고 경멸하기도 하며, 그를 잘 알고 있는 사람들은 강호제일의 공처가(恐妻家)라 단언하는 천검(天劍) 능운백(陵雲白)이었다.

　대소(大小) 오십여 회의 청부 중 단 한 번의 실패도 없었던 전설적인 검객 천검 능운백이 북천무맹의 이백 명 절정고수와 수많은 강호의 영웅호걸들에 앞서 아수마왕 음천기의 목을 딴 것이다.

　"이런, 또 한발 늦었군."

　북천무맹 추격대를 이끌고 칠마를 추격 중이던 도(刀)의 달인 풍도(風刀) 가한(可汗)이 장내에 떨어져 내리며 불평을 터뜨렸다.

　"아이는?"

　능운백이 무심한 표정으로 가한을 보며 물었다.

　"데려오고 있네. 그나저나 자넨 이번에도 엄청난 금자를 벌겠군. 아수마왕에게 큰돈을 건 문파만 해도 천하사패(天下四覇)를 포함해 십여 곳, 금자 일, 이천 냥은 너끈히 건질 걸세."

　"그래 봐야 얼마 못 가. 교교와 세 딸년이 어찌나 써대는지 금자 천 냥이래 봐야 일이 년 버티기도 힘들어."

　능운백이 널브러져 있는 아수마왕 음천기의 시신 옆에서 비켜나 커다란 바위에 걸터앉으며 한숨을 내쉬었다.

"이보게, 천검(天劍). 금자 천 냥이면 한 가족이 수십 년은 풍족하게 먹고살 수 있는 금액일세. 그런데 그 많은 재물을 일이 년 안에 써버린다니… 나도 사정을 모르는 바가 아니지만 아무리 그래도 제수씨와 조카 애들의 씀씀이가 너무 헤픈 것 아닌가?"

"그러니 난들 어쩌겠나? 애초에 나같이 늙고 못생긴 위인이 강호제일미라는 교교를 마누라로 얻었을 때에야 그만한 각오는 해야지. 흠, 하지만 딸년들까지 교교를 닮을 줄은 나도 미처 몰랐네."

지친 듯 능운백이 한숨을 내쉬며 대답했다. 그 자신의 말처럼 자세히 보면 이 무림제일의 청부사이자 천하팔대고수인 천검 능운백은 무척이나 추남이었다. 어떤 여인도 그에게 마음을 주기 힘들 만큼.

"천검(天劍), 자네 나이도 이제 적지 않네. 슬슬 은퇴를 생각해야 할 때야. 그런데 지금처럼 지출이 많아서야 어찌 편안한 노후를 보낼 수 있겠는가?"

가한의 말에 능운백이 어두운 얼굴로 고개를 끄덕였다.

"나도 그게 걱정이야. 나야 이미 늙었지만, 교교는 아직 오십도 되지 않았단 말씀이야. 그렇다고 씀씀이를 줄일 교교도 아니고… 딸년들은 딸년들 대로 나이를 먹어가며 점점 더 씀씀이가 커지고. 이것 참, 어찌해야 할지……."

"사업을 확장하는 것은 어떤가?"

"사업을 확장해?"

"요즘은 강호의 청부사들도 무리를 지어 조직적으로 큰 청부를 맡는다고 하더군. 자네도 그럴듯한 현판(懸板)을 내걸고 사람을 모아 일을 하면 어때? 자네의 명성이라면 괜찮은 실력자들이 모여들 걸세."

"음음… 하지만 난 사람들과 어울리는 것을 싫어해서……."

"물론 나도 자네의 성정을 모르는 것은 아닐세. 혼자 움직이는 것을 좋아하는 자네의 성격이 아니었다면 이미 천하사패 중 어느 한곳에 들어앉아 강호무림을 좌지우지하고 있겠지. 하지만 어쩌겠나? 관 속에 들어갈 때까지 자네 손으로 검을 팔아 돈을 벌 수도 없는 일이고. 보게, 사람을 모아 일을 시키면 자넨 앉아서 돈을 벌 수 있어. 일거리는 걱정 말게. 내가 주선함세. 우리 북천무맹에서 나오는 일만으로도 자넨 큰돈을 만질 수 있을 거야."

그러자 천검 능운백이 풍도 가한을 노려봤다.

"흥! 결국 북천무맹의 일에 날 묶어두려는 수작이군."

"부인하지는 않겠네. 하지만 그렇다고 자네가 북천무맹에 구속되는 것은 아니지 않는가? 그리고 이참에 제자도 들이고 말이야."

"제자를?"

능운백이 솔깃한 모습으로 가한을 돌아봤다.

"자네도 이제 후인을 둘 나이가 되지 않았나? 한 칠팔 년 키워서 제자들에게 자네의 사업을 맡기면 자네의 노후야 걱정할

필요가 없지 않겠나?'

"그렇긴 하지만… 내 검공을 이어받을 만한 재능을 지닌 아이를 강호에서 찾을 수 있을까?"

무심코 내뱉은 말이었지만, 그 말속에는 자신의 검공에 대한 완고한 자신감이 내포되어 있었다. 나의 검공을 이어받을 수 있는 인재가 강호에 있을 것인가라는 말을 과연 강호의 고수 중 몇 명이나 입에 올릴 수 있을 것인가?

'흠, 천하팔대고수의 자신감이라는 건가?

자신 또한 대부분의 강호인들이 두려워하는 북천무맹의 절정고수지만, 이 추괴한 노고수가 무심결에 던진 말이 풍도 가한의 가슴에 아프게 파고들었다. 젊은 시절, 두 사람은 뛰어난 후기지수로 동시에 강호에 이름을 날렸지만, 지금에 와서 두 사람의 명성은 하늘과 땅만큼이나 큰 차이를 보이고 있었다.

'제길, 그나마 북천무맹이라는 배경이라도 있으니 이 정도지, 그도 없었다면 나와 천검은 비교조차 될 수 없었겠지.'

풍도 가한이 쓴웃음을 지어 보일 때 일단의 인물들이 장내로 날아내렸다.

"대주!"

장내에 날아내린 자들이 절제된 움직임으로 풍도 가한의 앞에 허리를 숙였다.

"왔느냐?"

천검 능운백과는 제법 부드러운 대화를 나누던 풍도 가한의 입에서 서늘한 음성이 흘러나왔다. 북천무맹 추격대를 이끄는

절대고수의 존재감이 한순간에 드러나는 목소리였다. 비록 그
자신은 천검 능운백에 대한 열등감에 시달리고 있지만, 강호
무림에서 보자면 풍도 가한 또한 수많은 무인들의 동경의 대
상인 것이다.

"아수마왕은 어찌 되었습니까?"

"죽었다."

풍도 가한의 짧은 대답에 질문을 던진 사내의 시선이 자연
스럽게 바위에 걸터앉아 무심한 표정을 짓고 있는 능운백에게
로 향했다.

"역시 천검께서……."

기대를 저버리지 않았다는, 동시에 강자에 대한 자연스런
존경이 어우러진 말이 사내의 입에서 흘러나왔다. 순간 풍도
가한이 살짝 눈꼬리를 찌푸리며 좀 더 차가워진 음성을 흘려
냈다.

"아이는?"

그러자 천검을 바라보던 사내가 시선을 돌려 무리의 뒤쪽을
보고 외쳤다.

"아이를 대주께 데려오라!"

사내의 명이 떨어지자, 그의 뒤에 서 있던 북천무맹 추격대
원들이 좌우로 물러서며 길을 만들었다. 그 길을 따라 검은색
무복의 추격대원 한 명이 십삼, 사 세가량의 소년을 앞세우고
풍도 가한 앞으로 걸어 나왔다.

풍도 가한의 눈길이 소년을 향했다. 하지만 소년의 시선은

풍도 가한이 아닌, 멀찍이 떨어져 앉아 있는 천검 능운백에게
로 향했다. 그런 소년의 모습에 쓴웃음을 흘리며 풍도 가한이
입을 열었다.

"네 청부는 이루어진 듯하구나."

"그는 죽었나요?"

나이에 비해 너무나 침착한 물음이다.

'징그러운 녀석… 아니, 물건인가?'

풍도 가한이 퍼뜩 정신을 차리며 다시 한 번 소년을 바라봤
다. 그리고 다시 소년에게 말을 걸려는 순간 멀리 앉아 있던
천검 능운백이 소년을 불렀다.

"네 청부는 완료됐다. 그는 죽었어. 시신을 확인하고 싶으
냐?"

능운백의 물음에 소년이 다부지게 고개를 끄덕였다.

"어린애가 보기에 별로 좋은 광경이 아닌데……."

"더한 것도 봤어요."

"하긴, 가문(家門)이 칠마(七魔)에 의해 멸문당하는 광경을
직접 목도했으니 음천기의 죽은 모습을 보는 것쯤이야 능히
감당할 수 있겠지. 이쪽으로 오너라."

천검 능운백이 머리를 까딱여 부르자 소년이 망설이지 않고
그의 곁으로 다가갔다. 소년의 뒤에서는 풍도 가한이 자신을
지나쳐 능운백에게 다가가는 소년을 깊은 눈으로 살펴보고 있
었다.

소년이 다가서자 천검 능운백이 앉아 있던 바위에서 엉덩이

를 털고 일어났다. 그리고는 자신 앞으로 다가온 소년을 앞세우고 칠마 중 가장 극악한 고수로 악명을 날린 음천기의 시신이 널브러져 있는 곳으로 향했다.

오른쪽 어깨에서 시작된 검상은 흉부를 지나 왼쪽 옆구리를 통과하고 있었고, 갈라진 살을 통해 흘러나온 검은 피가 어느새 굳어가고 있었다. 그리고 갈라진 살 사이로 언뜻 밖으로 삐져 나올 것 같은 내장들이 비쳤다.

그러나 처참하기 이를 데 없는 시신의 상처보다 보는 사람의 오금을 저리게 하는 모습은 따로 있었다. 이미 이승을 떠난 자임에도 마치 살아 있는 듯 생생하게 부릅떠진 음천기의 두 눈, 세상을 향한 극렬한 분노를 폭멸시키고 있는 음천기의 두 눈은 그의 몸에 남겨진 상흔보다도 수십 배는 더 공포스러운 것이었다. 만약 무림인이 아닌 일반인이 음천기의 마안(魔眼)을 보았다면 아마도 수십 일은 잠을 설치고 음식을 먹지 못할 것이었다.

그런데 그런 음천기의 두 눈을 소년은 또렷이 응시하고 있었다. 만사에 심드렁한 표정이던 천검 능운백조차도 음천기를 바라보는 소년의 모습이 놀랍던지 눈에 한가닥 이채가 스치고 지나갔다.

"그가 맞군요."

"당연하지. 이 천검 능운백이 다른 사람을 베었을 리 없다."

능운백이 아닌 다른 누군가가 이런 말을 했다면 무척 오만하게 들렸겠지만, 능운백의 입을 통해 흘러나오오자 무척 자연스럽게 느껴졌다.

그런 천검 능운백을 보며 소년이 한쪽 가슴을 어루만졌다. 소년의 눈에 한가닥 아쉬움이 깃들었다. 하지만 다음 순간, 소년이 작은 한숨을 내쉬며 어루만지던 가슴 한쪽에서 흰 천에 싸인 물건을 꺼내 들었다.

"여기 약속한 청부금이에요."

흰 천의 여기저기에 혈흔이 묻어 있다. 천검 능운백은 망설이지 않고 소년이 건넨 물건을 받아 들고는 피 묻은 천을 벗겨냈다. 그러자 그 속에서 십여 장의 전표가 모습을 드러냈다.

"정확히 은자 일백 냥이군. 좋아, 이것으로 우리의 거래는 종료됐다."

그러자 소년이 잠시 망설이다가 물었다.

"이곳에 오며 들으니 은자 일백 냥으로는 천검 어른께 청부를 맡기기 불가능하다고 하더군요."

"틀린 말은 아니지."

"그런데 왜 제 청부를 받아주신 거죠?"

"만약 네게 이것 말고 다른 재물이 있었다면 난 당연히 더 많은 청부금을 요구했을 게다. 하지만 너에겐 이 돈이 전부가 아니더냐? 더 이상 내놓을 것이 없는 사람에게 뭘 더 요구하겠느냐? 더군다나 이 일은 네가 나에게 청부를 하기 전에 이미 수많은 곳에서 돈을 건 일이었단 말이지. 그러니 네 청부가 아니더라도 난 이자를 잡으러 왔을 거다. 난 돈이 필요한 사람이거든."

“그랬군요. 어르신 말대로 그게 제가 가지고 있는 돈의 전부지요. 애초에 전 그 돈을 밑천으로 고가장을 다시 세우고 가문의 혈채를 갚으려 했었지요. 천검 어른을 만나기 전까지는 말이에요.”

“결과에 만족하느냐?”

“제 손으로 가문의 원한을 갚지 못한 것은 아쉽지만…….”

“넌 무척 싼 값에 가문의 원한을 갚은 거야.”

“알고 있어요. 그래서 어르신께 큰 은혜를 입었다고 생각하고 있어요. 언젠가 꼭 이 은혜를 갚을게요.”

“음… 그러지 않아도 된다. 적든 많든 어쨌든 난 청부금을 받았으니까.”

천검 능운백이 굳은살이 박인 손으로 소년의 어깨를 가볍게 두드렸다.

“한 가지 물어볼 말이 있어요.”

“말해보거라.”

“저자가 들고 있는 저 검, 제가 가져도 되나요?”

소년의 손이 흉측한 모습으로 시체가 되어 있는 아수마왕 음천기의 오른쪽 손으로 향했다. 그 손에는 한 자루 묵빛 검이 살기 어린 모습으로 들려 있었다. 최후의 순간 무너지는 몸뚱이를 지탱하려 한 듯 검끝을 땅에 꽂은 모습으로 세워져 있는 마검. 천검 능운백의 눈이 서늘한 기운을 흘려냈다.

“마물(魔物)이다!”

“그러면 제가 가질 수 없나요?”

능운백의 말에 소년이 즉시 반문했다. 그러자 능운백이 여전히 서늘한 시선으로 한동안 소년을 바라보다 불쑥 질문을 던졌다.

"내가 듣기로 네 가문이었던 고가장(孤家莊)은 임분(臨汾)에서 제법 유명한 무가(武家)였다지?"

"그래 봐야 저들 칠마(七魔)의 손에 한 시진을 버티지 못하고 말았죠."

"그야 어쨌든 무가의 후손이니 너도 알고 있을 것이다. 검(劍)이란 살아 있는 생물과 같아서 그것이 세상에 나온 이후 살아온 환경에 따라 그 성질이 변한다는 것을 말이다. 저 검은 아수마왕의 손에 의해 천하에 다시없는 마검(魔劍)으로 길들여진 놈이다. 너에게 저 마검의 살기를 제압할 공력이나 심력이 있느냐? 만약 저 검을 제압하지 못한다면 넌 저 검의 마성에 물들어 검의 주인인 아수마왕 음천기와 같은 마인의 길을 가게 될 것이다. 그래도 저 검을 갖고 싶으냐?"

"지금은 아니지만 언젠가는 제가 저 검의 마기를 누를 수 있을 거예요. 반드시."

소년이 어금니를 앙다물었다. 그런 소년을 물끄러미 바라보던 능운백이 천천히 고개를 끄덕였다.

"좋다. 이제부터 저 검은 네 것이다."

"정말인가요?"

"내가 꼬라지는 이래도 한입으로 두말하는 위인은 아니다."

"고마워요."

"뭘, 그깟 마인의 종자가 가지고 놀던 검쯤이야……."

그런데 그때였다. 능운백과 소년의 모습을 지켜보고 있던 풍도 가한이 앞으로 걸어나오며 진중한 음성으로 말했다.

"이보게, 천검(天劍). 정말 저 마검을 그 아이에게 줄 생각인가?"

"듣고 있지 않았나?"

"하지만 자네도 말했듯이 그건 너무 위험한 일이야. 자칫 저 아이의 앞길을 망칠 수도 있네. 그리고……."

"그리고?"

능운백의 반문에 가한이 어렵게 입을 열었다.

"칠마의 시신과 그 유물은 모두 맹으로 회수해 오라는 명이 있었네."

"그거야 북천무맹 추격대가 칠마를 제압했을 때의 이야기지."

"물론 그렇긴 하지만… 난 가급적 맹의 명을 온전히 이행하고 싶다네. 이 일은 맹이나 나 자신에게도 무척 중요한 일이라서 말일세."

"왜, 이 일을 잘 수습하면 북천무맹 원로원의 장로 자리라도 주겠다던가?"

"그럴 수도 있지."

"어, 정말?"

"칠마는 자네가 생각하는 것보다 훨씬 중요한 자들일세."

가한의 말에 본시 가는 능운백의 눈이 더욱 가늘어졌다. 그

러자 추남 중의 추남인 그의 얼굴이 더욱 우스꽝스럽게 일그
러졌다.

"내가 모르는 뭔가가 있는 모양이군."

"더 이상은 나도 말할 수 없네."

"나에게조차 말을 아낄 정도면 정말 중대한 일인가 보군. 하
지만 그렇다고 해서 내가 이 아이에게 아수마왕의 마검을 주
는 일을 막지는 못하네. 자네도 알다시피 음천기의 목을 벤 사
람은 나니까 말씀이야. 물론 시신은 자네에게 넘기겠네. 자네
는 시신을, 이 아이는 마검을, 그렇게 나누도록 하세."

그러자 가한이 씁쓸한 표정으로 대답했다.

"천하팔대고수인 천검의 말을 어찌 내가 거부할 수 있겠나.
시신이라도 얻은 것을 고맙게 생각해야지."

"끌끌, 그렇게 자조한 것 없네. 이번에는 내가 한번 빚을 진
것으로 해두게."

그러자 풍도 가한의 표정이 대번에 바뀌었다.

"정말인가?"

"물론!"

"하하하! 좋아. 그렇다면 그리 손해나는 장사가 아니지. 까
짓 마검쯤이야 천검 능운백의 손을 한번 빌릴 기회에 비할 반
가?"

"쩝, 어째 내가 손해를 보는 느낌이군. 그나저나 어디 저 마
검이나 구경해 볼까?"

능운백이 헛소리를 내며 한쪽 손을 뻗자 기우뚱하니 아수마

왕 음천기의 몸을 지탱하고 있던 마검이 그의 손에서 벗어나 허공으로 둥실 떠올랐다.

"아!"

그 신비로운 모습에 소년의 입에서 자신도 모르게 탄성이 흘러나왔다. 소년만이 아니었다. 그 모습을 지켜보고 있던 풍도 가한과 북천무맹 추격대 고수들의 눈에도 경탄의 기색이 역력했다.

능운백이 손목을 다시 한 번 까딱였다. 그러자 부드럽게 허공으로 떠오른 아수마왕 음천기의 마검이 천천히 능운백의 손아귀로 빨려 들어왔다.

"음……."

순간 능운백의 입에서 작은 신음성이 흘러나왔다.

"고약한 놈이로다."

능운백이 음천기의 마검(魔劍)을 눈앞에 들어 올리며 욕지거리를 내뱉었다. 동시에 공력을 끌어올렸는지 그의 손 어귀에 뿌연 안개 같은 것이 피어오르기 시작했다. 그렇게 얼마의 시간이 흘렀을까. 짙은 묵색이던 마검의 검신에 작은 변화가 생겼다. 너무 검어 투명할 정도였던 마검의 빛깔이 어느새 투박한 검은색으로 변해 있었던 것이다. 마치 검에서 생명력이 사라진 것처럼.

"옜다. 이 정도면 네가 가지고 있을 만할 거다."

그렇게 마검의 빛깔을 변화시킨 능운백이 마검을 소년에게 내밀었다. 그러자 소년이 굳은 표정으로 천천히 마검을 잡아졌다.

"앗!"

그런데 소년의 손이 마검의 손잡이에 닿는 순간 소년의 입에서 한마디 경악성이 터져 나오며 재빨리 마검에서 손을 떼어놓았다.

"다시 한 번 잡아보거라. 심호흡을 하고 천천히……."

천검 능운백이 놀란 눈으로 마검을 바라보는 소년에게 재차 검을 잡을 것을 권했다. 그러자 소년이 길게 호흡을 가다듬고는 다시 검을 잡아가기 시작했다.

"아……!"

다시 소년의 입에서 탄성이 흘러나왔다. 하지만 이번에는 검을 놓고 뒤로 물러서지 않는 소년이었다.

"검이 왜 이렇게 차갑죠?"

소년이 물었다.

"넌 그것을 차갑다고 느끼는 모양이다만, 공력이 일정한 수준에 이른 고수라면 그걸 차갑다고 하지 않고 살기가 느껴진다고 할 게다."

"살기요?"

"오냐. 그 마검은 음천기의 손에서 수백 명의 피를 흡수한 살검이다. 그러니 살기가 충천한 것은 당연한 일이다."

능운백의 설명에 소년이 이해가 간다는 듯 고개를 끄덕였다.

"네가 그 검의 살기를 이기고 그 검을 온전히 네 것으로 만

들려면 아마도 오랜 세월이 필요할 것이다.”

그러자 소년의 눈에서 한가닥 불꽃이 피어올랐다.

“전 반드시 이 검을 나의 검으로 만들고야 말겠어요.”

소년의 다짐에 능운백이 고개를 끄덕였다.

“오냐. 꼭 그리하거라. 사내로 태어났으면 그 정도 기백은 있어야지.”

“하지만 의지만으로 그 검을 네 것으로 만들 수는 없는 일이다.”

한쪽에 서서 두 사람을 바라보던 풍도 가한이 불쑥 두 사람의 대화에 끼어들었다.

“그럼 뭐가 필요하죠?”

“좋은 무공과 좋은 스승이 필요하지.”

“좋은 무공과 좋은 스승이요?”

“그렇다. 그 검의 살기를 제어하려면 보통의 무공으로는 불가능할 것이다.”

순간 소년의 얼굴이 어두워졌다.

“우리 고가장의 무공으로는 어렵겠지요?”

“내가 네 가문의 무공을 정확히 알지 못하니 뭐라 말하긴 어렵구나. 하지만……”

풍도 가한이 말꼬리를 흐렸다. 소년의 가문이 칠마에게 저항 한번 제대로 못하고 멸문한 사실에 비춰보면 그 가문에 전해지는 무공으로 아수마왕 음천기의 검에 서린 살기를 제어하기는 어려울 것이 당연했다.

"그럼 이제부터 전 좋은 스승을 찾아봐야겠군요. 좋은 스승을 찾으면 당연히 좋은 무공도 가지고 계실 테니까요."

소년의 말이 끝나는 순간 능운백과 가한의 눈빛이 동시에 반짝였다.

"내가 좋은 스승을 알고 있는데 소개시켜 주랴? 사실 강호에 기인이사가 모래알처럼 많다지만 그중에서 그 마검의 살기를 누를 정도의 무공을 가지고 있는 사람은 그리 흔치 않거든. 너만 좋다면 내가 그런 사람을 소개시켜 주마. 어떠냐? 날 따라가겠느냐?"

풍도 가한이 슬쩍 혀로 입술을 적시며 물었다. 그러자 소년이 고개를 갸웃거리더니 천검 능운백을 보며 물었다.

"어르신의 생각은 어떠세요?"

"물론 북천무맹의 풍도 가한이라면 믿어도 좋다. 그는 정말 너에게 좋은 스승을 소개시켜 줄 수 있을 것이나. 아니면 그 스스로도 좋은 스승이 될 수 있겠지."

그러자 소년이 다시 곰곰이 생각에 잠겼다. 그러더니 불쑥 고개를 들며 입을 열었다.

"어르신은 어떤가요?"

"나?"

갑작스런 소년의 질문에 능운백이 손가락으로 자신을 가리켰다.

"네, 어르신께서 제게 무공을 가르쳐 주실 순 없나요? 어르신은 이 검의 주인을 제압하신 분이잖아요."

"음… 가만있자, 제자라……."

천검 능운백이 손으로 턱을 쓸며 생각에 잠겼다. 그러다가 문득 풍도 가한을 보며 입을 열었다.

"이보게, 풍도. 자네의 말이 씨가 된 것 같구먼."

"설마 이 아이를 제자로 들이겠다는 말인가?"

"자네가 말했듯이 이제 내 나이도 적지 않아. 후인을 두어 노후를 대비할 때지. 그리고 일단 제자를 들이기로 한다면 이 아이만큼 근골이 좋은 아이를 어디서 구할 수 있겠는가? 자네도 이미 이 녀석의 재능을 알아보았겠지?"

"제길. 이보게, 천검. 이 아이에게 먼저 제안을 한 것은 나야."

"하지만 아이가 원한 사람은 날세."

두 사람의 시선이 허공에서 맹렬하게 엉켜들었다. 그러다 한순간, 풍도 가한이 소년을 돌아보며 다급하게 입을 열었다.

"이것 봐라, 아이야. 날 따라가면 좋은 스승과 강한 무공을 얻을 수 있을뿐더러 천하에서 가장 강대한 세력을 가진 조직의 일원이 될 수 있단다. 그리고 시간이 지나 네가 내 나이 때쯤 되면 넌 아마도 그 조직의 우두머리가 될 수도 있을 게다. 그러니 날 따라가도록 하자꾸나."

"사실인가요?"

소년이 능운백에게 물었다.

"물론 사실이다. 북천무맹은 천하사패 중 한곳이니까."

"어르신의 제자가 되면 어떻게 되는 거죠?"

“물론 난 북천무맹과 같이 큰 힘을 가진 조직에 속한 사람은
아니다. 하지만 날 따라간다면 천하에서 가장 강한 무공 중 하
나를 배울 수 있을 것이고, 또 어느 곳에도 얽매이지 않고 자유
롭게 강호를 종횡하는 삶을 살 수 있을 것이다. 난 네게 날 따
라가자고 설득할 생각은 없다. 네가 원하는 대로 선택하거라.”
　　그러자 소년이 다시 생각에 잠겼다. 그리곤 한참 후 천천히
입을 열었다.
　　“전… 어르신을 따라갈래요.”
　　풍도 가한의 얼굴이 쓴 약을 삼킨 사람처럼 일그러졌고, 천
검 능운백의 추레한 얼굴에 작은 미소가 떠올랐다.

＊　　　　＊　　　　＊

　　삼 년간 강호를 진동시킨 칠마의 난이 종식됐다. 칠마의 시
신은 수개월간 칠마의 추격에 나섰던 북천무맹 추격대에 의해
모두 북천무맹으로 옮겨졌다. 하지만 정작 강호의 풍문을 타
고 떠도는 소문은 북천무맹 추격대의 활약상이 아니라 한 절
대검객의 이름이었다.
　　천검(天劍) 능운백. 개천에서 용이 날 수도 있다는 것을 보
여준 강호팔대고수 중 일인인 바로 그였다.
　　사실 천검 능운백이 칠마를 제거했다는 사실 자체는 그리
놀라운 일이 아니었다. 다만 이번 추격전에는 천하사패의 하
나인 북천무맹의 이백여 고수가 참여했기에 과연 현상금을 노

리는 천검이 북천무맹의 추격대에 앞서 칠마를 제거할 수 있을지가 강호인들의 관심사였을 뿐이다. 그리고 그 결과는 천검 능운백의 청부사에 또 하나 화려한 경력을 더하는 것으로 종결되어진 것이다.

그렇게 칠마의 난이 종식되고 세간의 소문도 잠잠해질 무렵, 계절은 깊은 겨울로 들어서 있었다. 천검 능운백과 그의 제자가 된 소년은 선계로 들어서는 관문인 듯한 기경(奇境)의 설산(雪山)을 오르고 있었다.

"후훅……!"

소년의 입에선 연신 거친 숨소리가 흘러나왔다. 입을 통해 흘러나온 체내의 따뜻한 공기는 몸을 벗어나자마자 흰 서리로 변해 푹 눌러쓴 소년의 털모자에 서리가 되어 매달렸다. 혹한의 추위가 산을 오를수록 더해가고 있었다.

하지만 소년의 앞에서 길을 가고 있는 천검 능운백은 소년과 달리 무척 여유로운 모습이었다. 그의 입에서는 뜨거운 입김이 새어 나오지 않았고, 두 팔을 허리 뒤로 둘러 잡고 산길을 오르는 모습은 산보를 나온 사람처럼 가벼웠다.

"이제 조금만 더 가면 된다. 힘을 내거라."

능운백이 걸음을 멈추지 않고 소년에게 말을 걸었다.

"전 괜찮습니다, 스승님!"

능운백의 말에 답하는 소년의 태도가 아수마왕 음천기를 제거하던 당시보다 훨씬 정중하고 조심스러웠다. 천검 능운백을 스승으로 모셨으니 어찌 보면 당연한 변화였다.

“검(劍)아, 승천공(昇天功)의 수련은 진척이 있느냐?”

“제자가 불민하여 아직 큰 진보를 보지 못하고 있습니다.”

소년이 얼굴을 붉히며 머리를 조아렸다. 그러자 능운백이 가던 길을 멈추고는 소년을 돌아보며 손을 들어 가볍게 소년의 등을 토닥였다.

“급하게 생각지 말거라. 본시 승천공은 그리 쉽게 정수를 얻을 수 있는 무공이 아니니라. 서두르지 말되 게으르지도 말거라. 꾸준히 수련하다 보면 언젠가 승천공의 정수를 깨닫는 날이 올 것이다.”

“알겠습니다, 스승님. 그런데 얼마나 더 가야 하나요?”

“거의 다 와 간다. 저기 보이는 산등성이를 넘으면 곧 설연장(雪蓮莊)이 나올 것이다.”

“설연장에는 몇 명이나 살고 있는지요?”

“뭐, 그리 많지는 않단다. 네 사모와 세 명의 딸아이, 그리고 설연장의 살림을 맡아보는 다섯 명의 식솔이 전부니라.”

능운백의 말에 소년의 파랗게 언 얼굴에 호기심이 어렸다.

“어떤 분들인지 빨리 만나보고 싶습니다.”

그러자 천검 능운백의 입에서 작은 한숨이 흘러나왔다.

“휴… 모두 좋은 사람들이란다.”

“혹 제가 오는 것을 싫어하지는 않을까요?”

“그렇지는 않을 거다. 교교는 항상 내가 제자를 들일 때가 지났다고 말했으니까 내가 제자를 들인 것을 알면 무척 기뻐할 거다. 사실 교교는 나와 혼인한 이후 사내아이를 낳기 원했는데 계속해서 딸만 셋을 낳았기 때문에 심중으로는 무척 서운해하고 있단다. 해서 아마 내가 널 제자로 들인 것을 알면 아들을 얻은 듯 기뻐할 것이다. 또한 네 사저가 될 딸아이들도 심성이 악하지 않으니 널 환영할 테고……."

그렇게 말을 하면서도 능운백의 표정은 그리 밝지 않았다. 그러자 소년이 능운백의 얼굴을 살피며 조심스럽게 물었다.

"그런데 스승님, 무슨 걱정이라도 있으신지요?"

"으음… 아니다. 그나저나 검아."

"예, 스승님"

"내가 설연장에 도착하기 전에 미리 해둘 이야기가 있구나."

"하교하십시오, 스승님."

"음… 네 사모와 사저들은 심성이 무척 따뜻한 사람들이란다. 하지만 한 가지 단점을 가지고 있지."

"단점이라시면……?"

"음, 그것은 네 사람 모두 무척 낭비가 심한 사람들이란 것이다."

그러자 소년이 빙그레 미소를 지었다.

"원래 여인들이란 조금씩 낭비벽이 있는 모양입니다. 저희 어머님과 이모님들도 가끔 귀한 보석들을 사들이곤 해서 항상 아버님께 꾸중을 듣곤 하셨지요."

소년의 말에 능운백이 천천히 고개를 저었다.

"휴, 보통 여인들의 씀씀이라면 내가 어찌 너에게 이런 말까지 하겠느냐? 네 사모와 사저들의 씀씀이는 네가 생각하는 것 이상이란다."

그러자 소년의 표정이 조금 변했다. 도대체 얼마나 대단한 씀씀이기에 천하팔대고수 중 한 명이라는 사부가 이리 한숨을 내쉬는 것일까?

"검아, 이번에 내가 칠마를 제거하고 번 돈이 얼마나 되는지 아느냐?"

"자세히는 모르지만 천하사패를 포함해 천하의 대부호들이 칠마에게 건 현상금은 일천 냥이 넘는 줄 압니다."

"잘 알고 있구나. 네 말대로 이번 칠마의 난은 워낙 그 피해가 극심했으므로 그들에게 걸린 현상금은 금자로 일천 냥이 넘는 것이었다. 그리고 그동안 난 칠마의 난에 큰 현상금을 내놓은 곳을 찾아가 현상금을 받아냈지."

물론 소년은 그동안 능운백과 함께 움직였으므로 그의 움직임을 잘 알고 있었다.

"그래서 거둬들인 현상금이 정확히 금자 일천육백 냥이다."

"와, 생각보다 많군요."

"나도 일천 냥이 넘을 것은 예상했지만 이렇게 많은 금자가 들어올 것이라곤 생각지 못했다. 하지만 이 일천 냥이 넘는 금자도 아마도 이 년을 넘기 못하고 모두 없어질 것이다."

"예?"

소년이 놀란 눈으로 능운백을 바라봤다.

"어때, 놀랍지? 네 사모와 사저들의 씀씀이가 바로 그러하

니라. 일천 냥의 금자로도 일, 이 년을 버티기 힘들지. 그리고
그 네 사람은 자신들이 쓸 금자가 떨어지면 여간 날 들볶는 것
이 아니란다. 해서 아마도 난 얼마 지나지 않아 다시 이 설연
장을 떠나 강호로 나가야 할 거야. 미리미리 그 네 모녀가 쓸
돈을 마련해야 하니 말이다."

"그건… 그건 너무 지나치군요. 그런데 스승님은 그분들이
그렇게 금자를 낭비하도록 허락하신단 말인가요?"

소년이 안색을 굳히며 물었다. 그러자 능운백이 추레한 얼
굴에 한 자락 미소를 지으며 대답했다.

"물론 난 그녀들에게 아무런 말도 하지 못한단다."

"하지만 조금만 낭비를 줄이면 스승님께서 그렇게 바쁘게
돌아다니지 않으셔도 풍족한 생활을 할 수 있을 텐데요."

"물론 그렇겠지. 하지만 난 그녀들에게 씀씀이를 줄이라는
말을 도저히 할 수가 없단다."

"왜요?"

"그것은 그 네 사람이 그런 사치를 즐겨도 좋을 만큼 충분히
아름답기 때문이지."

"네?"

소년은 아름답기 때문에 일, 이 년에 금자 일천 냥을 써버려
도 좋다는 능운백의 말이 선뜻 이해가 가지 않아 되물었다.

"허허, 물론 너로서는 이해가 가지 않는 이야기겠지. 하지만
이제 곧 너의 사모를 보면 내가 한 말을 이해할 수 있을 것이
다. 네 사모는 과거 천하제일미로 불렸단다. 강호의 숫한 영웅

호걸들이 교교의 뒤를 쫓아다녔지. 그리고 그 대부분의 사람들은 교교가 일 년에 금자 일천 냥이 아니라 오천 냥을 써도 너끈히 교교의 뒤를 받쳐 줄 만한 재력이 있는 사내들이었다. 그런데 교교는 그들을 거부하고 나를 택했다. 이 못생긴 사부를 말이다. 그러니 내가 어찌 그런 교교에게 씀씀이를 줄이라 말할 수 있겠느냐? 천하제일미를 부인으로 두려면 이 정도의 수고야 감수해야 하지 않겠느냐? 내가 천하제일미남이 아닌 다음에야 말이야."

소년은 능운백의 말이 선뜻 이해가 가지 않았으나 더 이상 사부의 말에 토를 달지 않았다. 왜냐하면 비록 능운백이 자신의 부인과 딸들의 낭비벽에 혀를 내두르기는 해도 그의 말을 가만히 들어보면 그 스스로 그녀들을 위해 금자를 구하러 다니는 일을 그리 싫어하지 않는 것 같았기 때문이다.

"해서 넌 일 년의 반 정도는 이곳에서 홀로 무공을 익혀야 한다. 그리할 수 있겠느냐?"

"스승님과 함께 다니면 안 되는지요?"

소년의 말에 능운백이 고개를 저었다.

"네가 나와 함께 금자를 구하러 다니는 것은 아직 무리다. 알다시피 이 사부는 큰돈을 벌어들여야 하기 때문에 무척 험한 일들을 맡는 편이지. 넌 아직 무공을 완성하지 못했으니, 그런 위험한 곳에 함께 다닐 수는 없다. 일단 이 설연장에서 무공을 완성할 때까지 수련을 하도록 하거라. 강호 출도는 그 이후에 생각토록 하자꾸나."

"알겠습니다, 스승님!"

소년이 순순히 능운백의 말을 받아들였다.

"그래, 고집을 피우지 않으니 대견하구나. 내가 보건대 넌 재능이 뛰어난 아이야. 아마도 칠팔 년만 수련하면 강호에서 네 한 몸 건사하는 것은 큰 무리가 없을 것이다. 자, 이제 그만 가자꾸나."

능운백이 소년의 등을 토닥이며 다시 길을 재촉했다. 순간 설산의 추위에 얼어 있던 소년의 몸에 따스한 온기가 피어오르기 시작했다.

'아, 스승님은 정말 대단한 분이야. 어떻게 한두 번 등을 두드려 주신 것만으로 이렇게 몸이 따뜻해질 수가 있는 거지?

소년은 자신의 몸을 파고들던 한기가 달아나는 것을 느끼며 이미 몇 걸음 앞서 나가고 있는 능운백을 존경을 담은 눈으로 바라봤다. 그리곤 서둘러 걸음을 옮기기 시작했다.

반 시진이 지나지 않아 두 사람은 그들이 이야기를 나눴던 곳에서 바라보이던 산등성이를 넘어서고 있었다.

"와!"

그리고 산등성이를 넘어서는 순간 소년의 입에서 자신도 모르게 탄성이 흘러나왔다.

설산의 안쪽. 선계의 풍광을 간직한 곳에 한 채의 장원이 백설 속에 조용히 들어앉아 있었다. 장원의 지붕 또한 눈으로 덮여 있어 장원은 그 자체로 설경의 일부분을 이루고 있었다.

장원 주변으로는 수백 척 높이의 산들이 병풍처럼 둘러서 있었고, 장원으로부터 그리 멀리 떨어지지 않은 곳에는 한겨울 추위에 얼어붙은 얼음 폭포가 투명한 햇볕을 반사시키고 있었다.

"사람들은 이곳을 설연장이라고 부른단다. 눈 속에 핀 한 송이 연꽃과 같다고 해서 붙여준 이름이지. 물론 설연장은 사시사철 어느 계절이라도 아름다운 곳이지만, 그중에서도 겨울의 풍경이 가장 볼만하기에 그런 이름이 붙은 것이다. 어때, 지낼 만하겠느냐?"

"정말 아름다운 곳이에요, 스승님."

소년의 목소리에서 오랜만에 어린아이의 치기가 느껴졌다.

"마음에 든다니 다행이구나. 자, 어서 가자. 아마도 교교와 아이들이 날 무척 기다리고 있을 거야. 예정보다 열흘가량 늦었으니 말이다. 물론 날 기다리는지 내 품속에 든 전표를 기다리는지는 모르지만. 후후."

능운백의 말에 소년과 능운백이 서로를 마주 보며 한차례 미소를 지어 보이고는 설경 속 장원을 향해 걸음을 옮기기 시작했다. 잠시 후 두 사람의 모습이 한 폭의 설경 속으로 사라졌다.

第二章
설연장(雪蓮莊)

孤劍秋山

　소년이 설연장에 머문 지 일곱 해 겨울이 지났다. 소년은 어느새 청년으로 변해가고 있었다.

　새벽 찬바람 속에서 소년은 투명한 얼음에 비친 자신의 얼굴을 들여다보고 있었다.

　사내가 되었음을 말해주는 굴강한 턱 선과 거뭇한 코밑의 수염, 금강석처럼 단단해 보이는 근육, 그리고 무엇보다도 깊어진 눈이 그곳에 있었다. 굳이 입을 열지 않아도 그 속에 들어앉아 있는 대쪽 같은 기개가 드러나는 얼굴이었다. 다만 얼굴 한편에는 사람의 마음을 아리게 만드는 그늘이 존재했는데, 그것이 또한 소년의 분위기를 좀 더 강렬하게 만들고 있었다.

　한겨울임에도 소년은 웃통을 벗어 던진 채 자신의 상체를 매서운 겨울바람 앞에 드러내 놓고 있었다. 꿈틀거리는 근육을 타고 하얀 김이 솟아올랐다. 소년의 두 손에는 짙은 묵빛 검이 들려 있었다.

소년은 아주 오래전부터 그 자리에 서 있던 바위처럼 움직임없는 동작으로 눈앞의 얼음을 응시하고 있었다. 얼음은 수십 척 폭포의 일부분으로, 폭포는 사계절 소년의 수련 장소로 이용되는 곳이기도 했다.

"고검(孤劍)!"

갑자기 소년의 등 뒤 멀리서 여인의 목소리가 들려왔다. 하지만 소년은 어떤 움직임도 보이지 않았다. 그는 여전히 얼어붙은 듯 그 자리에 서 있었다.

"고검, 밥 먹을 시간이야! 그만 하고 어서 내려와! 어머니가 기다리셔!"

여인이 짜증 섞인 목소리로 다시 한 번 소리를 지를 때에야 소년의 몸에 움직임이 생겨났다.

기잉!

소년이 들고 있던 묵빛 검에서 괴이한 소리가 흘러나왔다. 어떻게 들으면 투명한 바람 소리 같기도 하고, 또 달리 생각하면 음산한 신음 소리 같은 것이기도 한 소리. 그 괴이한 검음을 토해내며 소년이 들고 있던 검이 새벽 공기를 뚫고 폭포의 빙벽을 향해 그어졌다.

삭!

그러자 마검이 소년의 시선이 머물던 투명한 얼음의 한 지점을 미세한 소음과 함께 통과했다. 그리고 다음 순간, 소년의 몸은 어느새 자신을 부르는 여인 쪽을 향해 돌아서 있었다.

"지금 갈게, 능 매!"

소년의 입에서 굵직한 목소리가 여인을 향해 흘러나갔다. 이제 소년은 소년이라 부르는 것이 어려운 사내가 되어 있었던 것이다.

"이봐, 고검(孤劍). 내가 언제까지 널 부르러 이 추위에 이곳으로 와야 하는 거니? 때가 되면 알아서 들어올 수는 없는 거야? 그리고 내가 왜 네 능 매니? 우린 동갑이라구!"

이제 청년으로 변한 사내의 이름은 고검(孤劍). 과거 칠마의 난 때 인연을 맺어 천검 능운백의 제자가 된 아이였다. 그런 고검을 향해 두 손을 허리에 올린 채 눈에 쌍심지를 켜고 잔소리를 늘어놓는 여인은 능천화라는 이름을 가진 능운백의 세 딸 중 맏이였다.

사슴처럼 큰 눈과 시원하게 그려진 얼굴선, 키는 다른 여인보다 조금 큰 편이었지만 그것이 오히려 능천화의 미모를 더욱 돋보이게 한다. 다행스럽게도 능천화와 그녀의 두 동생은 아버지 능운백이 아닌 어머니 교교를 닮아 강호에 나선다면 당장이라도 수많은 영웅호걸들이 따라붙을 만큼 아름다웠다. 하지만 그녀의 입은 그녀의 미모만큼 아름답지만은 않았다.

"미안해, 능 매. 내가 그만 또 시간 가는 것을 잊어버렸구나."

"흥! 계속 능 매라네? 어쨌든 그렇게 열심히 수련하니 조만간 강호에 또 하나의 천검이 등장하겠군."

능천화가 뒤틀린 심기가 풀리지 않는 듯 한껏 비꼰 말투로 고검에게 쏘아댔다.

"그럴 리가 있겠어? 난 이제 겨우 마검을 잡기 시작했는데. 사부님의 경지에 도달하려면 아마도 수십 년은 걸릴 거야."

"나도 진심으로 한 말은 아니었어. 자, 가서 밥이나 먹자고. 배고파 죽겠어."

"먼저 먹지 그랬어?"

"흥, 달린 입이라고 잘도 말하는군. 이봐, 고검. 어머니는 네가 없으면 절대 식사를 하지 않는다는 것을 몰라서 하는 말이야?"

"아, 그렇군. 미안해, 능 매."

"흥, 됐어. 뭐, 어쩌겠어. 나와 두 동생이 남자로 태어나지 못한 것이 잘못이지. 이거야 들어온 돌이 박힌 돌을 빼낸다더니 우리 설연장의 상황이 딱 그 꼴이라니까."

능천화가 재차 투덜거리며 설연장을 향해 발걸음을 옮기자 고검이 한차례 미소를 지어 보이고는 이내 그녀의 뒤를 따르기 시작했다.

"그나저나 수련을 하려면 조용히 할 것이지, 왜 애꿎은 폭포는 저 지경으로 만들어놔? 보기 좋던 빙벽이 아주 흉물스러워져 버렸잖아."

조금 앞서 가던 능천화가 다시 한차례 불평을 쏟아내며 슬쩍 고개를 돌려 고검이 서 있던 폭포의 빙벽을 바라봤다.

"미안해, 사매."

"매일 미안하다는 말은……. 어서 가기나 하자고."

두 사람의 모습이 이내 백설을 가득 이고 있는 나무들 사이로 사라졌다. 그러자 폭포 근방에 금세 고요가 찾아들었다. 오로지 수백 가닥의 검선이 어지럽게 그어진 높다란 빙벽만이 그 자리에 우뚝 서 있었다.

"왔느냐? 그래, 수련은 진보가 좀 있고?"

천하에서 가장 아름다웠던 여인의 입이 열렸다. 세월이 흘렀지만 여인은 여전히 아름다웠다. 흑과 백이 절묘하게 조화를 이룬 머리에서는 은은한 향기가 흘러나오는 것 같았고, 약간 살이 올라 보이는 얼굴은 오히려 여인의 풍모를 한층 우아하게 만들어주고 있었다.

"기다리시게 해서 죄송합니다, 사모님."

고검이 설연장 아래 한 폭의 그림 같은 설경이 내려다보이는 당상에 아침상을 차려놓고 자신을 기다리고 있는 초로의 여인에게 고개를 숙여 보였다.

"죄송할 게 무에 있겠느냐? 네가 게으름을 피우다 늦은 것도 아니고 밤낮으로 수련하느라 그런 것을. 아직 눈곱도 떼지 않고 식충(食蟲)처럼 입에 밥 들어가기만을 기다리는 것들하고는 애초에 다른 것이지."

순간 여인의 양옆에서 날카로운 고함 소리가 들려왔다.

"엄마!"

"어머니!"

“왜, 내가 틀린 말이라도 했느냐?”

초로의 여인이 양옆에서 억울한 눈으로 자신을 향해 소리치는 두 소녀를 돌아보며 차가운 목소리로 말했다.

두 소녀의 이름은 능지화와 능인화. 모두 능운백과 교교 사이에서 태어난 여인들로 아직 피어나지 않은 꽃송이와 같은 청초한 아름다움을 간직한 소녀들이었다. 능지화는 그나마 세 딸 중 조신한 면이 있는 소녀로 그 생김새는 언니의 시원스런 생김새와 달리 부드러운 선을 만들어내고 있었고, 가장 막내인 능인화는 동글동글한 생김새로 세 딸 중 가장 활달한 성정을 지닌 소녀였다.

“엄마는 왜 맨날 검이 오빠만 좋아하세요?”

초로의 여인에게 반발한 두 명의 소녀 중 좀 더 어린 소녀가 앙칼진 목소리로 따져 물었다.

“지금 그걸 말이라고 물어보는 것이냐? 밤낮을 가리지 않고 수련에 열중하는 검이와 밤낮을 가리지 않고 자빠져 자고 돈 쓸 궁리나 하는 너희들 중 내가 누굴 더 예뻐하겠느냐?”

“하지만 검이 오빠가 오기 전에는 저희들을 이렇게 구박하지 않았잖아요. 사실 돈을 쓰는 것도 다 어머니에게 배운 거고요.”

두 소녀 중 나이가 많은 쪽이 초로의 여인에게 따져 물었다. 그러자 초로의 여인이 물끄러미 소녀를 바라보다가 딱한 어조로 대답했다.

“지화야.”

“예, 어머니.”

"넌 이걸 알아야 한다. 사람의 마음이란 항시 상황에 따라 변하는 것이란 사실 말이다. 네 말대로 검이가 오기 전에는 난 너희 셋에게 온갖 정성을 다했지. 해서 너희 아버지가 벌어오는 그 많은 돈을 너희 셋에게 다 쏟아 부었던 것이다. 하지만 그러면서도 마음 한쪽에는 항상 아쉬움이 담겨 있었다. 왜냐하면 난 번듯한 아들이 꼭 한 명 있었으면 했거든. 그러던 차에 검이가 온 것이다. 더군다나 검이는 겉만 번지르르한 네년들과는 비교도 할 수 없을 만큼 훌륭한 성품을 지니고 있단 말이다. 그런 검이를 보자니 네년들이 얼마나 형편없는 것들인지 그때서야 깨닫게 된 것이지. 자, 그러니 군소리 말고 눈앞에 있는 밥이나 먹도록 해라. 검아, 어서 올라오너라."

초로의 여인이 자신의 옆 자리를 가리키며 고검을 불러 올렸다. 고검은 이들 네 여인의 말싸움을 하루 이틀 겪는 것이 아닌지라 입가에 빙그레 미소를 지은 채 당상에 올라 여인이 권하는 자리에 앉았다.

"자, 검이가 왔으니 모두들 먹도록 하자."

여인의 말에 세 명의 소녀는 입술을 삐죽이면서도 늦은 아침인지라 배들이 고픈지 급히 수저를 들었다. 식사를 하는 와중에도 초로의 여인은 수시로 고검을 챙기는 것을 잊지 않았는데, 고검을 대하는 그녀의 정성은 그야말로 몇 대를 이은 독자(獨子)를 보살피는 어머니와 같은 것이라고 할 수 있었다.

그렇게 이각 정도의 시간이 흘러 식사가 끝나자 상이 물려지고, 그윽한 향기가 흘러나오는 차가 들어왔다. 차는 그 향으로 품질을 짐작할 수 있는 법. 당상으로 올라온 차는 그 향기만으로도 시중에서는 구할 수 없는 귀한 차임이 분명했다. 찻잔 역시 은은한 옥빛이 흘러나오는 진귀한 청자로서 능히 금자 몇십 냥은 받을 수 있는 물건이었다.

"들자."

초로의 여인이 먼저 찻잔을 손에 들자 고검과 나머지 세 소녀 역시 조심스런 몸짓으로 차향을 음미하며 차를 마시기 시작했다. 그렇게 맑은 아침의 평화로운 한때를 보내고 있던 다섯 사람의 여유가 깨진 것은 차를 마시기 시작한 지 채 일각이 지나지 않았을 때였다.

"마님!"

당상 아래에서 들려오는 늙고 굵은 사내의 목소리에 초로의 여인이 살짝 아미를 좁혔다.

"무슨 일인가, 구노(龜老)?"

"어르신으로부터 전갈이 왔습니다."

구노의 대답에 여인의 표정이 급변했다.

"이 아침에?"

"그렇습니다. 오늘 저녁 늦게 장원에 도착하실 거란 소식입니다."

"무슨 일이 있는 것인가? 예상보다 보름이나 일찍 돌아오시다니……."

"손님이 있으시답니다. 손님 맞을 준비를 부탁하셨습니다."

"손님? 무불장(無不莊)의 고수 분들이 함께 오시는가?"

"무불장의 대협들은 아닌 모양입니다."

"그럼 누가……?"

"그건 잘 모르겠습니다. 그저 손님이 함께 갈 테니 준비를 해주십사 하는 전갈이었습니다."

"알았네. 천검께서 나에게 특별히 기별을 보내시는 일은 많지 않은데 이렇게 미리 전갈까지 보낸 것을 보면 귀한 손님인 모양이군. 그만 물러가시게."

"알겠습니다, 마님."

여인의 말에 천검의 전갈을 전한 초로의 사내가 물러났다.

"아버님이 오신다는구나. 너희들도 각자 처소로 가서 자기 방을 정리해 놓도록 하여라. 손님이 함께 온다니 각별히 행동들 조심하고."

"알았어요, 어머니. 그나저나 이제 숨통이 좀 트이겠네. 수중에 금전이 떨어져 성내에 나가지 못한 것이 벌써 두 달이 됐는데……."

"그러게 말이에요. 천화 언니, 이번 달 보름이면 서역에서 대상들이 도착할 시기이니 정말 아버지가 제때에 도착해 주시는 거죠."

"난 이번에는 꼭 금강석이 박힌 노리개를 사고 말 거야. 저번부터 봐둔 것이 있어."

가장 나이 어린 소녀까지 언니들의 수다에 끼어들자 초로의 여인 입에서 호통이 터져 나왔다.

"이년들, 아버지께서 돌아오신다는데 생각하는 것이 겨우

성내에 나가 돈이나 쓸 궁리들이냐? 얼른 가서 각자 처소들을
치우지 못할까?"

"흥, 어머니도 사실은 성내에 나가서 서역 상인들이 가져온
귀한 물건들을 사고 싶으시잖아요?"

"아니, 근데 이년들이!"

"아아, 알았어요. 얼른 가서 방청소를 할게요."

초로의 여인이 노기를 내보이자 세 명의 소녀 중 어린 쪽 두
소녀가 이내 당상에서 물러나 각자의 처소로 향하기 시작했다.

"쯧쯧, 철딱서니없는 것들 같으니라구."

그런 소녀들을 보며 초로의 여인이 혀를 찼다.

"사모님, 전 사부님을 마중 나가도록 하겠습니다."

"굳이 그럴 필요까지 있겠느냐? 날씨도 추운데……."

"사부께서 육 개월 만에 돌아오시는데 어찌 제가 앉아서 사
부님을 기다릴 수 있겠습니까."

"원 저런, 정말 착하기도 하지. 알겠다. 천검께서도 널 보시
면 무척 기뻐하실 거다. 조심해서 다녀오거라."

"알겠습니다, 사모님. 그럼."

여인의 허락이 떨어지자 고검이 자리에서 일어나 정중하게
고개를 숙여 보인 후 이내 빠른 걸음으로 당상을 벗어났다. 그
모습을 보고 있던 초로의 여인이 자신의 딸들과 말싸움을 하
던 지금까지의 표정과는 다르게 정색을 한 얼굴로 세 딸 중 남
아 있는 능천화에게 물었다.

"검이 무공이 어느 정도 경지에 이르렀더냐?"

그러자 능천화 역시 지금까지와는 다른 침착한 목소리로 대답했다.

"이미 제가 가늠하기 어려워진 지 오래예요."

"넌 어려서부터 아버지에게서 승천공을 전수받았고, 검공 또한 오랫동안 수련해 강호에 나가면 절정고수 소리를 들을 아이인데 그런 네가 검이의 무공을 가늠할 수 없단 말이더냐?"

"그리된 지 이미 몇 개월 되었어요. 예전에는 빙벽에 남아 있던 검흔을 보고 그 검로와 공력의 깊이를 추측할 수 있었는데, 근자에 들어서는 검이가 남긴 검흔이 무엇을 의미하는지 쉽게 짐작할 수 없더군요."

"하, 벌써 저 아이가 그리 성장했단 말인가? 하긴, 지난 칠 년간 잠을 줄여가며 오직 무공에만 일로매진했으니 어찌 그 성과가 없으랴. 더군다나 어른의 눈에 들어 제자가 되었으니 그 재질 또한 천하에 짝을 찾기 어려우리라."

"그런데 어머니는 왜 한숨을 쉬세요? 검이의 성취가 높으면 누구보다 기뻐하실 분이 어머니 아닌가요?"

"물론 검이의 무공이 높아진 것은 무척 기뻐할 일이지. 하지만 그 아이의 무공이 높아진다는 것은 곧 그 아이가 이 설연장을 떠날 날이 가까워졌다는 말이기도 하니 내가 어찌 기쁘기만 할 수 있겠느냐?"

"아니, 검이가 설연장을 떠난다니 그게 무슨 말이에요?"

능천화가 화들짝 놀라며 되물었다. 그러자 초로의 여인이 의기소침한 어조로 대답했다.

"너도 알다시피 너희 아버지를 두고 강호에서는 개천에서 용이 났다고들 한다. 왜냐하면 그 어른이 강호인들이 천시하는 청부업을 하고 있기 때문이지. 그러면서도 사람들은 한편으로 도대체 강호의 청부업자가 어떻게 강호팔대고수의 반열에 오를 수 있었을까 무척 궁금해한단다. 넌 그 이유를 알고 있느냐?"

"그야 아버지에게는 승천공(昇天功)이라는 상승심법이 있기 때문이 아니었겠어요?"

"물론 승천공이 그 어른 무공의 기반이 된 것은 사실이다. 하지만 강호에서 승천공에 비견할 만한 심공을 찾자면 수십 가지는 될 것이다. 그러니 그분이 어찌 승천공만 가지고 천하팔대고수에 오르실 수 있었겠느냐?"

"그럼 아버진 어떻게 지금과 같은 고수가 될 수 있으셨던 거죠?"

"그건 바로 네 아버지가 강호인들이 경멸하는 청부업을 했기 때문이란다."

"청부업 때문이라뇨?"

"사람들은 아버지를 보고 개천에서 용이 났다고 하지만 사실은 그 개천이 용을 만든 것이라고 할 수 있지. 네 아버지가 나와 혼인을 할 때만 하더라도 강호 절정고수 소리는 들었지만 천하팔대고수에 들 정도는 아니셨단다. 그런데 나와 혼인을 하면서 많은 금전이 필요하게 되자 좀 더 어렵고 큰 청부를 받으시면서 강호의 무수한 고수들과 끊임없는 대결을 하시게 되었지. 그리고 그 경험들이 지금의 천하팔대고수 천검을 만든 것이다. 애초에 승천공이라는 뛰어난 심공을 바탕으로 다져진 공력에 생사를 건 싸움의 경험이 어우러져 천하팔대고수가 탄생한 것이다. 아버지가 자랑하는 검공인 산검(散劍)은 바로 그 수많은 실전을 통해 만들어진 검이란다.”

“그렇군요. 전 산검(散劍)이 애초부터 아버지께서 가지고 계셨던 검공인 줄 알았어요.”

“그렇지가 않단다. 아버지는 어린 시절 우연히 승천공의 비결을 얻으셨을 뿐, 그 이외의 무공은 모두 스스로 만드신 것들이란다.”

“이제 보니 아버지는 정말 보통 분이 아니시군요. 스스로 무공을 만드셨다니 말이에요.”

“호호, 물론 보통 분이 아니시지. 그렇지 않았다면 어떻게 천하제일미인 이 교교(姣姣)를 부인으로 맞이할 수가 있었겠느냐?”

초로의 여인이 화사한 미소와 함께 웃음을 터뜨렸다.

“그런데 어머니, 아버지께서 천하팔대고수가 되신 것하고 검이가 설연장을 떠나는 것하고 무슨 관계가 있는 건가요?”

능천화의 말에 천검 능운백의 부인이자 과거 천하제일미였던 교교의 표정이 다시 어두워졌다.

“그것은 말이다, 아버지께서는 검이에게 자신이 수련했던 방식대로 무공을 가르치실 것이기 때문이란다. 아마도 검이의 기초가 완성된 것을 확인하신다면 그 아이를 강호로 내보내실 것이다.”

“그럼 검이에게 청부업을 맡기신단 말이에요?”

“아마도 그럴 게다.”

“말도 안 돼!”

“뭐가 말이 안 된다는 거냐?”

“어떻게 검이에게 사람들이 손가락질하는 청부 일을 맡기실 수 있어요?”

“아니, 스승이 청부업자인데 제자가 청부 일을 하면 왜 안 된다는 거냐?”

“생각해 보세요. 그동안 아버지가 청부 일을 하면서 강호에서 얼마나 많은 멸시를 당하셨어요. 사람들이 말로는 아버지를 천하팔대고수라고 칭송하지만 속으로는 강호의 황금충이라고 비웃고 있다는 것은 모두가 아는 사실이에요. 그런데 검이까지 그런 멸시를 당하는 것이 옳단 말인가요?”

능천화가 정색을 하며 어머니에게 대들었다. 그러자 능운백의 부인 교교의 표정도 사납게 변했다.

“그러니까 넌 지금 아버지는 사람들에게 멸시를 당해도 되고 검이는 안 된다는 말을 하고 싶은 거구나! 요런 망할 것, 아버지가 누구 때문에 그런 험한 일을 하는 것인데……!”

“그야 어머니 때문이죠.”

“뭐라고?”

“맞는 말이잖아요. 어머니만 아니었으면 아버지가 왜 황금충이 되었겠어요? 아마도 지금쯤 강호의 일대 대협으로 군림하고 계실걸요? 전 검이가 아버지처럼 되는 것을 원치 않아요.”

딸의 말에 얼굴이 붉으락푸르락해지며 막 손을 들어 능천화를 향해 일장을 쏟아내려던 순간 갑자기 교교의 표정이 살짝 바뀌었다. 그리곤 들었던 손을 천천히 내려놓으며 의미심장한 표정으로 능천화를 응시했다.

"왜 그렇게 보세요?"

어머니의 손찌검을 피할 준비를 하고 있던 능천화가 갑작스런 교교의 변화에 의아해하며 되물었다.

"이제 보니 요것이 아주 맹랑한 년이었네?"

교교의 입가에 의미심장한 미소가 어렸다.

"그게 무슨 말씀이세요?"

"요년, 너 솔직히 말해봐라. 검일 좋아하지?"

그러자 능천화가 화들짝 놀라며 소리를 질렀다.

"어머니, 갑자기 그게 무슨 말이에요? 제가 검이를 좋아한 다뇨? 무슨 그런 말도 안 되는 얘기를……."

"말도 안 돼? 요년아, 시치미 뗄 것을 떼라. 네가 검이를 좋아하지 않는다면 검이가 황금충이 되든 뭐가 되든 네가 무슨 상관이냐?"

"그야 당연히 어려서부터 함께 자란 정 때문이지요. 사실 검이랑 저희 세 자매는 한 형제나 다름없잖아요. 그런데 검이가 그런 험한 일을 한다는데 어떻게 걱정을 안 해요?"

"오호, 그래? 오냐, 알았다. 네가 그렇게 부인을 한다면 나도 더 이상 추궁하고 싶지는 않다. 하지만 내 분명히 말해두는데 혹시라도 네가 검이를 마음에 두고 있다면 지금 이 순간부터 검이에 대한 욕심을 접도록 해라."

"아니, 그건 왜요? 뭐, 물론 내가 검이를 좋아하는 것은 아니지만 만약의 경우 그렇다 해도 왜 제가 검이를 좋아하면 안 되는 거죠?"

그러자 교교가 능천화를 차가운 눈으로 바라보며 말했다.

"애초에 오르지 못할 나무는 쳐다보는 것이 아니다."

"오르지 못할 나무라뇨?"

"아니, 그럼 네가 검이랑 어울린단 말이냐? 검이는 몇 년만 지나면 천하에서 제일가는 대협이 될 것인데 어떻게 감히 너 같은 것이 욕심을 낼 수 있단 말이냐? 아마도 수많은 강호의 여인들이 검이를 쫓아다닐 것이다."

"어머니, 어떻게 딸에게 그런 말을 하실 수 있죠? 이 능천화, 강호에 나가면 그리 호락호락한 여자가 아니라고요. 무공이면 무공, 미모면 미모, 이 능천화를 능가할 여자가 그리 많은 줄 아세요?"

"물론 무공과 얼굴은 그런대로 쓸 만하다. 하지만 넌 결정적으로 부족한 게 있어."

"그게 뭔데요?"

"지금 몰라서 묻는 거냐?"

"글쎄요. 전 제가 무엇이 부족한지 잘 모르겠는데요?"

그러자 교교가 한심하다는 눈빛으로 능천화를 보며 똑똑 끊어지는 말투로 말했다.

"모른다면 어미로서 가르쳐 주지 않을 수 없지. 잘 들어두거라. 네게 부족한 것은 바로 이거다."

"아얏!"

순간 능천화의 입에서 비명 소리가 흘러나왔다. 교교의 검지가 능천화의 이마를 찔렀기 때문이다.

"네가 부족한 것은 바로 머리야. 넌 검이의 짝이 되기에는 너무 무식해. 무식하기만 하나. 천하에 다시없는 낭비벽 하며, 아마 검이가 너와 짝이 된다면 네 뒤치다꺼리하느라고 평생 고생만 하게 될 거다. 그러니 네가 어찌 검이의 짝이 될 수 있겠느냐? 그러니 쓸데없는 욕심 부리지 말고 어서 가서 네 방 청소나 하도록 해라. 이 어미도 얼른 가서 아버지 맞을 준비를 해야겠다."

교교가 쉬지 않고 능천화를 향해 쏘아붙이고는 횡하니 당상을 떠났다. 그러자 정신없이 교교의 말을 듣고 있던 능천화가 교교의 등에 대고 악을 쓰듯 소리쳤다.

"그게 다 누구에게 배운 건데요! 다 어머니한테 배운 거라고요! 아버지는 평생 어머니 때문에 고생만 하고 계시다고요!"

그러자 멀리서 교교의 목소리가 들려왔다.

"오냐. 그러니 더 이상 검이를 욕심내지 말거라. 검이가 아버지처럼 평생 처자식 먹여살리려고 뼈빠지게 일만 해서야 되겠느냐?"

*　　　*　　　*

"그렇게 해서 결국 남련과 서패천 사이에 일대 격전이 벌어졌지요. 아마도 이번 싸움은 강호에 사패의 시대가 시작된 이

후 가장 큰 싸움이었던 사대혈전과 더불어 다섯 번째 큰 싸움
으로 기록될 겁니다."

네 사람의 신형이 빠르게 설산을 오르고 있었다. 네 사람의
발걸음은 무척 빨랐는데, 동지섣달 얼어붙은 산길을 생각하면
그들의 움직임은 확실히 특별한 것이라 할 수 있었다.

그중 두 사람은 백발이 성성한 노인이었고, 나머지 두 명은
이십대 중반의 젊은이들이었는데, 노인 중 한 명을 제외한 나
머지 세 사람은 모두 청색 무복을 말끔하게 차려입어 귀인의
풍모가 물씬 풍기는 인물들이었다.

반면에 이 세 사람과 분위기가 다른 한 노인은 낡아 보이는
회색 마의를 입고 있었는데 그 외양이 몹시 추레하였다.

하지만 언뜻 보면 일행으로 어울릴 것 같지 않은 이 추레한
노인을 대하는 세 사람의 태도는 무척 조심스러워 보였다. 빠
른 속도로 말을 하고 있는 것은 청색 무복을 입은 인물 중 젊은
쪽에 속하는 한 명이었다.

"그런데 그 와중에 양 소저는 왜 혈사평으로 간 것이오?"

젊은 쪽의 설명을 듣고 있던 추레한 노인이 어깨를 나란히
하고 움직이고 있는 청의 무복의 인물 중 나이 든 사람에게 물
었다. 그러자 질문을 받은 노인의 얼굴에 난감한 기색이 떠오
르더니 이내 한숨을 내쉬며 입을 열었다.

"천검께서도 세 명의 영애를 키우시고 계시니 잘 아시겠지
만, 어린아이들이란 아무리 충고를 해도 앞뒤 분간을 못하고
움직이게 마련이지요."

　동행하는 세 명의 인물과 달리 추레한 차림의 노인은 바로 천하팔대고수 중 일인인 천검 능운백이었다.

　"맞는 말이외다. 우리 집 세 딸년도 도대체가 어른 말을 들으려 하지 않지요. 하지만 그렇다고 해도 양 소저와 같이 재능 있는 젊은이가 서패천과 남련이 충돌한 혈사평으로 갔다는 것은 이해하기 쉬운 행동은 아닌 것 같구려."

　"맞습니다. 사실 청아는 보통의 젊은이들과 비교하면 무척 현명한 아이였지요. 하지만 그런 청아조차도 정염(情炎)의 질곡에 빠지니 어쩔 수 없었던 모양입니다. 허허, 그놈의 정이 뭔지……."

　노인의 입에서 허탈한 웃음이 흘러나왔다.

　"정염이라면?"

　"서패천 칠대종가 중 도씨세가에 도월(桃月)이라는 후기지수가 있습니다. 어려서 곤륜에 들어 무공을 수련한 뛰어난 검객이지요. 곤륜에서 수련을 마치고 하산한 지는 대략 삼 년 정도 되었는데 그 삼 년 동안 강호에 제법 대단한 명성을 쌓았지요. 또한 무공도 무공이지만 워낙 호남형으로 생긴 젊은이라 따르는 여인들도 많지요."

　"흐음… 결국 양 소저가 그 도월이라는 녀석에게 빠진 모양이구려."

　"맞습니다. 청아 역시 어디 내어놔도 빠질 인물이 아니니 어찌 보면 둘은 무척 잘 어울리는 한 쌍이라고 할 수 있지요. 하지만 장주께서는 청아가 그 도월이라는 청년과 짝이 되는 것을 탐탁지 않게 여기셨지요."

그러자 능운백이 고개를 끄덕였다.

"양 장주께서는 당연히 그러셨을 거외다. 양가장은 천하사패 어느 곳과도 일정한 거리를 유지하며 중립을 지켜온 곳이 아니외까? 그런데 서패천의 칠대종가와 연을 맺게 되면 당연히 그 중립의 틀이 깨어지게 되겠지요. 그렇다고 서패천에 들어가자니 양가장은 서패천의 세력권에서 너무 멀리 떨어져 있고 말이외다."

"정확히 보셨습니다. 해서 장주께서는 남련과 서패천이 혈사평에서 충돌하자 이 기회에 둘 사이를 갈라놓을 생각으로 청아의 외부 출입을 금지시켰지요. 그런데 그만 그것이 역효과를 내고 말았습니다."

"결국 정인을 찾아 죽음이 난무하는 싸움터로 들어간 모양이구려."

"맞습니다. 더군다나 도월이라는 그 청년이 있는 곳은 혈사평에서도 서패천과 남련이 가장 첨예하게 대립하고 있는 와룡곡이라더군요."

"하지만 아무리 천하사패가 충돌하고 있는 곳이라도 양가장의 고수들이라면 능히 양 소저를 데려올 수 있을 터인데 왜 나에게 그 일을 청부하려 하는지 모르겠구려."

"물론 청아를 데리고 나오는 것만이라면 저희 양가장의 힘으로도 가능할 것입니다. 하지만 청아를 데리고 나오면서 발생할 수 있는 여러 가지 상황을 고려하자면 아무래도 천검 어른의 힘이 필요하다는 것이 장주님의 생각이셨습니다.”

“그러니까, 서패천이든 남련이든 어느 곳과도 큰 마찰 없이 양 소저를 데리고 나오고 싶다는 말이구려.”

“바로 그렇습니다. 해서 무례를 무릅쓰고 설연장 아래에서 천검 어른을 기다리고 있었던 것입니다.”

“본시 난 일 년에 오직 한 번만 청부를 수행하는 것이 원칙이라오.”

“어찌 그것을 모르겠습니까? 하지만 워낙 중요한 일이라 찾아뵙지 않을 수 없었습니다.”

“음… 양가장주의 부탁이라면 나 또한 무시할 수 없지. 하지만 아무리 내가 양 장주와 인연이 있다고 하더라도 거래는 거래요.”

“잘 알고 있습니다. 해서 장주께서도 천검께서 이번 일에 나서만 주신다면 큰 사례를 하겠다고 하셨습니다.”

“나를 쓰는 값이야 이미 강호에 알려진 것이고…….”

“장주께서는 녹정혈(鹿頂血)을 말씀드리라 하셨습니다만…….”

“녹정혈!”

순간 능운백이 걸음을 멈추고 옆의 노인을 바라봤다. 그의 눈에는 놀람이 가득했다.

“그렇습니다.”

“허허, 설마 지금 말하는 것이 양가장의 그 녹정혈이란 말씀이시오?”

능운백이 믿을 수 없다는 듯 되물었다.

"그렇습니다. 만약 천검께서 이번 일에 나서주신다면 평상시 드려야 하는 금자에 더해 녹정혈 한 병을 내시겠다고 하셨습니다."

"저런저런, 이건 정말 보통 청부가 아니군. 녹정혈이라면 양가장에도 오직 다섯 병만 있는 것으로 알고 있는데……."

능운백의 말에 노인의 입에 씁쓸한 미소가 감돌았다.

"그렇지요. 양가장의 녹정혈은 시중에 나도는 것과는 달라서 한 병을 모으는 데에만도 수십 년의 시간이 걸리는 귀한 물건이지요. 그 약효도 범인이 상상할 수 없을 만큼 뛰어나 모든 무림인들이 탐내는 물건이라 할 수 있습니다."

"하하하, 내가 어찌 양가장의 녹정혈이 귀한 것을 모르겠소. 좋소. 이 능운백은 검을 팔아 금자를 모으는 것을 업으로 삼는 위인인데 어찌 양가장의 녹정혈을 거부할 수 있겠소."

"나서주신다니 정말 감사합니다, 어르신!"

"껄껄껄, 감사는 무슨, 어차피 거래가 아니오? 일단 설연장에 들러 오늘 하루는 그곳에서 보낸 후, 내일 바로 길을 떠납시다. 한시가 급한 일인 듯하니 말이외다."

"그리만 해주신다면 더 바랄 것이 없지요."

"이 천검은 일단 일을 맡으면 절대 고객을 실망시키는 법이 없다오. 하하하!"

천검 능운백이 너털웃음을 터뜨리는 사이 그들은 어느새 설산의 한 모퉁이를 돌아서고 있었다. 그러자 아득히 먼 곳에 한 폭의 그림 같은 풍경이 모습을 드러냈다. 그리고 그 한 폭의 그림으로부터 신형 하나가 무서운 속도로 날아 내려오고 있었다.

"검이가 오나 보군."

능운백이 눈길을 따라 내려오는 인물을 보며 입을 열자 곁에 있던 노인이 물었다.

"설연장의 식솔인 모양이군요?"

"하나뿐인 내 제자라오."

그러자 노인의 눈에 이채가 서렸다.

"천검께 제자가 있다는 소리는 듣지 못했습니다만……."

"검이는 내 제자가 된 후 줄곧 설연장에만 머물렀기 때문에 강호에 내가 제자를 들였다는 소문이 나지 않은 것이라오. 물론 몇몇 사람은 알고 있는 사실이지만 말이오."

두 사람이 대화를 나누는 사이 설경 속에서 튀어나온 고검의 신형은 어느새 일행의 십여 장 앞으로 다가와 있었다. 그러자 능운백과 대화를 나누고 있던 노인의 눈에 감탄의 빛이 서렸다.

"잠룡(潛龍)이군요."

"그리 보셨수?"

"저런 움직임을 보일 수 있는 젊은이는 흔치 않지요."

"껄껄, 내 제자지만 내가 보아도 뛰어난 아이가 맞소. 젊은 시절의 나보다 나으면 나았지 모자라지 않을 거요."

능운백의 입에서 흐뭇한 목소리가 흘러나왔다.

"제가 알기로 천검께서는 자신의 무공을 온전히 물려받을 수 있는 인재가 아니면 제자를 들이지 않겠다고 말씀하신 것으로 알고 있는데, 저런 인재를 어디에서 구하신 겁니까?"

"내가 저 아이를 찾아간 것이 아니라 저 아이가 날 찾아온 것이라오."

"스스로 제자가 되겠다고 말입니까?"

"그건 아니고, 칠 년 전 일어났던 칠마의 난을 기억하시오?"

"당연히 기억하지요. 칠마의 난은 강호사에서 손꼽힐 만한 혈란이었는데 그걸 기억하지 못할 리가 있겠습니까? 더군다나 칠마의 우두머리인 아수마왕 음천기의 목을 벤 분이 바로 어르신 아니십니까?"

"저 아이는 당시 칠마의 마수에 멸문한 임분의 무가(武家) 고가장의 유일한 생존자였다오. 칠마를 추격하고 있던 날 찾아와 가문의 전 재산을 털어 칠마의 목을 청부하는 것으로 우리의 인연이 시작되었소. 이후 음천기의 목을 벤 후 내 제자로 들인 것이오."

"그런 인연이 있었군요."

"타고난 자질이나 성품이 강호의 일대고수가 되기에 충분한 아이이기는 한데 한 가지 흠이라면 멸문의 상처가 가슴 깊이 잠재해 있어 성격이 그리 밝은 편이 아니라는 것이라오."

"무공에 큰 성취를 이루려면 가슴에 하나쯤 상처가 있는 것도 나쁜 것은 아니지요."

"그렇게 생각하시오? 하긴 그럴 수도 있지."

천검 능운백이 고개를 끄덕일 때 설연장으로부터 능운백을 마중 나온 고검의 발걸음이 일행 앞에서 멈춰졌다.

"스승님, 다녀오셨습니까?"

고검의 허리가 능운백 앞에 깊게 숙여졌다.

"오냐. 장원에는 별일없고?"

"사모님과 사저들 모두 무탈하게 잘 지내고 계십니다."

"끌끌, 집구석에 처박혀 돈 쓸 궁리나 하는 사람들에게 일이 생길 리 없지. 그나저나 손님이 함께 왔구나. 인사드리거라. 호북 양가장의 양경 대협이시다. 너도 양가장에 대해서는 들어보았지?"

"양가장의 대협들이셨군요. 인사 올립니다. 사부님을 모시고 있는 고검(孤劍)이라 합니다. 강호에 명성이 자자한 양가장의 고수 분들을 뵙게 되어 영광입니다."

"하하하, 나야말로 천검 어른의 제자를 만나게 되어 영광일세. 난 양경이라고 하네. 그리고 여기 두 사람은 내 조카들일세."

"양사춘이라 하오."

"양사성이라 하오."

양경의 소개에 능운백과 양경의 뒤에 있던 이십대의 두 젊은 무사가 앞으로 나서며 고검을 향해 가볍게 포권을 해 보였다.

"고검이라 합니다. 만나뵙게 되어 영광입니다."

고검 역시 양가장의 두 젊은 고수에게 가볍게 포권을 해 보였다.

"자, 인사는 그쯤하면 되었고, 어서 장원으로 올라가 봅시다. 아마도 안사람이 손님을 맞을 준비를 해놓았을 겁니다. 그렇지, 검아?"

"제가 장원을 떠날 때 이미 준비를 시작하고 계셨습니다."

“좋아, 그럼 네가 앞장을 서거라.”

“알겠습니다, 스승님.”

능운백의 말에 고검이 가볍게 고개를 숙여 보이며 대답한 후 이내 일행의 앞에서 길을 열기 시작했다.

*　　　*　　　*

“아아, 내가 이럴 줄 알았어. 예상은 했지만 그날이 이렇게 빨리 올 줄이야.”

천검 능운백의 부인 교교의 입에서 쉴 새 없이 한탄이 흘러나왔다. 그의 앞에는 천검 능운백이 꼿꼿하게 허리를 세운 채 앉아 있었고, 조금 떨어진 곳에는 그의 세 딸과 유일한 제자인 고검이 기이한 나무로 만든 탁자에 둘러앉아 두 사람의 모습을 바라보고 있었다.

“어차피 강호에서 살아가야 할 아이요. 때가 되면 강호로 나가는 것은 당연한 일이외다. 더군다나 검이의 무공은 이미 제법 높은 경지에 이르렀으니 너무 걱정 마시구려, 부인.”

능운백이 달래듯 교교에게 말했다.

“하지만 처음부터 천하사패가 격돌하는 곳으로 데려간다는 것은…….”

“물론 혈사평이 당금 무림에서 가장 위험한 곳이기는 하나 강호에 대한 경험을 쌓는 것이 목적이라면 그만큼 좋은 곳도 없다오.”

"무척 위험한 곳이라고 들었어요. 싸움이 격해지면 출신에 상관없이 죽음의 소용돌이에 휘말리게 될 수도 있어요."

"교교, 내가 함께 가오. 날 못 믿겠소?"

능운백의 말에 교교가 고개를 저었다.

"아니에요. 제가 어찌 당신을 믿지 못하겠어요. 그나마 당신이 함께 가니 안심이 되는군요. 알겠어요. 하지만 반드시 검이를 무사히 데리고 돌아오셔야 해요. 약속하실 수 있나요?"

"물론이오. 이 천검 능운백의 앞을 막을 자는 천하에 그리 많지가 않다오."

"좋아요. 그럼 당신을 믿겠어요. 그나저나 이번에 얼마나 벌어오셨어요?"

슬픔에 잠겨 있던 교교의 눈에 생기가 돌며 능운백에게 물었다. 그러자 능운백이 입가에 씁쓸한 미소를 지으며 품속에서 한 뭉텅이의 전표를 꺼내놓았다.

"아마 한동안은 충분히 쓸 수 있을 게요. 이번에 검이와 함께 나가면 양가장의 일이 끝나더라도 한동안 강호를 다녀볼 생각이니 아껴 쓰도록 하시오."

능운백의 당부를 듣는 둥 마는 둥 하며 교교의 손이 능운백이 내놓은 전표를 잡아갔다.

"수고하셨어요. 오, 정말 두둑하군요! 역시 동해 유씨세가의 손이 크군요?"

교교의 입가에 흡족한 미소가 드리워졌다. 그러자 멀찍이 떨어져 있던 능운백의 세 딸이 재빨리 교교의 곁으로 다가들었다.

"어머니, 얼마나 돼요?"

"와! 정말 많네요! 다른 때보다 훨씬 많은 것 같아요!"

"아! 빨리 성내로 달려가고 싶다."

저마다 한마디씩 내뱉는 말을 허탈한 시선으로 바라보던 능운백이 한순간 한숨 섞인 소리로 입을 열었다.

"더 할 이야기가 없으면 난 이만 나가보겠소. 강호에 출도하기 전 검이에게 할 이야기도 있고."

"그렇게 하세요. 이것들아, 손 저리 치우지 못해! 이 어미가 어련히 알아서 주지 않을까 봐 그러니?"

능운백의 말에 건성으로 대답한 교교가 전표에 손을 대려는 세 딸에게 호통을 쳐댔다.

"끙!"

전표를 놓고 실랑이를 벌이는 네 모녀를 보고 있던 능운백이 한마디 신음성을 흘려내며 자리에서 일어났다. 그리곤 멀리 떨어져 앉아 있는 고검을 보며 말했다.

"나가자. 강호에 나서기 전 당부해 둘 말이 있구나."

"예, 스승님!"

능운백의 말에 고검이 자리에서 일어났다. 그리고 두 사람은 툭탁거리는 교교와 세 소녀를 뒤에 두고 문밖으로 모습을 감췄다. 그런데 일단 두 사람이 방에서 사라지자 지금껏 전표를 두고 다투고 있던 네 모녀의 행동이 뚝하고 멈춰졌다.

"정말 검이가 떠나는군요."

먼저 입을 연 것은 능천화였다.

“검이 오빠가 떠나면 설연장은 정말 쓸쓸할 거예요.”

둘째 능지화 역시 한껏 아쉬운 투로 능천화의 말을 거들었다.

“치, 이제 누가 나에게 검술을 가르쳐 주지?”

막내 능인화 역시 입술을 삐죽이 내밀며 투덜거렸다. 하지만 세 딸의 말에도 교교는 아무런 대꾸를 않고 능운백과 고검이 나간 방문을 쓸쓸한 눈으로 바라보고 있었다.

“어머니?”

교교가 한동안 말이 없자 능천화가 그녀를 불렀다.

“응? 왜 그러느냐?”

“마음이 많이 안 좋으세요?”

“글쎄다. 안 좋다기보다는 조금 허탈하구나. 검이가 없으면 누굴 보고 사나 하는 생각도 들고…….”

“어미니도 참, 저희들이 있잖아요.”

“그렇지. 너희들이 있지. 하지만 검이의 빈자리는 다른 사람으로 채워질 것이 아니다.”

교교의 말에 능천화가 고개를 끄덕였다.

“그럴지도 모르겠어요. 저도 검이가 떠난다고 생각하니 이 설연장이 벌써부터 텅 비어 보이는걸요.”

“나도 그래.”

“나도!”

능천화의 말에 그녀의 두 동생이 맞장구를 쳤다.

“그러나 어쩌겠느냐? 그게 검이를 위한 길이면 떠나야겠지. 아주 가는 것도 아니고.”

“맞아요, 어머니. 그러니 이제 기분을 좀 푸세요.”

“그래, 알았다. 내일 웃는 얼굴로 검이를 보내려면 내가 이렇게 침울해 있으면 안 되지.”

“맞아요, 어머니. 그런 의미에서 이제 그만 나눠 주시죠?”

“응, 뭘?”

“돈 말이에요. 기분 전환엔 돈이 최고죠.”

“맞아요, 어머니!”

능천화의 말에 두 동생이 이구동성으로 외쳤다. 그러자 교교의 표정이 순식간에 싸늘해지더니 그녀의 입에서 호통이 터져 나왔다.

“이런 망할 년들! 전부 나가 버렷!”

교교의 호통에 세 딸이 메뚜기처럼 자리를 박차고 밖으로 튀어나갔다. 그런 세 딸의 모습을 보다 교교가 가볍게 한숨을 쉬며 중얼거렸다.

“휴, 어른께서는 이번에도 제법 많은 돈을 가져오셨구나. 대모께 돈을 보낸 지 오래되어 화맹의 재정이 어떤지 모르겠구나. 그나저나 언제까지 이렇게 그이가 벌어오는 돈을 화맹에 보내야 하는 것일까? 화맹도 어느덧 체계를 갖추었으니 재정 또한 스스로의 힘으로 해결해야 할 터인데, 그리되면 그이도 일을 좀 줄일 수 있을 테고…….”

第三章

고독한 검[孤劍]

"그를 두고 갈 순 없어요!"

여인의 날카로운 목소리가 전장에 울려 퍼졌다. 찢겨진 수목(樹木), 피로 물든 대지(大地), 그 위에 일단의 인물들이 형형한 안광을 터뜨리며 한 청년의 몸을 끌어안고 오열하는 소녀를 바라보고 있었다.

"좋은 여자다."

멀찍이 떨어져서 여인을 보고 있던 능운백이 입을 열었다.

"좋은 여잔가요?"

고검이 되물었다.

"죽음의 한복판에서 죽은 정인의 시체를 저토록 소중히 생각하는 여인이 세상에 얼마나 있겠느냐?"

"죽은 자에게는 좋은 여인일지 모르지만 그로 인해 우리 일
행은 반 시진째 이곳에 발이 묶여 있으니 우리에겐 좋은 여인
이 아니군요."

고검의 말에 능운백이 고개를 저었다.

"우리에게도 좋은 여자다."

능운백의 말이 의외였는지 고검이 능운백을 바라봤다.

"어떤 면에서 그렇습니까?"

"일이 어려워질수록 보수는 많아지기 때문이다."

입가에 미소를 지으며 대답한 능운백이 성큼 걸음을 옮겨
여인과 여인을 둘러싸고 있는 양가장의 고수들에게로 다가서
며 입을 열었다.

"시간이 많지 않소. 저들은 다시 격돌할 거요. 지금이 아니
면 이곳을 떠나기 쉽지 않을 거외다."

"죄송합니다, 어르신. 일을 어렵게 만들어서."

양가장의 고수들을 이끌고 있는 양경이 능운백에게 미안한
기색이 역력한 표정으로 말했다.

"나야 문제가 아니지만 양가장의 입장에서 보면 이렇게 시
간을 끌고 있을 수만은 없소이다. 말했지만 저들은 곧 움직일
거요."

사람들이 와룡곡이라고 부르는 계곡이었다. 입구는 수천 평
에 이르는 불모지 혈사평으로 이어져 있고, 계곡의 양옆은 하
늘을 쪼갤 듯 솟아오른 석산들이 겹겹이 서 있다. 천검 능운백
의 손이 그 석산들을 가리키고 있었다.

　양편으로 솟구친 석산들 중간중간 우거진 수림 사이로 각기 다른 빛깔의 옷을 입은 사람들이 분주히 움직이고 있었다. 왼편의 수림 속에는 백의(白衣)의 그림자들이, 오른편 숲에서는 흑의를 입은 그림자들이 어른거렸다.

　"새로운 자들이 도착한 모양이군요."

　"오늘 이 와룡곡에서 아주 끝장을 볼 생각인 모양이구려. 싸움의 양상으로 보건대, 이 와룡곡을 벗어난다 하더라도 혈사평 전체가 양 세력의 전쟁터로 변해 있을 가능성이 크오. 다시 말해 더 이상 머뭇거릴 시간이 없다는 말이외다."

　"저도 알고는 있습니다만… 저 아이가 고집을 피우니……."

　양경이 난감한 표정으로 멀리 한 사내의 시신을 부여잡고 울부짖는 여인을 바라봤다.

　"시신을 놓고 갈 수 없다면 들고 갈밖에 없지 않겠소?"

　능운백의 말에 양경이 놀란 눈으로 능운백을 바라봤다.

　"그의 시신을 가지고 가잔 말입니까?"

　"달리 방법이 있소?"

　"하지만 그의 시신을 가지고 가는 것은 단순히 시체 한 구를 옮기는 것과는 차원이 다른 일입니다. 서패천이든 남련이든 그의 시신을 이곳에서 옮겨가는 것을 두고 보지만은 않을 겁니다. 적어도 도씨세가의 후계자 도월(桃月)이라는 이름은 그 시신마저도 존중받을 만한 이름이니까요."

　그러자 천검 능운백의 살짝 고개를 치켜들며 말했다.

　"이 능운백에게 시신 한 구 정도 옮길 능력은 있소."

"물론 천검께서 적극적으로 나서주신다면야……."

"양 소저를 이 혈사평에서 데리고 나가는 것이 나에게 맡겨진 일, 양 소저가 정인의 시신과 함께 가야만 하겠다면 어쩔 수 없는 일이지 않겠소? 단지 청부의 대가는 조금 달라져야 할 거요."

"그 점은 걱정하지 마십시오. 일을 마치면 일의 어려움을 감안해 충분히 사례토록 하겠습니다."

"좋소. 그럼 어디 송장 나르는 일을 시작해 봅시다."

양가장주 양소천의 무남독녀 양청아를 혈사곡에서 빼내기 위해 동원된 양가장의 고수는 모두 열 명이었다. 무리를 이끌고 있는 자는 양소천의 셋째 동생인 양경(梁鏡). 그는 호북 전통의 무가 양가장에서도 다섯 손가락 안에 드는 고수였다. 그 양경이 서늘한 눈으로 자신의 뒤에 서 있는 양가장의 고수들을 보며 말했다.

"장완은 시신을 맡아라. 선두는 천아모가 맡는다. 그리고 나머지는 모두 청아를 중심으로 진세를 유지하며 이동한다."

양경의 입에서 짧은 명령이 떨어지자 양가장 고수들이 순식간에 양경의 명에 따라 움직였다.

양경과 더불어 혈사평에 온 자들 또한 양가장에서는 내로라 하는 무공을 지닌 인물들이었는데, 그중에서도 특히 장완과 천아모는 양가장주 양소천의 직계제자들로서 이미 강호에서 적지 않은 명성을 얻고 있는 인물들이었다.

"청아, 그만 가자. 네가 원하는 대로 그의 시신을 가지고 가도록 하겠다. 시신을 완이에게 맡겨라."

"숙부님!"

양청아가 눈물이 범벅이 된 눈으로 양경을 바라봤다. 그런 양청아를 양경은 차가운 눈으로 응시하며 재차 입을 열었다.

"하지만 넌 반드시 한 가지 사실을 기억해야 할 것이다. 오늘날 네가 일으킨 이 문제로 인해 우리 양가장은 앞으로 적지 않은 곤욕을 치러야 할 것이라는 사실을. 이 숙부는 너에게 정말 실망했다. 아무리 남녀 간의 연정이 사람의 이목을 흐리게 한다고 하지만 너와 같이 총명한 아이가 어찌 이런 지경에 이르게 되었단 말이냐."

양경의 질책에 양청아는 아무런 대답도 하지 못하고 그저 머리를 숙이고 있을 뿐이었다.

"휴, 일이 이 지경이 된 걸 이제 와서 어찌하겠느냐? 일단 이곳을 벗어난 이후에 따져 볼 일이다. 자, 출발하라. 그리고 서패천이든 남련이든 먼저 시비를 걸어오지 않는 이상, 그들을 도발하는 행동은 절대 삼가토록 하라. 이 싸움은 우리의 싸움이 아니다. 가자!"

양경의 명이 떨어지자 양가장의 고수들이 시체와 피로 뒤덮인 계곡의 중심을 떠나 혈사평을 향해 입을 열고 있는 와룡곡의 입구를 향해 서둘러 움직이기 시작했다.

우우웅!

계곡의 양편에서 시작된 기이한 소음은 한순간에 계곡의 공기를 폭발시킬 듯 팽창시켜 놓았다. 그러더니 천검 능운백과 고검, 그리고 양가장의 고수들이 막 계곡의 입구를 벗어나 끝없이 펼쳐진 황량한 대지, 혈사평으로 접어들 때쯤 강렬한 폭발음이 터져 나왔다.

꽈과과광!

우르르릉!

강력한 폭발음의 충격에 하늘을 향해 치솟아 있는 계곡의 양편 석산이 뒤흔들리며 산으로부터 돌과 흙이 계곡 아래로 떨어져 내리기 시작했다.

"드디어 시작이군."

천검 능운백이 고개를 돌려 그들이 벗어난 계곡의 중심을 바라보며 중얼거렸다. 그곳에서는 수백 명의 백의와 흑의의 고수들이 한 덩어리로 뒤엉켜 가고 있었다.

"오늘 이 혈사평 싸움의 승패가 갈리겠군요. 저 정도 고수들을 동원했다는 것은 결국 양측 모두 이번 싸움으로 이 혈사평 전쟁의 끝을 보겠다는 의도가 아니겠습니까?"

"잘 보았다. 그들은 오늘 혈사평 싸움을 끝낼 것이다. 사실 현 무림의 상황을 놓고 보자면 이 싸움은 지나치게 길었어. 천하사패가 대립하는 와중에 이 싸움에서 입은 양편의 손실은 향후 사패의 경쟁에서 양 세력 모두가 어려움에 빠질 만큼 충분히 막대한 것이지. 그러니 싸움을 더 끌고 갈 여유가 그들에게는 없는 것이지."

"싸움의 승패는 어떻게 보시는지요?"

고검이 궁금한 듯 물었다.

"어쩔 수 없이 끝내는 싸움에 무슨 승패가 있겠느냐? 승자도 패자도 없는 싸움이 되겠지. 아마도 싸움이 시작될 때처럼 혈사평과 이 와룡곡은 여전히 양 세력의 경계가 될 것이다. 혈사평은 남련이, 와룡곡은 서패천이……. 이 와룡곡에서 혈사평으로 이어지는 험로는 무척 중요한 상로이기 때문에 서로 적당한 선에서 타협을 할 것이다."

"애꿎은 피만 흘렸군요."

"결과야 그렇게 되었지만 애초에 혈사평과 와룡곡은 전략적으로나 금전적으로나 무척 중요한 곳이라 한쪽이 차지하려 들면 다른 한쪽도 포기할 수 없는 곳이지."

"어쨌든 대단한 싸움이군요. 천하사패라고 말로만 듣다가 직접 두 눈으로 보니 확실히 그 강대함을 알 수 있었습니다."

"천하사패의 저력은 사람들이 생각하는 것보다 훨씬 깊단다. 무림 역사에서 천하사패와 같은 힘을 지닌 세력이 등장한 경우는 손가락으로 꼽을 정도밖에 없을 것이다. 현 무림을 보자면 천하에 산재한 무림문파 중 칠 할이 천하사패에 속해 있다고 할 수 있다. 각 세력이 움직일 수 있는 고수만도 수천을 넘어 수만에 이른다는 것이 정설이다. 당금 천하의 주인이 사패라는 것은 누구도 부인할 수 없는 사실이다."

"사패의 최후 승자는 누가 될까요?"

"알 수 없다. 사패의 힘은 한쪽에 치우치지 않고 백중세다. 어쩌면 사패의 시대는 사람들이 생각하는 것보다 훨씬 오래갈지도 모른다. 만약 사패 중 어느 한곳이라도 무너진다면 그것은 외부의 힘이 아닌 내부의 분란에 의해서겠지."

"분란의 소지가 있나요?"

"당연하다. 천하사패는 모두가 어느 한 문파가 주도권을 쥐고 만들어진 세력이 아니라 지역적인 위치에 따라 뭉쳐진 세력들이다. 같은 세력 속에서도 이해관계가 첨예하게 대립되는 경우가 허다하지. 그게 바로 나와 같은 사람들이 먹고살 수 있는 이유가 되는 것이다."

"그렇겠군요. 같은 파벌에 속해 있으면 드러내 놓고 상대를 공격할 수는 없을 테니까요."

"맞는 말이다. 그들은 은밀한 칼이 필요하단다. 그리고 이 천검 능운백은 그 은밀한 칼 중에서도 가장 비싼 칼을 지닌 사람이라고 할 수 있다. 그리고 이젠 네가 그 일을 물려받아야 할 게다."

"사부님의 명성에 미치지 못할까 두렵습니다."

"너라면 잘할 수 있을 것이다. 네 무공은 내가 처음 강호에 나설 때보다 뛰어나다. 더군다나 넌 나에 비해 무척 침착한 편이지. 단지 하나 조심해야 할 것은 이 일을 행함에 있어서 천하사패 어느 곳에도 치우침없이 중립적인 위치를 지키는 것이다. 네가 만약 천하사패 중 어느 한곳과 지나치게 가까워진다면 그 순간 넌 더 이상 이 일을 할 수 없을 것이다. 그때는 아마도 사패 중 한곳에 몸을 의탁해야겠지."

"명심하겠습니다, 사부님."

"좋아, 난 널 믿는다. 그나저나 이제부터 혈사평을 지나야 하는데 과연 아무 일 없이 벗어날지 모르겠군."

"서패천이든 남련이든 굳이 양가장을 건들 필요는 없지 않습니까?"

"양가장의 식솔들만이라면 그렇겠지만 저 도월이라는 자의 시신은 문제가 될 수 있다. 그의 시신이 남련의 손에 들어간다면 서패천으로서는 그야말로 크게 체면을 구기는 일이 될 테니 말이다. 그러니 남련에서 저 시신을 확보하려 들 수도 있다."

"그전에 혈사평을 벗어나야겠군요."

"그리된다면 바랄 것이 없지."

양가장의 인솔자인 양경도 능운백과 같은 생각을 하고 있는 듯 혈사평에 들어서자 일행을 좀 더 빠르게 몰아댔다.

혈사평은 수천 평에 이르는 황무지다. 그 땅의 황폐함으로 따지자면 서패천과 남련이 이 땅을 두고 일대 격전을 벌이는 것은 이해할 수 없는 일이었다. 그러나 이 황폐한 땅의 가치는 그 땅의 척박함과는 달리 무척 대단한 것이었다.

남련과 서패천의 경계에 위치한 혈사평은 한쪽이 다른 한쪽 세력으로 들어가는 교두보 같은 곳이었기에 천하사패의 시대가 시작된 이후 줄곧 두 세력이 첨예하게 대립해 왔던 곳이다.

하지만 어쨌든 땅 자체로 봤을 때는 황무지도 이런 황무지가 없었다. 땅의 척박함은 수목을 키우지 못해 큰 나무라야 십 척을 넘지 못했고, 그나마도 땅의 대부분은 바위와 돌, 그리고 잡초로 이루어져 있었다. 수원(水原) 또한 부족해 마실 물을 찾으려면 족히 한 시진 이상을 헤매야 하는 곳이 혈사평이었다.

차차창!

양가장 일행이 서둘러 혈사평을 통과하고 있을 때, 이미 혈사평에서도 서패천과 남련의 싸움은 한껏 달아올라 있었다. 곳곳에서 양 세력의 고수들이 격돌하는 소리가 끊임없이 들려왔다.

양가장의 고수들은 가급적 서패천이나 남련의 고수들과 마주치지 않기 위해 그들이 격돌하는 곳을 피해 길을 만들어 나가고 있었다. 덕분에 움직이는 속도는 빨랐지만 이동할 거리는 점점 늘어나고 있었다.

"날이 저물고 있습니다."

선두에 선 양가장의 고수 천아모가 입을 열었다. 이미 수십 장 밖의 상황이 눈에 보이지 않을 정도로 날은 어두워져 있었다. 하지만 일행이 혈사평을 벗어나려면 아직 십여 리의 이동이 필요했다.

그때였다. 갑자기 혈사평의 저 멀리서 뿌우우 하는 나팔 소리가 들려오기 시작했다. 사람들의 이목이 나팔 소리가 들려온 쪽으로 몰렸다. 나팔 소리는 일각여에 걸쳐 들려왔는데, 그 나팔 소리가 끝나자 갑자기 혈사평이 적막 속으로 빠져들었다.

하루 종일 울리던 병장기 소리도, 양 세력의 고수들이 충돌하며 일으켰던 고함 소리도 더 이상 들려오지 않았다.

"싸움이 끝났나 봅니다, 사숙."

적지 않은 시간, 시체를 등에 업고 이동한 장완이 약간 피로한 빛을 보이며 양경에게 말했다.

"그렇구나. 이것 참 어렵게 되었군. 혈사평을 벗어나려면 아직 한 시진은 더 가야 하는데 날은 어두워지고 저들의 싸움은 끝이 났으니……."

"어서 갑시다. 싸움이 끝났으니 저들의 관심은 전리품에 모아질 것이오. 도씨세가의 후계자라면 남련의 고수들이 탐낼 만한 전리품이 아니겠소?"

능운백이 앞으로 나서며 재촉하자 양경이 고개를 끄덕였다.

"알겠습니다, 어르신. 서둘러라. 어서 이 혈사평을 빠져나가야 한다."

양경의 명에 양가장의 고수들이 움직이는 속도를 높이기 시작했다.

"멈춰라!"

그들이 나타난 것은 양가장의 고수들이 다시 반 시진 정도 이동했을 때였다. 혈사평의 끝이 가까워지면서 수목들의 키가 커지고, 그 수목들이 좀 더 어둠을 짙게 만드는 지점이었다.

어둠 속에서도 확연하게 드러나는 백색의 무복. 손에는 시퍼렇게 번쩍이는 병장기들을 들고 있었고, 양가장의 고수들을 바라보는 눈동자는 날카롭기 이를 데 없었다. 모습을 드러낸 자들은 모두 이십여 명. 남련의 고수들이었다.

'귀찮게 되었군.'

천검 능운백의 눈이 가늘어졌다. 가급적 천하사패와는 충돌을 피하는 것이 좋은 일행이었다.

"남련의 대협들이시구려."

일행을 책임지고 있는 양경이 앞으로 나서며 먼저 입을 열었다.

"그렇다. 어디서 오는 자들인가?"

아마도 길을 막아선 남련의 무사들은 와룡곡과 혈사평의 싸움에 직접 참여한 자들은 아닌 듯, 그들의 백색 무복은 싸움을 치른 사람이라고는 보기 어렵게 말끔했다.

'혈사평으로부터 남련의 세력권으로 이어지는 길목을 지키는 자들인 모양이군.'

능운백이 내심 상대의 신분을 추측하는 사이 양경의 입이 재차 열리고 있었다.

"우린 호북 양가장의 사람들이오. 와룡곡으로부터 오는 길이오이다."

"양가장?"

"그렇소이다."

그러자 남련의 고수가 고개를 갸웃거렸다.

"양가장의 인물이 어째서 와룡곡에서 나오는 것이오? 양가장은 이 싸움에 관련이 없는 것으로 알고 있는데……?"

"부득이한 일이 있어 와룡곡을 방문하게 되었소. 그대의 말처럼 우리 양가장은 서패천과 남련의 싸움과는 관계가 없으니 길을 터주시기 바라오."

양경의 말에 남련의 고수가 고개를 끄덕이면서도 의심 어린 눈초리로 양가장 일행을 바라보며 입을 열었다.

"호북 양가장이 천하사패 어느 곳에도 속하지 않은 문파임은 익히 알고 있소이다. 그러나 어떤 사정이 있는지 모르지만 싸움이 한창인 이 혈사평에 오신 것은 경솔한 행동인 듯하구려. 자칫하면 어느 한쪽으로부터 오해를 받을 수 있소이다."

"잘 알고 있소이다. 해서 우리도 서둘러 이 혈사평을 빠져나갔으면 하는 바람이외다."

"알겠소이다. 양가장이라면 남련에서 굳이 길을 막을 이유가 없소. 길을 터줄 테니 어서 이 혈사평을 벗어나시오. 길을 열어라!"

남련 노고수의 명이 있자 그의 뒤에 서 있던 이십여 명의 남련 고수들이 좌우로 이동해 길을 만들었다.

"고맙소이다."

양경이 남련 고수들의 우두머리에게 가벼운 포권을 해 보이고는 양가장 고수들을 이끌고 남련 고수들 사이를 지나가기 시작했다. 그렇게 혈사평을 빠져나가는 일이 쉽게 풀려 나가려는 순간 갑자기 남련 고수들의 우두머리가 눈빛을 번쩍였다.

"잠시만 기다려 보시오."

지금까지와는 다른 차가운 음성. 양경을 비롯한 양가장의 고수들이 불안한 시선으로 남련 고수를 바라보고 걸음을 멈췄다.

"달리 할 말이라도……?"

"저 사람은 누구요?"

남련 고수의 손이 장완이 메고 있는 도월의 시신으로 향했다. 그의 눈은 그 어느 때보다도 날카로워 조금의 거짓이라도 용납하지 않겠다는 의지를 내포하고 있었다.

그러자 양경의 입에서 작은 한숨이 새어 나왔다. 결국 올 것이 오고야 만 것이다. 그렇다고 도월의 정체를 숨길 수도 없었다. 일이 어떻게 풀려 나갈지 모르지만 그의 정체를 숨기려 하다 더 큰 위험에 빠질 수도 있기 때문이었다.

양경의 시선이 자신도 모르는 사이 천검 능운백에게로 향했다. 위기의 순간 믿을 것은 능운백밖에 없었기 때문이다. 양경의 눈빛을 받은 능운백이 가볍게 고개를 끄덕였다. 그러자 양경이 나직한 목소리로 입을 열었다.

"그는 서패천의 인물이오."

"서패천?"

남련 고수의 눈꼬리가 한쪽으로 말려 올라갔다.

"하지만 그는 이미 죽은 사람이외다. 우리 양가장과 적지 않은 인연이 있어 그 시신이나마 수습해 주려 데려가는 것이니 양해해 주시기 바라오."

"그의 이름이 뭐요? 아니, 그보다 그의 얼굴을 볼 수 있겠소?"

남련 고수는 장완의 등에 매달려 있는 도월의 죽음을 확인하고 싶은 모양이었다.

"그러시구려. 시신을 내려놓아라!"

이미 도월의 정체를 밝히기로 결심한 양경의 입에서 즉시 대답이 떨어졌다. 양경의 명이 있자 장완이 도월의 시신을 땅 위에 내려놨다. 그리고 그 시신 위로 남련 고수들의 시선이 드리워졌다.

"엇! 저, 저자는?"

탄성을 내지른 자는 남련 고수들의 우두머리가 아니라 그 뒤에서 슬쩍 도월의 얼굴을 살피던 남련 고수 중 한 명이었다.

"이자를 아느냐?"

남련 고수가 고개를 돌려 탄성을 흘려내는 수하를 보며 물었다.

"제 짐작이 틀리지 않다면 그는 바로 서패천 칠대종가 중 도씨세가의 후계자 도월(桃月)이라는 자가 틀림없을 것입니다."

"도월!"

남련 고수의 입에서도 탄성이 흘러나왔다. 그리고 그의 시선이 재빨리 양경을 향했다.

"맞소?"

"맞소이다. 그는 바로 도씨세가의 후인 도월이오."

순간 남련 고수의 눈빛이 가늘어졌다. 그리곤 천천히 굽혀졌던 허리를 일으키며 싸늘한 어조로 양경을 향해 말했다.

"도씨세가의 도월이라면 그는 이곳을 지나갈 수 없소. 비록 죽은 시신이라 할지라도 말이오. 그를 이곳에 놓고 가시구려."

"안 돼요! 절대 그럴 수 없어요!"

대답은 양경이 아닌 양청아로부터 흘러나왔다. 그녀는 재빨리 양가장의 무리에서 벗어나 도월의 시신을 안아 들었다.

"청아, 뒤로 물러나라!"

양경의 입에서 싸늘한 호통이 터져 나왔다.

"죄송해요, 숙부님. 하지만 절대 가가의 시신을 포기할 수는 없어요."

양청아는 양경의 서늘한 시선에도 물러서지 않고 고개를 저었다. 그러자 양경이 한숨을 내쉬며 남련의 고수를 보며 사정하듯 말했다.

"사정을 좀 보아주시면 안 되겠소? 보시다시피 그는 이미 죽은 사람이외다."

그러자 남련의 고수가 양청아의 모습을 빤히 바라보고 있다가 양경의 부탁에 대답을 하는 대신 한마디 질문을 내뱉었다.

"이 여인은 누구요?"

"양가장주님의 따님이외다."

양경의 대답에 남련의 고수가 고개를 끄덕였다.

"역시 그녀였군. 들리는 소문에 정인을 찾아 도검이 난무하는 혈사평으로 혈혈단신 뛰어든 양가장의 여인이 있다더니… 바로 그녀였구려. 그리고 양가장의 고수들께서는 바로 그녀를 혈사평에서 데려가기 위해 오신 것이고 말이오."

"맞소이다. 그게 바로 우리가 이 혈사평에 온 이유요."

"그런데… 양 소저의 정인은 죽어버렸고, 양 소저는 정인의 시신이라도 챙겨가기를 원하고 있는 것이구려. 아! 이것 참, 곤란하군. 양 소저의 순정을 생각한다면 당연히 시신을 내어주어야 하겠지만, 그 도월이라는 자는 우리 남련으로서도 쉽게 포기할 수 있는 인물이 아니오. 비록 죽은 시신이라 할지라도 말이오."

"그래서 이렇게 부탁을 드리는 것이 아니겠소."

"음… 이 문제는 내가 결정할 수 있는 문제가 아니오. 이곳에서 잠시 기다리시오."

남련의 고수가 그렇게 양가장 고수들의 걸음을 묶어놓고는 훌쩍 몸을 날려 장내에서 사라졌다. 동시에 남아 있는 남련의 고수들이 순식간에 양가장 고수들을 에워쌌다. 그러자 양가장의 고수들도 비록 도검을 빼어 든 것은 아니지만 조금씩 자리를 이동해 남련 고수들을 마주 보는 형태로 진형을 형성하는 것이었다. 그렇게 이루어진 양측의 대치는 장내를 벗어난 남련의 고수가 일단의 인물들을 데리고 나타날 때까지 계속됐다.

"양가장의 어느 분이 혈사평에 왕림하셨소?"

어둠 속에서 한가닥 질문이 들려오는가 싶더니, 어느새 상내에 다섯 명의 인물이 모습을 드러냈다. 그중 한 명은 좀 전 장내를 떠났던 남련의 고수였고, 나머지 네 명은 초로의 고수들이었는데, 그 움직임과 표정에서 드러나는 풍모로 보아 녹록지 않은 무공을 지닌 인물들이 분명해 보였다.

"양가장의 양경이라 하오."

"오, 양 노사셨구려. 난 남련십육문 중 금마문의 육화운이외다."

새롭게 장내에 나타난 사 인의 노고수 중 한 명이 앞으로 나서며 자신의 정체를 밝혔다. 순간 양경의 얼굴에 난감한 기색이 떠올랐다.

　남련의 중추를 이루는 남련십육문 중 금마문의 사람들은 그 성정이 무척 차가워 강호의 일을 처리하는 데 있어서 양보가 없는 것으로 유명했다. 더군다나 지금 자신의 이름을 육화운이라고 밝힌 이 노고수는 금마문도 중에서도 가장 까다로운 성정을 가지고 있는 인물로 알려져 있었다. 그 무공 또한 범상치 않아 남련의 고수 중 적어도 이백위 안에 들 정도로 고강하다 알려진 자였다.

　'오늘 일이 쉽지 않겠구나. 금마문의 육화운에게서 양보를 얻어내기란 결코 쉽지 않으리라.'

　양경이 마음속으로 걱정하며 자신도 모르게 시선을 능운백에게로 돌렸다. 이제 천검 능운백에게 기대를 걸어야 할 상황이 되어버린 것이다. 그런데 양경의 시선을 받은 능운백은 전혀 움직일 기색을 보이지 않았다. 해서 양경은 어쩔 수 없이 다시 육화운과 얼굴을 맞댈 수밖에 없었다.

　"금마문의 육 노사셨구려. 이렇게 만나게 되어 반갑소이다."

　"흘흘, 이런 전장에서 만난 것이 어찌 반가운 일이겠소? 그나저나 양가장에서 한 명의 시신을 데려가고자 하신다고 들었소만?"

　냉랭한 응대에 씁쓸한 미소를 지으며 양경이 고개를 끄덕였다.

　"그렇소이다. 육 노사께서 양가장의 사정을 살펴주시기 바라오."

"이것 참, 일이 매우 고약하게 되었구려. 물론 호북 양가장의 명성을 생각하자면 당연히 그 편의를 봐드려야겠지만, 남련의 입장에서도 도씨세가의 도월(桃月)이라면 쉽게 포기할 수 없는 인물이오. 와룡곡에서 그의 손에 죽은 남련의 형제들만 수십에 이른단 말이오."

"하지만 그는 이미 죽었소이다."

"가끔은 죽은 시신이 산 목숨보다 귀중할 때가 있는 법이외다."

육화운은 전혀 양보할 기색을 보이지 않았다. 양경의 시선이 다시 천검 능운백에게 흘러갔다. 지금이야말로 당신이 돈값을 해야 할 때라는 듯한 표정으로.

"그를 데리고 나갈 방법이 전혀 없소?"

그리고 그 순간 양경의 기대를 저버리지 않고 능운백이 나섰다. 육화운의 시선이 양경을 떠나 능운백에게로 향했다. 허름한 회색 무복 차림에 추레한 생김새. 절로 멸시감이 드는 얼굴이다.

"남련(南聯)과 적이 되겠다면 가능하겠지. 하지만 그것도 쉽지 않은 것이, 과연 이 인원으로 우리를 상대할 수 있을지 의문이군."

자신보다 나이가 많은 것이 분명한데도 육화운의 입에서는 하대가 흘러나왔다. 그러자 능운백이 히죽 입가에 미소를 띠며 재차 물었다.

"달리 방법이 없겠소?"

그러자 육화운이 살짝 고개를 갸웃거리다가 고개를 끄덕이며 대답했다.

　"다른 방법이라……. 딱히 생각나는 것이 없는데… 아, 이건 어떨까? 무림이란 곳은 언제나 도검으로 문제를 해결하는 법. 그쪽에서 누구라도 좋으니 나와 일수를 겨뤄 승리를 한다면 그 시신을 양보하도록 하는 것이."

　"비무를 하자는 것이오?"

　"정 그 시신을 원한다면 그런 방법도 있다는 것이오."

　육화운의 말에 능운백이 양경을 돌아보며 물었다.

　"양 대협, 어떻게 생각하시오?"

　그러자 양경이 천천히 고개를 저었다.

　"본 장은 이곳에서 어떤 형태로든 남련의 형제들과 도검을 맞대고 싶은 생각이 없습니다."

　그러자 능운백이 이번에는 양청아를 보며 물었다.

　"사정이 이러한 데도 소저는 그 시신을 포기할 수 없는가?"

　"도 가가의 시신을 가져갈 수 없다면 저 또한 이곳에 머물겠어요."

　그러자 능운백이 고개를 저으며 입을 열었다.

　"그렇다면 어쩔 수 없군. 양 소저를 이곳에 두고 간다면 내 일이 끝나지 않을 것이고, 그렇다고 양가장의 고수가 남련의 고수와 비무를 할 수도 없다고 하니 내가 나서는 수밖에. 그 비무, 내가 받아주리다."

　천검 능운백의 눈에서 한가닥 기광이 흘러나왔다. 그리고 그 빛줄기는 쏘아진 화살처럼 육화운의 동공을 파고들었다.

순간 능운백의 안광을 접한 육화운의 몸이 한차례 흔들렸다.

"그대는… 그대는 누구요? 양가장의 식솔이 아니오?"

상대의 안광을 접하고서야 이 추레한 늙은이가 보통 사람이 아니라는 것을 깨달은 육화운이 긴장한 목소리로 물었다.

"난 능운백이라 하오만!"

"…천검(天劍)!"

"음!"

갑자기 여기저기서 나직한 신음성이 흘러나오며 남련의 고수들이 한 걸음씩 뒤로 물러났다. 천하사패의 고수들인 그들이 자신들도 모르게 내보인 일련의 행동들은 천검 능운백이라는 이름이 무림에서 가지는 존재감을 고스란히 드러낸 반응이라고 할 수 있었다. 그나마 제자리를 지키고 서 있는 인물은 육화운이 유일했다.

"강호의 고인께서 납신 줄도 모르고 이 육모가 큰 실례를 하였군요. 소문으로만 듣던 능 노사의 존면을 오늘 이렇게 뵙게 되니 이 육모의 큰 영광입니다."

육화운이 가볍게 포권을 해 보였다.

"끌끌, 이 늙은이의 허명이야 다 허황된 것이고, 내가 그 비무를 받아도 상관없겠소?"

그러자 육화운이 눈을 가늘게 뜨며 물었다.

"능 노사께서는 지금 양가장의 일을 맡고 계신지요?"

"그렇소. 난 저기 양 소저를 이 혈사평에서 빼내는 일을 맡았다오. 제법 큰돈이 되는 일이지."

그러자 육화운이 천천히 고개를 끄덕였다.

"그렇다면 능 노사께서 저 시신을 놓고 비무를 하실 이유는 충분하다고 할 수 있군요. 물론 천검 어른의 명성으로 보자면 제가 시신을 양보해야 하는 것이 당연한 일이겠지만, 강호의 일대고수를 만나 가르침을 받는 것 또한 쉽게 찾아오는 기회가 아니니 이 육모가 오늘 실례를 무릅쓰고 노사께 한 수 가르침을 받아보도록 하겠습니다."

말은 정중했지만 육화운의 눈에서는 치열한 승부욕이 불타오르고 있었다. 그의 태도로 보아 입으로 내뱉는 말과는 달리 천하팔대고수로 불리는 천검 능운백을 그리 두려워하지 않는 듯 보였다. 오히려 그는 이 기회에 능운백과 일수를 겨룸으로써 자신의 이름을 강호에 드날릴 기회를 잡았다고 생각하고 있는지도 몰랐다.

"금마문(金馬門) 금도(金刀)를 구경하는 것도 흔히 찾아오는 기회는 아니지."

능운백이 고개를 끄덕였다.

비무는 그렇게 결정됐다. 장내에 조용한 흥분이 일렁였다. 천하팔대고수의 일인 천검 능운백의 무공을 직접 눈으로 견식할 수 있다는 사실이 남련과 양가장의 고수 모두를 흥분 속으로 밀어 넣고 있었다.

한껏 기대를 머금은 사람들의 발걸음이 서서히 움직이기 시작했다. 그러자 이내 천검 능운백과 금마문 육화운을 중심으로 커다란 원이 그려졌다. 동시에 수십 개의 눈초리가 두 사람의 신형에 꽂혀들었다.

그런데 비무에 임하는 오직 두 명만이 존재해야 할 원 안에 또 다른 인물이 서 있었다. 처음 사람들은 그가 미처 뒤로 물러나지 못한 사람이라고 생각했지만, 이내 그가 그 자리에서 움직일 생각이 없는 사람이라는 것을 깨닫고는 의혹 어린 눈으로 그를 바라보기 시작했다.

그는 고검이었다.

"왜 그러고 서 있는 것이냐?"

의혹은 천검 능운백도 마찬가지였는지 뒤로 물러나지 않고 서 있는 고검을 향해 물었다.

"제자가 어찌 연로하신 사부께 검을 들게 할 수 있겠습니까?"

고검이 조용히 대답했다.

"네가 하겠다고?"

"허락하신다면 제가 나서겠습니다."

그러자 능운백이 잠시 고개를 갸웃거리며 무엇인가를 생각하다가 불쑥 입을 열었다.

"그럼 그러려무나."

그러자 갑자기 팽팽했던 장내 분위기가 순식간에 허물어졌다. 잔뜩 기대했던 천검 능운백의 무공을 볼 수 없는 것은 그렇다 쳐도, 그 대신 나선 인물이 이제 겨우 스무 살을 갓 넘긴 청년이었기에 사람들의 실망은 더욱 컸던 것이다. 겨우 기대할 것은 그나마 그 젊은이가 천검 능운백의 제자라는 정도일까? 하지만 아무리 천검의 제자라도 이십대 초반의 나이에 금마장의 절정고수 육화운을 상대하기는 버거웠다.

육화운의 표정도 결코 편해 보이지 않았다. 자신의 무공에 대한 자신감이 대단한 그였으므로 승리할 순 없다 하더라도 천검 능운백과 겨뤄 쉽게 지지는 않을 것이라 자신한 그였다.

강호에서 자신의 능력을 드러내 명성을 얻을 기회는 그리 흔치 않다. 그것도 천검 능운백 정도의 명성을 지닌 자와의 비무는 더더욱 만나기 어려운 기회였다. 그런데 천검 능운백 대신에 웬 어린 애송이가 자신에게서 그 귀한 기회를 앗아가는 게 아닌가?

"이름이 뭐냐?"

육화운이 귀찮은 듯한 표정으로 물었다.

"고검이라 합니다."

"나와 일수를 겨루겠다고?"

"가르침을 바랍니다."

그러자 육화운이 이미 멀찍이 물러나 있는 능운백을 보며 소리쳤다.

"천검 어른, 전 오직 한 번의 비무만을 할 생각입니다. 다시 말해, 이 청년과의 비무가 저 시신의 주인을 가리게 될 것이란 말이지요. 동의하시겠습니까?"

그러자 능운백이 즉시 대답했다.

"당연한 일이 아닌가? 한 번의 비무로 끝날 일이 아니면 뭐 하러 비무를 하겠나. 그냥 서로 살아남는 자가 있을 때까지 싸우는 것이 더 빠르지."

"알겠습니다. 천검 어른의 말씀이니 믿도록 하지요."

육화운이 천검에게 시선을 한 번 주고는 다시 고검을 바라봤다.

"강호의 비무란 생명을 거는 것이다. 알고 있느냐?"

"각오가 되어 있습니다."

고검이 가볍게 대답했다.

"좋다. 천검의 제자이니 심심치는 않으리라. 준비하라."

육화운의 도가 뽑혔다. 그러자 도신으로부터 흘러나오는 찬란한 금광(金光)이 사람들의 눈을 어지럽혔다. 금마문을 상징하는 금도가 그 모습을 드러낸 것이다.

스르릉!

육화운의 화려한 금도에 비해 고검의 검은 너무도 조용히, 그리고 은밀하게 검집을 벗어났다. 흐릿한 어둠 속에서 빛을 흡수하는 음울한 마검. 사람들은 고검의 손에 들린 마검으로부터 흘러나오는 알 수 없는 냉기에 자신도 모르게 몸을 움찔거렸다.

육화운의 눈에도 이채가 서렸다. 비록 천검 능운백의 제자라도 자신을 상대하기에는 턱없이 모자란 애송이로 보이던 상대가 검을 빼어 들자 진득한 무게감을 지닌 존재로 변해 버렸기 때문이다.

'천검이 이 아이를 앞세운 이유가 있었나?'

내심 고검에 대한 경계심을 불러일으키며 육화운의 금도가 어두운 밤공기를 가르기 시작했다.

육화운의 도가 하나에서 두 개로, 다시 두 개에서 네 개로 늘어나더니 이내 번쩍이는 금광으로 하늘을 가득 채우며 팔방을 점유하고 고검을 향해 떨어져 내렸다.

금마문의 금도는 화려해 보이기 위해 만들어진 도가 아니었다. 금마문의 도법은 도를 사용함에도 불구하고 가볍고 화려한 초식들이 주를 이루고 있었다. 금도가 뿜어내는 금광(金光)은 상대의 눈을 어지럽힘으로써 금마문의 도초를 더욱 난해한 것으로 만드는 효과가 있었다.

스스슥!

육화운의 화려한 도초가 고검의 전신을 감싸려는 순간 고검의 발걸음이 가볍게 움직였다. 그러자 고검의 신형이 육화운이 만들어내는 화려한 도초 사이를 부드럽게 유영하기 시작했다.

"제법이군."

화려한 금빛 도초들 사이에서 육화운의 음성이 흘러나왔다. 자신의 공세를 검을 들어 막지 않고 보법만으로 피해내고 있는 고검에 대한 칭찬이었다. 하지만 고검의 보법을 칭찬하는 그의 목소리에는 아직 이 비무에 대한 자신감이 서려 있었다.

"피하기만 해서는 승리를 할 수 없는 것이 비무(比武)라네."

다시 한차례 육화운의 목소리가 흘러나오더니 이번에는 사방팔방으로 어지럽게 춤추던 육화운의 도초가 순식간에 하나로 합쳐졌다. 그리고 하나로 합쳐진 금도의 크기가 눈에 띄게 커지는가 싶은 순간 일도양단의 기세로 벼락 치듯 고검을 향해 떨어져 내렸다.

순간 고검의 눈빛이 반짝였다. 동시에 그의 마검이 한줄기 검은 빛으로 화(化)해 땅 위에서 사선을 그리며 허공으로 솟구쳐 올랐다.

그궁!

금빛보다 더 눈부신 빛이 번쩍였다. 동시에 육화운의 신형이 고검의 머리를 지나 뒤쪽으로 빠르게 지나쳤다. 그 순간 고검의 신형이 허공으로 솟구쳤다. 어둠 속으로 솟아오르는 고검의 모습이 마치 한 마리 독수리와 같다. 그렇게 솟아오른 고검의 몸이 허공에서 한 번 멈칫하는가 싶더니 이내 방향을 바꿔 육화운을 향해 떨어져 내리기 시작했다.

육화운은 고검의 마검에 막혀 회심의 일격이 빗나간 이후 고검의 뒤쪽으로 날아내리며 상대의 반격에 대비해 재빨리 몸을 회전시켰다. 그리고 예상대로 그의 시선에 어둠 속에서 떨어져 내리는 고검의 신형이 들어왔다.

고검은 그의 신형이 육화운의 몸 바로 위에 다다를 때까지도 검을 뻗어내지 않았다. 그것은 마치 검이 아닌 몸으로 상대에게 부딪치려는 것처럼 보였다. 순간 육화운의 눈에 의혹의 빛이 서렸다. 이 애송이 검객의 움직임은 그가 알고 있는 무공의 상례를 벗어나고 있는 것이다.

'공력을 도검에 실을 줄 아는 자라면 적어도 일 장 밖에서 초식을 일으켜야 하는 법이거늘.'

머릿속에 담긴 의혹은 쉽사리 사라지지 않았지만 그렇다고 몸으로 밀고 들어오는 상대의 공세를 그대로 받아줄 수는 없는 일. 육화운의 금도가 자신을 향해 떨어져 내리는 고검을 향해 열십자를 그려냈다.

도기가 만들어내는 열십자 모양의 금빛 도초가 조금씩 회전하며 고검을 향해 날아갔다. 이 일초는 상대의 공격을 미리 차단하는 기묘한 방어의 이치가 담긴 도초였다. 그렇게 자신이 가지고 있는 도법 중 가장 완벽한 방어 초식을 전개한 육화운이 약간 여유를 찾으며 고검의 움직임을 주시했다. 그런데 그 순간 고검의 검이 움직였다.

한줄기 검은 빛이 마검으로부터 흘러나왔다. 그 빛은 순식간에 육화운이 만들어낸 열십자 모양 도기(刀氣)의 중심을 파고들더니 금빛으로 번쩍이는 도기를 산산이 부숴 버리며 육화운을 향해 닥쳐들었다.

"헛!"

육화운의 입에서 헛바람이 새어 나왔다. 묵빛 검기가 어느새 자신의 면전에 육박하고 있었다. 육화운이 그가 발휘할 수 있는 최대한의 공력을 뽑아내며 움직였다. 그러자 그가 서 있던 자리에 흐릿한 그림자만이 남겨지고, 어느새 그의 신형은 자신이 서 있던 자리에서 삼 장여를 벗어나고 있었다. 그리고 그제야 육화운은 움직임을 멈췄다. 상대의 공세로부터 벗어났다는 확신이 든 이후였다.

"음!"

하지만 움직임을 멈춘 육화운의 입에서 침통한 신음성이 재차 흘러나왔다. 어느 틈에 다가왔는지 그의 얼굴 한 자 앞에서 묵빛 검끝이 여전히 그를 노려보고 있었던 것이다.

"시신을 가져가도 되겠습니까?"

고검이 여전히 육화운의 면전에 마검을 들이댄 채 물었다. 육화운의 이빨이 자신의 아랫입술을 깨물었다. 그러나 패배를 부정하는 것은 더 추하다.

"가져가게."

육화운이 천천히 고개를 끄덕였다. 그제야 고검은 육화운의 면전에서 검을 거둬들였다. 그리곤 천천히 몸을 돌려 천검 능운백과 불안한 눈으로 비무를 지켜보던 양경의 곁으로 다가갔다.

"그만 가시죠."

무덤덤한 말이 고검의 입에서 흘러나왔다. 그러자 정신을 차린 양경이 양가장의 고수들을 보며 황급히 소리쳤다.

"시신을 챙겨 혈사평을 벗어난다!"

양가장의 고수 장완이 양청아의 품에서 도월의 시신을 받아들고 어깨에 둘러멨다. 천아모는 다시 일행의 선두에서 길을 열었다. 그 뒤로 양가장의 고수들이 신속하게 움직이기 시작했다.

"수고했다."

양가장 고수들의 뒤를 따라 몸을 날리며 능운백이 고검의 어깨를 두드렸다.

"운이 좋았습니다."

"그따위 겸손은 필요없다. 무림에서 지나친 겸손은 오히려 종종 해가 되기도 한다."

고검이 능운백의 말에 말없이 고개를 끄덕였다.

"그리고… 검이 외롭더구나."

이번에는 조금 어두워진 표정으로 능운백이 말했다. 능운백의 말을 이해하지 못한 고검이 의문 어린 눈으로 능운백을 바라봤다. 그러자 능운백이 고개를 저었다.

"형식은 반드시 필요한 것은 아니지만 또한 무시할 만한 것도 아니다. 검은 적을 베는 도구이지만 또한 자신을 수련하는 도구. 베는 것에만 집착하면 살검의 경지를 벗어나기 어렵다. 넌 검의 형식에 대해 좀 더 생각해 볼 필요가 있구나."

하지만 고검은 능운백의 말을 이해하지 못한 듯 고개를 갸웃거렸다.

"나중에 내 말을 이해할 때가 올 게다. 그만 가자꾸나. 앞서거라."

능운백이 가볍게 고검의 등을 두드렸다.

"알겠습니다, 스승님."

고검이 훌쩍 신형을 날려 먼저 장내를 벗어났다. 그런 고검을 보며 능운백이 중얼거렸다.

"하지만 또한 그럴 수밖에. 저 아이의 이름조차 고검(孤劍)이 아니던가!"

한탄조로 말을 뱉어낸 능운백이 몸을 날리려다 슬쩍 고개를 돌려 아직도 멍하니 서 있는 육화운을 바라봤다. 그리곤 그를 향해 달래듯 말을 던졌다.

"금마문주 철 대협께 이 능운백의 이름을 대면 자네에게 딱히 책임을 묻지는 않을 걸세. 위험한 싸움털세. 정신 차리고 몸 보존 잘하시게."

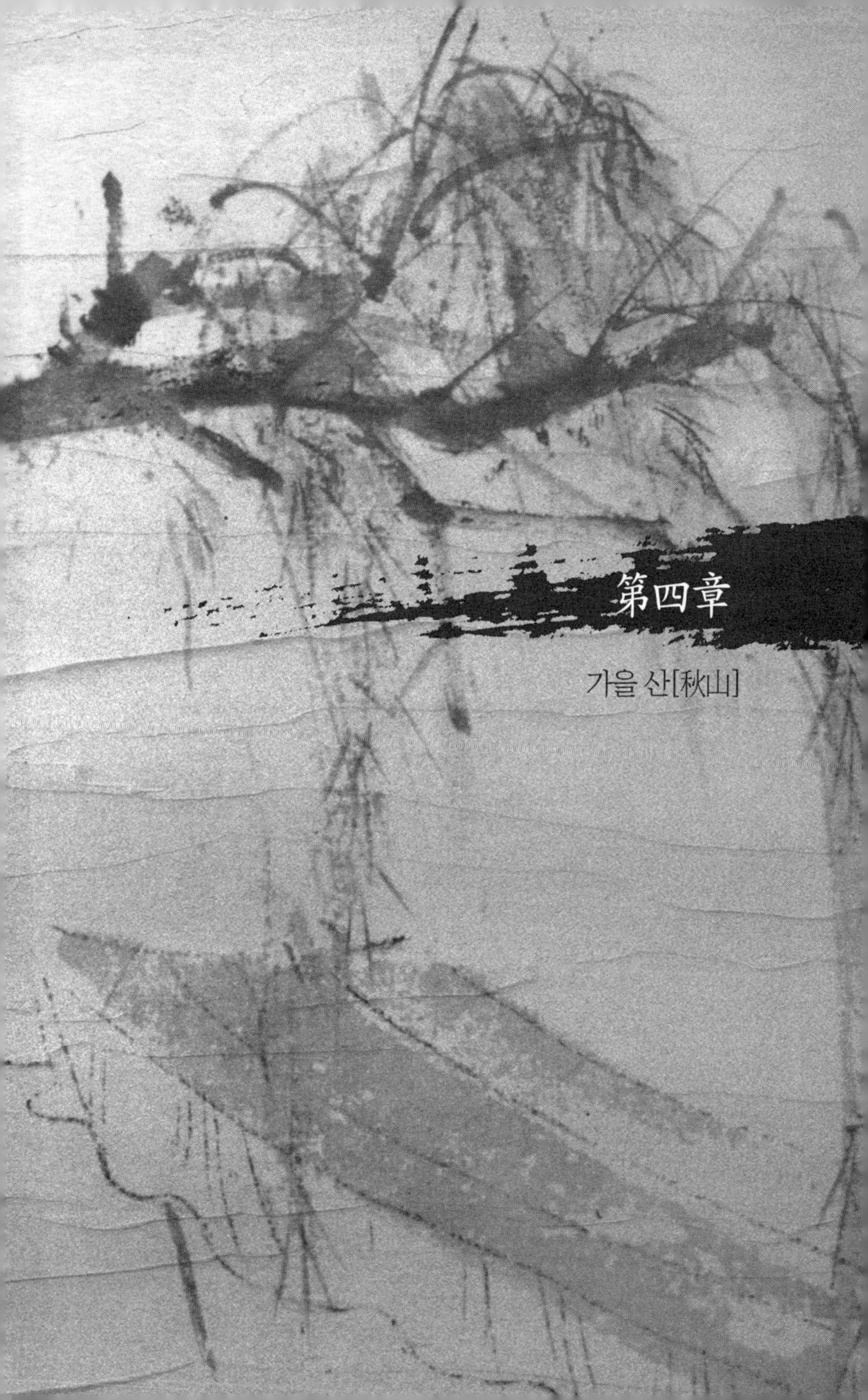

第四章

가을 산[秋山]

 孤劍秋山

"죄송합니다, 사숙. 길을 잃었습니다."

바람처럼 움직이며 일행을 이끌던 천아모가 당황스런 표정으로 양경을 보며 말했다.

"길을 잃어?"

당황하기는 양경도 마찬가지였다. 혈사평에 들어오기 전 이미 주변의 지형을 충분히 숙지하고 들어온 양가장의 고수들이었다. 그런데 길을 잃다니, 있을 수 없는 일이었다.

"혈사평을 벗어난 것은 확실합니다. 다만, 혈사평의 지형을 조사하면서 혈사평 이외의 지역은 소홀히 한 것이 실수였습니다."

"이게 무슨 황당한 일이란 말이냐? 겨우 혈사평을 빠져나와

놓고는 다시 길을 잃다니 말이다."

"하지만 일단 혈사평을 빠져나왔으니 큰 위험은 없을 것입니다, 사숙."

여전히 도월의 시신을 등에 메고 있는 장완이 앞으로 나서며 말했다.

"어리석은 말. 아무리 혈사평을 벗어났다고 하더라도 혈사평 근방 백여 리는 안전하다고 확신할 수 없다. 그런데 길을 잃다니, 어찌 이리 허술하게 준비를 했단 말이냐? 강호의 행사는 한 치의 빈틈으로도 큰 위험이 뒤따른다는 것을 잊었단 말이냐?"

"죄송합니다, 사숙."

양경의 추궁에 천아모의 머리가 더 깊이 숙여졌다.

"너무 그리 천 소협을 추궁하지 마시구려. 어쩌겠소. 밤은 깊었고 달도 밝지 않으니 길을 잃은 이상 지금 움직일 수는 없는 일이고, 이 근처에서 노숙을 한 후 날이 밝으면 길을 찾아봅시다. 이곳이 비록 혈사평과 멀리 떨어져 있지 않다고 하더라도 큰 위험은 벗어났다고 봐도 무방할 거외다."

한 걸음 뒤로 물러나 있던 능운백이 나서며 말하자 그제야 양경이 굳어졌던 표정을 풀며 말했다.

"저희들이 준비를 소홀히 해 천검께 불편을 드리게 되었습니다. 죄송합니다."

"하하하, 하룻밤 노숙하는 것이 어찌 불편하다 하겠소? 애초에 강호에서 청부업자로 살아가려면 이런 정도야 다반사지

요. 그리고 우린 지난 하루 동안 쉬지 않고 움직였으니 쉴 때
가 되기도 했고 말이외다.”

“알겠습니다. 그럼 어르신의 말씀을 따르도록 하지요. 이곳
에서 밤을 보낸다! 모두 노숙할 준비를 하고, 상유와 노아는 주
변을 경계하라!”

“옛, 사숙!”

양경의 말에 양가장의 고수들이 신속히 움직이며 야숙할 준
비를 하기 시작했다. 그렇게 일행이 야숙 준비로 부산히 움직
이자 양경이 능운백의 곁으로 다가왔다.

“혈사평을 빠져나오는 것에 정신이 없어 미처 감사의 말씀
을 드리지 못했습니다. 오늘 양가장이 별 탈 없이 청아를 데리
고 혈사평을 벗어난 것은 오로지 천검 어른의 덕입니다.”

“나도 돈을 받고 하는 일이니 감사할 일은 아니외다. 더군다
나 나야 뭐 특별히 한 일도 없고…….”

“천검 어른의 명성이 아니었다면 어찌 양가장의 식솔들만
으로 금화문 육화운의 양보를 얻어낼 수 있었겠습니까?”

“그가 길을 연 것은 나 때문이 아니지 않소?”

“물론 제자 분이신 고 소협의 공이 컸지요. 정말 대단했습니
다. 전 사실 천검께서 고 소협에게 비무를 맡기실 때 내심 불
안하기 짝이 없었습니다. 상대는 남련십육문 금화문의 고수
육화운이었으니 말입니다. 그런데 과연 명불허전이더군요. 호
부에 견자 없다더니… 과연 천검 어른의 제자 분다운 무위였
습니다.”

양경의 칭찬에 고검은 말없이 가볍게 고개를 숙여 보였다.

"과찬이외다. 아직 부족한 게 많은 아이지요."

"글쎄요. 고 소협의 무공이 부족하다면 천하의 후기지수 중 천검 어른의 눈에 들 인재는 없을 겁니다."

"핫하하! 그리되나? 하긴 이 아이가, 제법 뛰어나긴 하지요."

"제법 뛰어난 것이 아니라 당대 후기지수 중 최고일 겁니다."

"강호의 인재는 모래알같이 많으니 어찌 이 아이가 최고라고 할 수 있겠소이까? 단지 어디 가서 손해를 보는 일은 없을 거외다."

천검 능운백의 말에 양경은 이 희대의 고수가 말과는 달리 자신의 제자에 대해 무척 자부심을 느끼고 있다는 것을 알 수 있었다.

'하긴 확실히 좋은 인재이기는 하다. 우리 양가장에 저런 인물이 있다면 양가장의 앞날은 탄탄대로일 텐데……'

양경이 부러운 시선으로 고검을 바라볼 때 천아모가 다가왔다.

"사숙, 대충 준비가 끝났습니다."

장내에는 다섯 개의 천막이 원형을 이루며 세워져 있고, 가운데에는 방금 피운 모닥불이 피어오르고 있었다.

"쉬시도록 하시지요."

양경의 권유에 능운백이 고개를 끄덕였다.

"그럽시다. 나이가 드니 몸이 예전 같지 않구려. 검아, 가서 쉬도록 하자꾸나."

"예, 스승님."

고검이 능운백의 말에 대답을 하고는 그를 따라 다섯 개의 천막 중 한곳으로 발걸음을 옮겼다.

싸늘한 새벽 기운이 숙영지를 찾아들었다. 천막 가운데에서 타오르던 모닥불도 이제 작은 불씨만 남아 새벽바람에 이리저리 재를 흩날리고 있었다. 그 새벽 공기 속으로 천아모가 빠르게 사라져 갔다.

"자신 탓이라 생각하는 모양이군."

열려진 천막의 한쪽 틈으로 천아모의 움직임을 바라보고 있던 능운백이 중얼거렸다.

"책임감이 무척 강한 사람인 듯합니다."

고검이 능운백의 말에 대답했다. 두 사람은 이미 오래전에 잠에서 깨어나 천막 안에서 운공을 마친 후였다.

"좋은 인재야. 장완이라는 젊은이도 그렇고, 양가장은 앞으로 크게 번성할 게다."

능운백의 말에 고검도 고개를 끄덕여 동의했다. 그가 보기에도 양가장의 두 젊은 고수 장완과 천아모는 뛰어난 재능과 좋은 심성을 지닌 인물들로 보였기 때문이다.

"그들과 안면을 잘 익혀두거라. 양가장은 무림에서 몇 안 되는 독립된 문파다. 이 난세에 천하사패의 그늘에 들지 않고 독자적인 세력을 유지하는 곳이라면 그 저력을 짐작할 수 있지. 더군다나 양가장은 무공보다 재력으로 더 유명한 곳, 그들을 잘 사귀어두면 앞으로도 적지 않은 청부를 받을 수 있을 것이다.”

“알겠습니다, 스승님.”

“양가장의 일이 끝나면 무불장으로 갈 것이다.”

“무불장으로요?”

“그래. 이제 너도 무불장에서 일을 할 때가 되었다. 이제부터 무불장은 네가 맡도록 하여라.”

“스승님, 전 아직…….”

“되었다. 금마문의 육가를 상대하는 것을 보니 무불장을 맡을 능력은 충분하더구나. 문제는 경험인데… 그것은 무불장에 있는 사람들이 큰 도움이 될 것이다.”

“스승님의 뜻이 그렇다면 그리하겠습니다. 그런데 그럼 이제 스승님께서는 청부 일에서 손을 떼실 생각이신지요?”

“내가 손을 떼면 네가 설연장에서 써대는 금전을 벌어다 줄 수 있겠느냐?”

그러자 고검이 고개를 저었다.

“지금으로선 자신이 없습니다.”

고검의 대답에 능운백이 미소를 지었다.

“내가 완전히 일을 그만두려면 몇 년은 걸릴 게다. 그때쯤 되면 아마 너도 강호제일의 황금충이 되어 있겠지. 그런데 돈 벌레가 되는 것이 싫지 않으냐?”

"남들의 시선이야 무슨 상관이 있겠습니까? 저 스스로 자유로우면 그뿐이지요."

"녀석, 넌 약간 독선적인 면이 있어. 사업을 하려면 좀 사교적일 필요가 있단 말이다."

"처음엔 몰라도 시간이 흘러 실력을 드러내면 손님이야 저절로 찾아오지 않겠습니까?"

"그야 그렇지. 특히 이 청부의 업이란 실력이 곧 돈이니까. 하지만 너무 남들과 어울리지 않는 것도 결코 좋은 일은 아니다. 그럼 사는 게 재미가 없어."

"명심하겠습니다, 스승님."

그렇게 두 사제가 두런두런 이야기를 나누고 있는 사이 새벽 공기 속으로 사라졌던 천아모가 숙영지로 되돌아왔다.

숙영지로 돌아온 천아모는 양경이 머물고 있는 천막 안으로 사라졌다. 그리고 잠시 후, 양경의 천막 안에서 양경과 천아모가 모습을 드러냈다. 천막 밖으로 나온 양경은 곧바로 고검과 능운백이 머물고 있는 천막으로 다가오더니 천막 밖에서 조용한 목소리로 능운백을 불렀다.

"어르신, 기침하셨는지요?"

이미 양경이 자신의 천막으로 다가오는 것을 보고 있던 능운백이 몸을 일으켜 천막 밖으로 나서며 대답했다.

"늙은이는 새벽잠이 없다오."

"서둘러 길을 떠나야 할 것 같아 찾아뵈었습니다."

"무슨 일이라도 있는 게요?"

"특별한 문제가 있는 것은 아니나 혈사평 쪽에서 사람들의 이동이 시작된 듯합니다."

"흠, 확실히 싸움이 끝난 모양이구려."

능운백의 말에 양경이 고개를 끄덕이며 대답했다.

"다시 그들과 마주치는 것은 아무래도 불편할 듯하여……."

"좋소이다. 그럼 지금 즉시 떠나도록 합시다. 피할 수 있으면 피하는 것이 상책이라오."

"알겠습니다. 그럼."

양경이 능운백에게 가볍게 고개를 숙여 보이고는 이내 각 천막을 돌며 양가장의 고수들을 불러냈다. 그리고 잠시 후, 양가장의 고수들이 하룻밤을 보낸 숙영지가 말끔히 정리되고, 일행은 다시 새벽 이슬을 맞으며 산길을 걷기 시작했다.

"이게 도대체 무슨 일이란 말인가!"

양경의 입에서 난감한 탄식이 흘러나왔다. 일행의 표정도 하나같이 어두웠다. 능운백조차도 굳어진 얼굴로 주변을 살피고 있었다.

"대낮에 길을 잃다니 이런 해괴한 일이 있나?"

양경의 입에서 연신 탄식이 흘러나오자 그의 앞에 서 있던 천아모가 낯을 들지 못하고 입을 열었다.

"죄송합니다, 사숙. 분명 산 위에서 출발할 때 방향을 보아 두었는데……."

그러자 능운백이 입을 열었다.

"아니, 자네의 잘못이 아닐세. 이곳의 지형은 정말 해괴하게 생겼구먼. 비록 산 위에서 방향을 보아두었다고 해도 이 숲 속에 들어서면 길을 잃기 십상인 지형이야. 사방의 방위를 종잡을 수 없는 지형이란 말이지. 허허, 강호에 이런 묘한 지형을 가진 땅이 있다는 말을 들어본 적이 없는데……."

"어찌해야 할까요? 다시 산 위로 올라가 방향을 살펴야 하는지……?"

노련한 고수인 양경도 다음 행보에 대한 판단이 서지 않는지 능운백을 보며 물었다.

"음… 방법은 그것밖에 없는 듯하구려. 하지만 과연 그런 식으로 해서 언제 이곳을 빠져나갈 수 있을지……."

"한 방향으로 계속 걷다 보면 언젠가 길이 나오지 않을는지요?"

고검이 조심스럽게 자신의 생각을 말했다.

"문제는 우리가 과연 같은 방향을 계속 유지하며 전진할 수 있느냐는 것이다. 이곳은 숲이 너무도 무성해 해를 보고 방위를 판단하기도 쉽지 않은 곳이다."

"아니면 작은 계곡을 따라 내려가는 것도 한 방법일 듯합니다만… 하류로 내려가면 역시 사람 사는 곳이 나오지 않겠습니까?"

"그것도 방법이기는 하다. 하지만 어찌 된 일인지 근방에서 물 흐르는 소리가 들리지 않으니 이 또한 해괴한 일이구나."

"어쩔 수 없이 일단 다시 산 위로 올라가 봐야겠습니다. 그렇게 조금씩 전진하는 수밖에요."

양경의 말에 능운백도 고개를 끄덕였다.

"그렇게 합시다. 계곡을 찾더라도 산 위에서 찾는 것이 빠르겠지."

능운백의 동의가 있자 일행은 가장 가깝게 올려다보이는 산봉우리를 향해 다시 길을 가기 시작했다.

그런데 가까워 보이던 산봉우리가 좀체 일행 앞으로 다가오지 않았다. 무성한 수림 사이로 언뜻언뜻 모습을 보이는 봉우리를 확인하고 한참을 이동해 다시 산봉우리를 찾아보면 전혀 그 거리가 좁혀지지 않은 채였던 것이다. 그리고 이런 상황이 반복되자 일행은 서서히 지쳐 가기 시작했다. 몸의 피로보다 해괴한 산지의 지형이 사람들의 정신을 지치게 만들고 있었다.

"이건 마치 귀신에 홀린 듯하군."

양가장의 고수들이 누가 먼저랄 것도 없이 지친 발걸음을 멈추자 양경이 고개를 저으며 탄식을 흘려냈다. 혈사평으로 온 양가장의 식솔들은 모두 양가장에서 내로라하는 고수들이었지만 계속되는 기이한 행보에 모두 피로한 기색이 역력했다. 그중에서도 양청아의 상황이 가장 좋지 않았다.

그녀는 정인을 찾아 혈사평으로 온 이후 겪었던 일들에 놀라고 지쳐 거의 탈진 상태에 이르러 있었던 것이다.

"이 상태로 계속 이동하는 것은 무리겠소. 잠시 쉬어갑시다."

능운백이 고목에 등을 기대고 주저앉을 듯이 서 있는 양청아를 보며 말하자 양경이 고개를 끄덕였다.

"그리하지요. 사실 저조차도 더 이상은 움직이기 어렵군요. 이곳에서 잠시 휴식을 취한다! 휴식 중이라도 경계를 게을리 하지 말라!"

양경의 명에 양가장의 고수들이 안도의 한숨을 내쉬며 이리저리 흩어져 휴식을 취하기 시작했다.

"대체 언제까지 이렇게 숲을 헤매고 다녀야 할지 모르겠군요."

문도들이 휴식을 취하는 것을 바라보던 양경이 나직한 목소리로 입을 열었다. 그러자 능운백이 천천히 주변의 지형을 살피며 말했다.

"참으로 묘한 곳이외다, 이건 마치……."

무엇인가를 말하려던 능운백이 갑자기 중간에 말을 멈췄다. 양경이 그런 능운백을 의아한 시선으로 바라봤을 때, 능운백의 시선은 희뿌연 안개 같은 것이 서려 있는 숲의 저쪽을 응시하고 있었다.

"무슨 일이라도?"

"인기척이 있소이다."

"사람이 있단 말입니까?"

"그렇소이다."

"아니, 이 깊은 산중에 누구일까요? 설마 남련의 고수들이 벌써 이곳에 도착했을 리는 없고……."

양경이 경계의 눈빛을 흘려내며 능운백이 바라보고 있는 지점으로 시선을 옮겼다. 그러자 멀리 숲 속으로부터 아련한 풀피리 소리가 들려오기 시작했다.

삐리리리…….

구성지게 늘어지는 피리 소리는 처음에는 능운백과 양경 같은 노련한 고수들의 귀에만 들려오더니 차차 일행 모두에게 들려오기 시작했다. 덕분에 채 일각이 지나지 않아 장내의 사람들은 모두 풀피리 소리가 들려오는 곳으로 시선을 모으고 있었다. 그리고 개중 몇몇은 자리에서 일어나 병장기를 꺼내 들기도 했다.

삐리리리리…….

풀피리 소리가 점점 가까워졌다. 그리고 드디어 피리 소리가 들려오는 쪽 수풀이 흔들거리더니 이내 한 명의 신형이 모습을 드러냈다.

"아니… 저, 저건?"

순간 사람들의 입에서 저마다 탄성이 흘러나왔다. 숲을 헤치고 나타난 인물이 그들의 기대와는 너무도 다른 사람이었기 때문이다.

"어? 웬 아저씨들이 이렇게 많지?"

놀라기는 숲에서 풀피리를 불며 나타난 소년도 마찬가지였다. 이제 겨우 열서너 살이나 되었을까. 어깨에는 약초를 담는 걸망을 걸머지고 허리에는 나무로 만든 수통이 매달려 있다. 입고 있는 옷은 오랜 산행 때문인지 이곳저곳 해져 있었고, 손에는 오래 사용해 반들거리는 나무 지팡이를 짚고 있었다. 양가장의 고수들을 어려움에 빠뜨린 이 깊은 산중을 홀로 다니기에는 너무 어려 보이는 소년이었다.

"꼬마야, 이리 좀 와보거라."

양경이 손짓을 하며 소년을 불렀다. 그러자 소년이 망설이지 않고 사람들 사이를 지나 양경 앞으로 다가왔다.

'요 녀석 좀 보게? 보통 배포가 아닌걸?'

능운백은 가까이 다가온 소년을 보며 내심 감탄했다. 본시 산중에서 수십 명의 무림인을 만나면 어른이라도 겁을 집어먹게 마련인데 이 어린 소년의 눈에서는 전혀 두려움이 느껴지지 않았던 것이다.

"제게 하실 말씀이라도 있으세요?"

소년의 입에서 당돌한 질문이 흘러나왔다.

"오냐. 몇 가지 말 좀 물어보자. 넌 이 근처에 사느냐?"

그러자 소년이 어이없다는 표정을 지으며 대답했다.

"무슨 질문이 그래요? 이런 깊은 산중에서 어떻게 사람이 살겠어요?"

"음, 그럼 넌 이 근처에 사는 것이 아니구나."

"당연하죠. 조맹촌 근방에 살아요."

"조맹촌?"

소년의 대답에 양경이 반가운 기색을 하며 되물었다. 드디어 사람 사는 마을을 아는 인물을 만난 것이다, 비록 그것이 나이 어린 소년이라 할지라도.

“그래요. 뭐, 조맹촌 내에 사는 것은 아니지만 제 초가에서 조맹촌까지는 채 반 시진도 걸리지 않으니 조맹촌에 산다고 해도 틀린 말은 아니죠.”

“그 조맹촌에서 월성포까지는 얼마나 걸리느냐?”

“월성포요?”

“그래, 월성포. 혹 월성포를 모르느냐?”

“아뇨. 알긴 알지요. 하지만 제가 살고 있는 조맹촌을 거쳐 월성포로 가려면 십여 일은 걸려요. 그런데 월성포로 가시는 길이세요?”

“그렇단다. 월성포로 가려면 저쪽 방향으로 가는 것이 맞느냐?”

양경이 자신들이 가고자 하는 산봉우리를 가리키며 물었다.

“예? 지금 월성포로 가시는 길이라면 길을 크게 잘못 들으신 것 같은데요. 이쪽으로 가면 월성포와는 점점 멀어지는데…….”

그러자 양경이 크게 놀라며 되물었다.

“이 방향이 월성포와 반대 방향이라고?”

“그럼요. 월성포로 가려면 저쪽 산봉우리를 넘어야 해요.”

소년이 양가장 일행이 지나온 쪽의 작은 봉우리를 가리키며 말했다. 그러자 양경이 탄식을 하며 한숨을 내쉬었다.

“아, 정말 이곳의 지형을 도저히 감을 잡을 수가 없구나. 어느새 길을 잘못 들어 엉뚱한 방향으로 가고 있었다니…….”

그러자 소년이 씨익 미소를 지으며 물었다.

“이곳에 처음 오시는 분들이시지요?”

“오냐. 우린 이곳이 초행이란다.”

그러자 소년이 고개를 끄덕이며 중얼거렸다.

“그럼 그렇게 탄식하실 필요 없어요. 본래 이 천자산 근처는 지형이 워낙 복잡해서 처음 오는 사람치고 길을 잃지 않는 사람이 없지요. 그래서 보통은 길잡이를 쓰게 마련인데…….”

“천자산?”

양경이 고개를 갸웃거렸다. 양가장에서 조사한 혈사평 인근 지형에서 천자산이라는 이름을 들어보지 못했던 것이다.

“네. 사람들에겐 잘 알려지지 않은 산이죠. 하지만 이 근방에서는 무척 위험한 산으로 알려진 곳이에요. 가끔 길을 잃고 죽는 사람도 더러 있지요.”

소년이 마치 겁을 주는 듯한 말투로 대답했다.

“음… 그렇구나. 그나저나 넌 지금 어디로 가는 길이냐?”

“저야 약초를 캐러 천자산 이곳저곳을 뒤지고 다니는 중이지요.”

“넌 이 천자산에 무척 익숙한 모양이구나?”

“그럼요. 전 어려서부터 이 산을 오르내렸는걸요.”

“그렇다면 이곳에서 월성포로 가는 길도 알고 있느냐?”

“그야 당연하죠. 월성포 쪽으로는 별로 갈 일이 없지만 서너 번 들러본 적은 있어요.”

그러자 양경의 얼굴에 안도의 빛이 서렸다.

“참으로 다행이구나. 미안하지만 네가 우리를 월성포까지 안내해 주면 좋겠는데, 어떠냐? 내 부탁을 들어줄 수 있겠느냐?"

양경의 부탁에 소년의 얼굴에 난감한 기색이 떠올랐다.

"월성포까지요?"

"왜, 어렵겠느냐?"

소년의 표정을 살피며 양경이 되물었다.

"음… 그건 좀 힘들겠는데요. 나도 약초를 캐어 근근이 먹고 사는 처지라……."

"흠, 그렇구나. 그런데 넌 혹시 혼자 사는 아이냐? 네 나이로 보건대 아직 스스로 밥벌이를 할 나이는 아닌 것 같은데……."

그러자 소년이 갑자기 불쌍한 표정을 지으며 대답했다.

"혼자 살지는 않아요. 아버님은 일찍 돌아가시고 집에는 병든 노모와 어린 동생들이 있지요. 휴, 그래서 전 하루도 쉬지 않고 이렇게 산으로 약초를 캐러 다니는 거지요. 물론 그래도 우리 식구 입에 풀칠하기도 힘들지만요. 아, 사는 게 너무 힘들어요."

소년의 한탄에 양가장의 고수 몇몇이 작은 웃음을 터뜨렸다. 나이 어린 소년의 입에서 흘러나온 말치고는 맹랑하기 이를 데 없는 소리였기 때문이다. 하지만 양경은 정색을 하며 소년에게 위로의 말을 건넸다.

"저런, 참으로 안타까운 일이구나. 네 나이 또래의 다른 아이들 같으면 부모 밑에서 어리광을 부리며 살 나이인데… 벌써부터 가족을 책임져야 하다니……. 음… 그럼 이건 어떠냐?

네가 우리를 월성포까지 데려다 준다면 네가 약초를 팔아 벌수 있는 금자보다 많은 금자를 주겠다.”

그러자 소년의 눈이 반짝였다.

“얼마를 주실 수 있는데요?”

“네가 약초를 캐면 얼마를 벌 수 있느냐?”

그러자 소년의 눈동자가 빠르게 회전하더니 이내 큰 숨을 들이쉬며 말했다.

“여기서 월성포까지는 지름길로 가도 사나흘은 걸리지요. 그러니까 제가 어르신들을 모시고 월성포에 다녀오려면 전 칠팔 일 정도 손해를 보게 되는 거지요. 제가 칠팔 일 동안 약초를 캐서 팔면 전 금자 다섯 냥 정도는 벌 수 있어요.”

소년의 대답에 양경이 빙그레 미소를 지었다.

“넌 무척 귀한 약초를 캐는 모양이구나. 금자 다섯 냥이라면 보통 어른들이 서너 달은 일을 해야 벌 수 있는 돈인데 말이다.”

그러자 소년이 샐쭉한 표정을 지으며 대답했다.

“제법 큰돈이긴 하죠. 하지만 제가 이 천자산에 올라 약초를 캐는 것은 오직 한 달에 한 번뿐이라고요. 왜냐하면 어머니와 동생들을 돌봐야 하니까 말이에요. 그리고 전 이 천자산을 구석구석 알고 있기 때문에 어르신 말씀처럼 귀한 약초들만 골라서 캘 수 있죠. 뭐, 제 말을 믿기 어려우면 믿지 않으셔도 돼요. 전 이만 약초를 캐러 갈게요. 이곳에서 너무 시간을 지체했네요. 그럼 조심해서 가세요.”

소년이 쏘아붙이듯 말을 던져 내고는 약초가 든 걸망을 들쳐 멨다. 태도로 보아 정말 장내를 떠날 태세였다.

"아니, 아니다. 네 말을 못 믿는 것은 아니다. 단지 네가 어린 나이에도 불구하고 무척 뛰어난 약초꾼이라는 것에 감탄해서 나온 말이다. 오해 말거라."

그렇게 서둘러 소년의 발걸음을 막아선 양경이 재빨리 덧붙였다.

"그럼 금자 다섯 냥이면 되겠느냐?"

그러자 소년이 살짝 고개를 갸웃거렸다.

"글쎄요. 제가 돌아가신 아버지께 배운 바로는 흥정은 내가 아닌 상대편의 상황에 따라 해야 한다고 하더군요."

"그게 무슨 말이냐? 상대편의 상황에 따라 흥정을 해야 한다니?"

"다시 말해서 제가 아저씨들을 월성포까지 안내해 드리는 대가는 제가 약초를 캐어 벌 수 있는 금자로 따질 게 아니라 어르신들께서 월성포로 가는 일이 얼마나 중요한가에 따라 결정되어야 한다는 거죠. 어르신들이 월성포로 급히 가야 할 필요성은 금자 다섯 냥 정도의 가치인가요?"

소년의 물음에 양경과 양가장의 고수들, 그리고 능운백과 고검까지도 눈을 크게 뜨며 새삼스런 눈으로 소년을 응시했다. 소년이 입 밖으로 흘려낸 말은 그의 나이를 감안하자면 무척 놀랄 만한 견해였던 것이다.

"음, 넌 나이는 어리지만 이미 거래의 이치를 알고 있구나."

"물론 그렇죠. 전 항상 약초를 팔 때 상대편이 제 약초를 얼마나 필요로 하는가를 보고 값을 매기거든요."

"오냐, 네 말이 맞다. 사실 우리에게 월성포로 가는 일은 금자 다섯 냥보다는 훨씬 중요하다고 할 수 있지."

"얼마의 가치가 있는 일인가요?"

그러자 양경이 웃으며 고개를 저었다.

"아니, 거래를 하자고 한다면 나도 내 패를 모두 드러내 보일 순 없지 않느냐? 네 말의 의미는 충분히 알았으니 네가 받고 싶은 금액을 말해보거라."

양경의 말에 소년이 순순히 고개를 끄덕였다.

"좋아요. 전 금자 오십 냥을 부르겠어요."

"금자 오십 냥?"

양경이 눈살을 찌푸리며 물었다.

"그래요. 금자 오십 냥!"

소년은 자신이 내건 금액에서 절대 양보할 수 없다는 듯 단호한 목소리로 자신의 제시 금액을 다시 한 번 강조했다.

"아이야, 아무리 돈을 벌기 위한 거래라도 상도(商道)라는 것이 있다. 지금 네가 내건 금액은 그 상도라는 것을 넘어서는 금액이라고 생각지 않느냐?"

양경의 추궁에 소년이 고개를 저으며 대답했다.

"그렇지 않아요. 제가 보기에 어르신 일행은 지금 무척 다급한 처지에 빠져 있는 듯 보이는군요. 더군다나 모두 지쳐 있기까지 하고요. 만약 이 험한 천자산의 지형에 갇혀 길을 찾을 수 없다면 어쩌면 죽는 사람이 나올지도 몰라요. 그리고 제가 보기에 어르신들은 누군가에게 쫓기고 있는 것 같기도 하고요. 목숨이 위험한 지경에 금자 오십 냥은 그리 비싼 게 아니지요."

"그렇지 않단다. 우리가 이곳에서 쉽게 길을 찾지 못한다 하더라도 이 천자산중에서 죽을 사람은 없단다. 넌 모르겠지만 우린 무림인이다. 길을 잃어 죽을 사람들이 아니란 말이다. 그리고 비록 우리가 월성포로 급히 가야 하는 것은 맞지만 그것이 우리를 쫓는 사람이 있다는 의미는 아니다. 우린 단지 이 여행을 빨리 끝내고 싶을 뿐이란다."

양경의 설명에도 소년의 눈에는 자신감이 흘러넘쳤다. 소년이 넌지시 혼잣말을 중얼거리듯 양경의 말을 받았다.

"그래요? 죽은 시신을 옮기는 사람들은 본시 누군가에게 쫓기게 마련인데……."

그제야 양경은 이 소년이 무엇을 보고 이렇게 자신만만하게 금자 오십 냥을 불렀는지 깨달았다. 소년은 도월의 시신을 염두에 두고 있었던 것이다.

"맞는 말이다. 우린 지금 한 명의 시신을 옮기고 있다. 하지만 그렇다고 해도 우리의 사정이 네가 말한 것처럼 그리 위험한 것은 아니란다."

"그 말씀은 금자 오십 냥을 주고는 절 쓰지 않겠다는 말인가요?"

소년의 말투가 강경해졌다. 정말 당장이라도 걸망을 짊어지고 장내를 벗어날 듯한 모습이었다.

"꼭 그런 것은 아니다만, 네 욕심이 너무 과하다는 말이다."

그러자 소년이 씨익 웃으며 한마디를 덧붙였다.

"물론 저도 제가 제시한 금액이 제법 큰 금액이라는 것은 알아요. 하지만 전 한 가지를 더 고려했죠."

양경의 얼굴에 호기심이 떠올랐다.

"무엇을 더 고려했느냐?"

"그것은 어르신과 일행의 행색을 보건대, 금자 오십 냥 정도는 아무 대가 없이도 저와 같이 가엾은 소년에게 그냥 주고 갈 수도 있는 분들이라는 것이죠. 금자 오십 냥은 적은 돈이 아니지만 어르신들에게는 그리 큰돈도 아니시죠?"

소년의 지적은 정확했다. 사실 양가장의 입장에서 보자면 금자 오십 냥 정도야 그리 큰돈이라고 할 수 없는 액수였다. 양가장은 호북 최고의 재력을 지닌 가문이 아니던가?

양경이 소년의 말에 졌다는 듯이 두 손을 들어 올렸다.

"내가 졌다. 좋다. 금자 오십 냥에 거래를 성사시키자."

"헤헤, 고마워요. 대신 제가 정말 빠른 길로 안내를 해드릴게요."

소년이 흡족한 미소를 지으며 대답했다.

그렇게 깊은 산중에서 뜻밖의 길잡이를 구한 일행은 서둘러 소년의 뒤를 따라 천자산을 벗어나기 시작했다.

"정말 맹랑한 놈이로군."

능운백이 능숙한 발걸음으로 일행의 선두에서 길을 헤쳐 나가고 있는 소년을 바라보며 말했다.

"정말 똑똑한 아이 같습니다. 아니, 징그럽다고 할까요? 양 노사와 거래를 성사시키는 모습을 보면 절대 어린애로 볼 수 없을 만큼 영악하더군요."

고검도 소년을 보며 능운백의 말에 동조했다.

"녀석이 어떤 배경을 가지고 있는지 정말 궁금하군."

"병든 노모에 동생들이 있다지 않습니까?"

"지금 그 말을 믿는 거냐?"

"그럼 저 아이가 거짓말을 했다는 건가요?"

"그러고도 남을 녀석이 아니냐. 녀석은 일단 자신의 처지를 꾸며대 상대의 동정심을 끌어낸 후 거래를 유리하게 이끌었던 것이 분명하다."

"하지만 저 아이의 말이 사실일 수도 있지 않습니까?"

"물론 그럴 수도 있다. 하지만 한 가지 사실이 저 아이를 믿을 수 없게 만드는구나."

"달리 의심되는 일이 있으신지요?"

"음, 지금 말할 바는 아니고, 일단 이 천자산을 모두 벗어난 후 이야기하자꾸나."

능운백이 고검의 궁금증을 풀어주지 않고 말을 아꼈다. 고검 역시 능운백이 입을 닫자 더 이상 그의 생각을 묻지 않았다. 고검은 이미 모든 것에는 때가 있다는 것을 아는 사내였다.

아이의 장담대로 일행은 이틀 만에 천자산을 벗어났다. 중간에 하룻밤 노숙을 하지 않았다면 채 이틀이 걸릴 거리도 아니었지만, 길 안내를 맡은 소년이 힘들어 죽겠다고 버티는 바람에 하룻밤을 산중에서 유숙하는 것은 어쩔 수 없는 일이었다.

그렇게 이틀이 지나 다시 해가 저물기 시작했을 때 일행의 눈에 멀리 작은 마을이 들어왔다.

"이제 천자산은 모두 벗어났어요. 저 마을은 보두촌이라 하는데 저곳에서 월성포까지는 하룻길이에요. 오늘은 저곳에서 쉬어가죠?"

소년이 양경을 보며 말하자 양경이 멀리 보이는 마을을 보며 말했다.

"너만 괜찮다면 우린 그냥 밤길을 걸어 월성포로 갔으면 한다만……"

"밤에도 길을 가자고요?"

소년이 펄쩍 뛰며 반문했다.

"왜, 어렵겠느냐?"

"어휴, 전 힘이 들어서 그렇게는 못하겠어요."

소년이 고개를 저으며 양경의 제안을 거부했다.

"금자 열 냥을 더 주면 어떻겠느냐?"

양경은 혈사평의 싸움에 참여했던 고수들이 혹시라도 눈앞에 보이는 마을에 나타날 것을 꺼려하는 것이었다. 더군다나 아무리 산골의 작은 마을이라도 사람의 시신을 들고 들어가는 것은 그리 보기 좋은 모습이 아니었다. 다행히 돈 이야기가 나오자 피로해 보이던 소년의 눈에 생기가 돌았다.

"어르신의 사정이 정 그렇다면 어쩔 수 없지요. 피곤해도 제가 도와드려야지요. 어차피 제가 월성포까지 모시기로 했으니 말이에요."

그렇게 천연덕스럽게 대답을 한 소년이 마을 쪽으로 난 길에서 벗어나 마을 뒤쪽의 작은 야산 아래로 난 길로 일행을 이끌기 시작했다. 양경과 다른 일행은 그런 소년의 모습을 한편으로는 어이없는, 다른 한편으로는 귀엽다는 듯 바라보며 소년의 뒤를 따랐다.

쉬지 않고 밤길을 걸은 일행은 사위가 차츰 밝아오는 새벽 무렵에 드디어 월성포를 눈앞에 두게 되었다.

"저곳이 월성포예요."

"오냐. 월성포는 나도 알고 있단다. 이제부터는 우리도 갈 수 있으니 너의 일은 모두 끝났다고 할 수 있다. 월성포에는 본 장 소유의 작은 장원이 하나 있는데 그곳에서 잠시 쉬었다 가겠느냐? 오랫동안 걸었으니 무척 피곤할 텐데……."

그러자 소년이 가만히 고개를 기울이고 생각에 잠겼다가 이내 고개를 끄덕였다.

"그럼 아침밥만 얻어먹고 갈게요."

"그러겠느냐? 자, 그럼 이제부터는 내가 앞장을 서마."

소년의 어깨를 한차례 두드린 양경이 그때부터 일행을 인솔해 월성포로 접어들었다.

월성포는 사천과 호북의 경계에 있는 마을로 제법 큰 장강의 지류와 접한 포구 마을이다. 사천으로부터 호북으로 접어드는 물길은 상인들에게 무척 중요한 상로였으므로 월성포에는 적지 않은 상가들의 근거지가 마련되어 있었다.

호북의 대문파인 양가장 역시 월성포에 장원을 마련해 놓고 양양의 본가와 사천의 여러 군현들 사이의 거점으로 이용하고 있었다. 따라서 월성포의 양가장 소유 장원에 일행이 도착함으로써 혈사평에서 양청아를 데리고 나오는 이번 일의 목적은 거의 달성되었다고 볼 수 있었다. 그 때문인지 장원에 들어서는 양가장 고수들의 얼굴에는 한결 여유가 묻어나고 있었다.

"그런데 네 이름은 무엇이냐?"

장원에 들어 잠시 휴식을 취하던 도중 문득 능운백이 소년 앞으로 다가서며 물었다. 그러자 아이의 눈에 잠깐 경계의 빛이 떠오르더니 이내 당돌한 어조로 물었다.

"이름은 알아서 무엇 하게요?"

하지만 소년의 반문은 이내 함께 이동한 양가장 고수들의 말 속에 묻혀 버렸다.

"어? 그리고 보니 여태 우린 어린 길잡이의 이름도 모르고 있었네?"

"그러게 말이야. 너무 긴장을 해서 그랬나 보군. 그래, 꼬마야, 이름이 뭐니?"

여기저기서 소년의 이름을 묻는 질문이 쏟아져 나왔다. 그러자 소년이 원망스런 눈으로 능운백을 노려보며 대답했다.

"특별히 이름은 없어요. 그저 사람들은 절 추산(秋山)이라고 불러요."

"추산이라……. 성이 추씨인 모양이구나."

"그래요."

소년이 툭 대답을 던지고는 더 이상 능운백을 상대하기 싫다는 듯 다른 곳으로 시선을 돌렸다. 하지만 능운백의 시선은 여전히 소년 추산의 얼굴에 머물러 있었다.

"왜 그렇게 보세요?"

애써 시선을 피했지만 여전히 자신을 바라보는 능운백의 시선이 불편했는지 소년이 따지듯 물었다.

"귀여워서 그런다."

"네?"

소년이 인상을 찡그렸다.

"귀여워서 그런다고, 이 녀석아!"

"이 녀석 저 녀석 하지 말아요. 저도 이미 다 컸다고요."

"호호호, 고 녀석, 참으로 맹랑하단 말이야? 그런데 넌 노모와 어린 동생들이 있다고 했지?"

"그, 그래요."

소년은 능운백의 눈빛을 마주하자 자신도 모르게 말을 흐리며 대답했다.

"어린 나이에 고생하는구나. 그런데 네 이름은 누가 지었느
냐?"

"그건 알아서 뭣 하게요?"

"참 좋은 이름이라 그런다. 아마도 네 이름을 지은 분은 풍
류를 아는 분이셨으리라."

능운백의 칭찬에 소년의 얼굴에 살짝 미소가 지어졌다.

"그럼요. 할아버지는 정말 대단히 똑똑하신 분이셨다고요."

"네 할아버지가 지은 이름인 모양이구나?"

"뭐, 그래요."

소년이 뭔가 떨떠름한 표정으로 대답했다.

"그 할아버지는 돌아가셨고?"

능운백의 말에 소년의 낯빛이 금세 어두워졌다.

"그래요. 할아버지는 일 년 전에 돌아가셨지요. 할아버지가
절 데리고 천자산에 들어오실 때 천자산이 온통 가을 단풍에
물들어 있었지요. 그래서 할아버지가 제 이름을 추산이라 지
으신 거예요. 할아버지가 돌아가신 것도 천자산이 단풍으로
물든 작년 가을이었고요."

소년이 그리운 얼굴을 회상하는 표정으로 말을 이었다. 하
지만 그사이 능운백은 소년의 말에서 허점을 찾아내고 있었
다.

"그리고 그때부터 넌 약초를 캐어 네 가족들을 부양해 왔
고?"

감상에 빠져 있던 소년이 능운백의 갑작스런 질문에 허를

찔린 듯 화들짝 놀란 표정을 지었다.

"그, 그래요."

"껄껄껄, 그렇게 된 일이구나. 즐거운 대화였다. 아침 맛있게 먹거라. 돌아갈 길이 제법 머니 말이다."

능운백이 호탕한 웃음을 터뜨리며 추산이라 불린 소년의 앞에서 벗어나 고검의 곁으로 다가왔다.

"역시 묘한 아이군요."

고검이 능운백을 보며 물었다.

"묘할뿐더러 대단한 재질을 지닌 아이다. 더불어 나이에 어울리지 않는 무공까지."

"아니, 무공을 익히고 있단 말입니까?"

고검이 놀라며 물었다.

"네 생각은 어떠냐? 과연 저 나이의 아이가 무림의 일류고수들인 양가장의 고수들과 함께 삼 일 밤낮을 가리지 않고 산길을 이동하는 것이 가능하리라 보느냐? 아무리 산을 타는 데 익숙한 아이라도 말이다."

능운백의 말에 고검이 그제야 무엇인가를 깨달은 듯 고개를 끄덕였다.

"스승님의 말씀이 맞습니다. 과연 보통의 아이라면 그건 불가능한 일이지요. 정말 보면 볼수록 비밀이 많은 아이군요."

"그래, 참으로 특이한 아이다. 음… 아무래도 우리도 이곳에서 양가장의 고수들과 헤어져야겠구나."

"양양까지 가지 않으시고요?"

“처음에는 양양까지 동행하려 했지만 달리 할 일이 생긴 것 같구나. 이곳에서 양양까지는 뱃길로 이동할 테니 내가 없어도 능히 양가장에 도착할 수 있을 것이다.”

“하실 일이라면……?”

고검이 조심스럽게 물었다. 그러자 능운백이 멀리 떨어져서 양가장에서 내어온 아침밥을 정신없이 먹고 있는 추산을 바라보며 말했다.

“난 과거 저와 같이 특별한 아이를 만난 적이 있다.”

“그런 적이 있으셨습니까?”

“오냐. 아주 대단한 재질에 독특한 기질을 지닌 아이였지.”

“누군지 궁금하군요.”

고검이 호기심이 이는지 능운백을 바라봤다. 그러자 능운백이 호낭한 웃음을 더뜨렸다.

“하하하, 이 녀석아! 그 아이는 바로 지금 내 눈앞에 있지 않느냐?”

“네? 그게 무슨 말씀이시……. 설마 절 말씀하시는 건가요?”

“그럼 너 말고 누가 있겠느냐? 네 녀석도 저 녀석만큼 특이했었느니라. 그 어린 나이에 감히 이 천검 능운백에게 칠마를 청부했으니 말이다. 더군다나 넌 나의 승천공과 산검을 이을 만한 재질을 지니고 있었지. 결국 넌 내 제자가 되었다. 흐흐, 그리고 오늘 난 내 무공을 이어받을 만한 녀석을 또 한 명 발견하게 된 것이다. 내가 어찌 이 기회를 놓치겠느냐?”

"스승님께서는 저 아이에게 욕심이 생기셨군요."

"오냐. 무척 탐이 나는구나. 껄껄껄, 이 추괴한 능운백이 천하제일미를 아내로 맞이하고, 천하제일의 재질을 지닌 너에 더해 저 아이까지 제자로 얻을 수 있다면 천하의 고수들이 모두 날 부러워하지 않을 수 없을 것이다. 더불어… 너와 저 아이가 성장해 나의 청부업을 이어받게 되면 난 늘그막에 무척 많은 재물을 만지게 될 거야. 교교를 충분히 행복하게 해줄 만큼 말이다. 하하하!"

능운백의 기분 좋은 웃음을 들으며 고검이 자신의 사제가 될지도 모르는 소년 추산을 다시 한 번 유심히 살펴보기 시작했다.

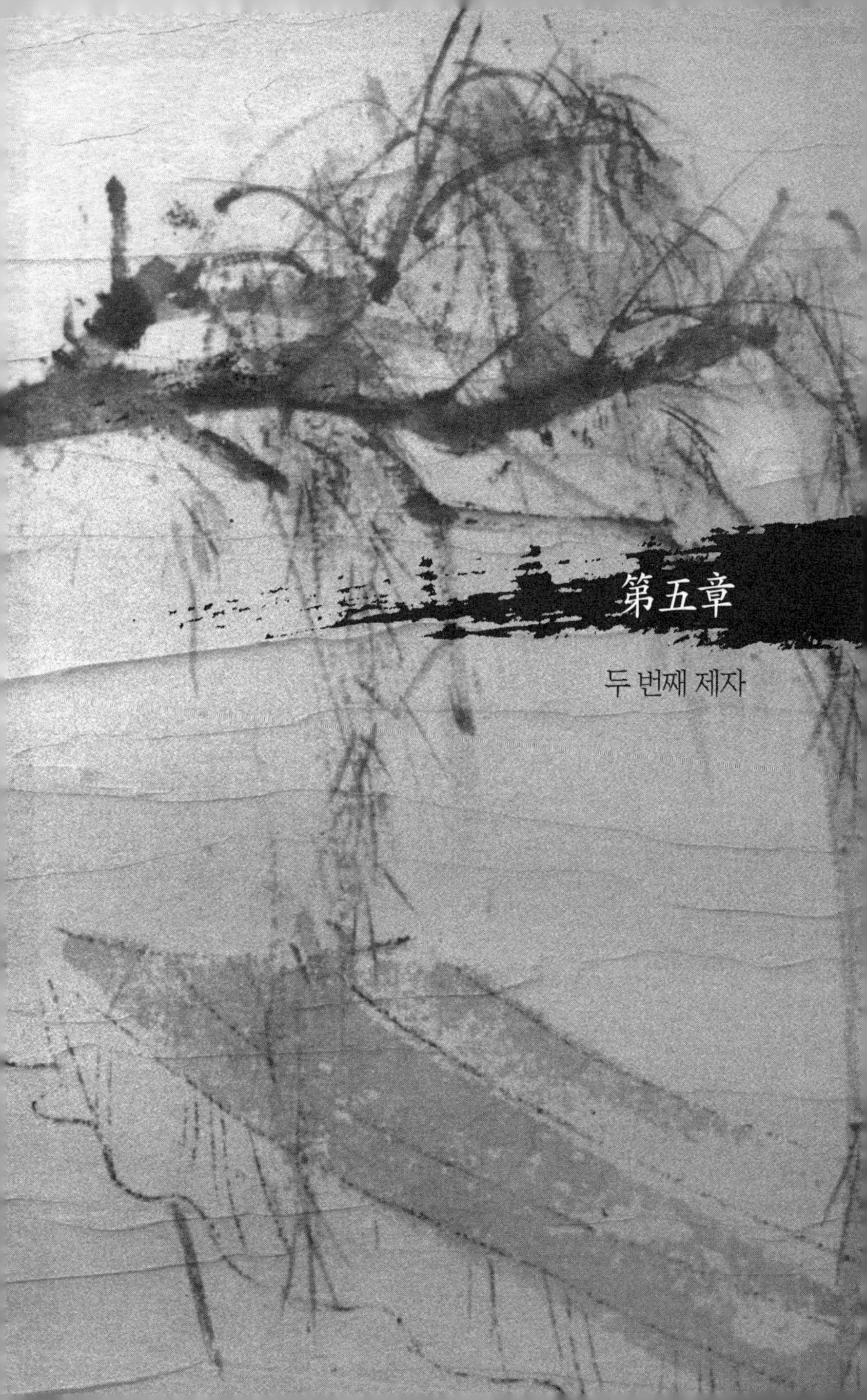

第五章

두 번째 제자

"녹정혈은 지금 드릴 수 있습니다. 장주께서 이번 출도에 앞서 만약을 위해 한 병을 제게 맡겨놓으셨지요. 하지만 청부 대금은 지금 드릴 수가 없습니다. 워낙 큰 금액이라……."

양경이 작은 옥병을 능운백에게 건네며 난감한 표정으로 말했다.

"물론 나도 대금을 지금 받을 생각은 하지 않았소이다. 조만간 사람을 양양으로 보내겠소. 그때 정산을 해주시구려."

"그러시다면 어르신을 더 이상 잡아둘 명분이 없군요. 이번 기회에 양양까지 어르신을 모시고 싶었는데 말입니다."

"나도 오랜만에 양가장주를 만나보려 했는데 부득이 동행을 못하게 되었구려."

"그런데 무슨 좋지 않은 일이라도……?"

양경의 걱정스런 모습에 능운백이 고개를 저었다.

"아니올시다. 걱정할 문제는 아니외다. 오히려 흥미로운 일이라고나 할까?"

"흥미있는 일이라니 더욱 궁금하군요."

"하하하, 그런 게 있소이다. 이쯤에서 그만 헤어지기로 합시다."

능운백이 마음속에 있는 말을 꺼내지 않고 양경에게 작별을 고했다. 그러자 양경이 서운한 기색으로 대답했다.

"알겠습니다. 그리하시겠다면 어쩔 수 없지요. 어쨌든 이번 일을 무사히 마칠 수 있어서 다행입니다. 천검 어른의 도움에 감사드립니다."

양경이 정중하게 포권을 해 보이자, 그의 뒤쪽으로 푸른 물결 위에 떠 있는 중간 크기의 선박에 올라 있던 양가장의 고수들이 능운백을 향해 일제히 포권을 해 보였다.

"청부사가 돈을 받고 한 일이외다. 마음에 두지 마시구려. 그럼 양양까지 편히 가시구려."

"어르신도 편한 여행되시기 바랍니다. 그럼."

양경이 가볍게 고개를 숙여 보이고는 이내 몸을 날려 배 위로 올라섰다. 그 모습을 보고 있던 능운백이 양경이 탄 배가 천천히 움직이기 시작하자 뒤에 서 있던 고검을 보며 말했다.

"우리도 그만 가자꾸나. 잘못하면 그 녀석을 놓치겠다."

"알겠습니다, 스승님. 그럼 가시지요."

고검이 입가에 살짝 미소를 지으며 대답하고는 배를 등지고 몸을 돌렸다. 그러자 그 기세에 그의 허리춤에서 작은 비단 주머니가 모습을 드러냈다.

"그 안에는 뭐가 들어 있더냐?"

능운백이 고검의 허리에 매달린 비단 주머니에 시선을 주며 물었다.

"아직 열어보지 않았습니다만……."

"그래? 그럼 지금 한번 열어보거라."

"그럴까요?"

능운백의 말에 고검이 천천히 발걸음을 옮기면서 허리춤의 비단 주머니를 끌러내 입구를 열어보았다. 그러자 비단 주머니 안에서 환한 빛이 흘러나오더니 곧 고검의 손 위에 작은 보석이 놓여졌다.

"야명주로구나."

"이건… 몹시 귀한 것이군요."

"적어도 금자 백 냥은 넘을 것 같구나."

"그녀가 왜 제게 이걸 주었을까요?"

"아마도 네가 금마문의 육화운을 꺾어 도월의 시신을 지켜 준 것에 대한 답례겠지."

"하지만 그야 청부금에 포함된 일이 아닙니까?"

"흐흠, 글쎄다. 그녀의 입장에서는 양가장의 다른 고수들이 느끼는 것보다 더 큰 고마움을 느꼈는가 보지."

"어쨌든 공돈이 생겼군요."

고검이 미소를 지으며 야명주를 다시 비단 주머니에 넣어 능운백에게 건넸다. 그러자 능운백이 고개를 저었다.

"네가 받았으니 네가 가지거라. 난 어차피 양가장으로부터 청부 대금을 받을 것이니까. 그리고 강호를 주유하다 보면 그런 재물이 필요한 경우도 생기는 법이니라. 간직하고 있거라."

능운백의 말에 고검이 순순히 고개를 끄덕였다.

"알겠습니다, 스승님. 뭐, 제가 이런 보석이 필요할 일은 없을 테니 나중에라도 사모님께 선물을 해드리도록 하지요."

"아서라. 교교가 네 선물을 받는다면 아마도 며칠 밤낮을 날들볶을 거다. 난 지금껏 교교에게 수천금을 가져다주었지만 그런 선물을 사다 준 적은 없거든."

두 사제의 대화는 끝날 줄 모르고 이어졌다. 평소 고검은 말이 없는 과묵한 성격이었지만, 사부인 능운백과 함께 있는 동안은 그 또한 제법 수다쟁이로 변하는 것이었다.

두 사람이 미리 월성포를 떠난 소년 추산을 발견한 것은 월성포를 떠난 지 한 시진 정도가 흘렀을 때였다. 두 사람의 예상대로 추산은 월성포로 들어올 때와 같은 길을 따라 이동하고 있었다.

두 사람은 일단 추산을 발견하자 자신들의 행보를 숨기기 위해 일정한 거리를 유지하며 추산을 뒤따르기 시작했다. 약초를 담는 걸망을 둘러맨 추산은 뭐가 그렇게 즐거운지 흥얼흥얼 노래를 주절거리며 험한 산길을 가벼운 발걸음으로 걷고 있었다.

그렇게 다시 아침부터 시작된 세 사람의 행보는 저녁이 되었을 무렵, 그들이 지나쳤던 천자산 아래의 작은 마을 보두촌에 다다르고 있었다.

"녀석의 집이 조맹촌이라고 했지?"

"그렇습니다, 스승님."

"흠, 물론 그 말은 거짓일 게고… 가만있자, 보두촌에 집이 있을까?"

"조맹촌에 산다는 말까지 거짓이란 말인가요?"

"아마도 그럴 게다. 저 음흉한 녀석이 어찌 자신이 사는 곳이라고 제대로 말했겠느냐? 사람 사는 마을에 집이 있다면 보두촌에 집이 있을 가능성이 제일 크다. 녀석이 다시 이곳으로 돌아온 것을 보면 말이야. 만약 조맹촌이라는 곳이 있다면 굳이 산길을 걸어 돌아갈 필요는 없었을 게다."

"하지만 천자산을 통해 가는 것이 더 빠른 길이기 때문일 수도 있지 않습니까?"

"흐흐, 저 녀석의 수중에는 금자 육십 냥이 들어 있어. 수중에 그만한 돈이 있는데 굳이 깊은 산을 걸어서 집으로 돌아가겠느냐? 나라면 조금 둘러서 가더라도 마차라도 불러 타고 가겠다."

능운백의 말에 고검이 고개를 끄덕였다.

"듣고 보니 그렇군요. 그런데 보두촌으로 가는 것 같지는 않은데요?"

고검이 흐릿한 저녁 어둠 속으로 사라지는 추산을 가리켰
다.

"그렇구나. 정말 알 수 없는 녀석이구나. 보두촌을 지나쳐
천자산으로 들어간다는 것은 결국 천자산에 저 녀석의 거처가
있다는 말인데… 저 나이에 산속에서 홀로 살아가다니 대단한
담력을 지닌 놈이야."

"혹 그의 거처에서 그를 기다리고 있는 사람이 있는 것은 아
닐까요?"

그러자 능운백이 고개를 저었다.

"글쎄다. 그럴지도 모르지만 그간 저 녀석의 말과 행동을 보
아서는 그럴 것 같지는 않구나. 일단 서둘러 따라가 보도록 하
자. 날이 어두워지면 녀석을 놓칠 염려가 있다."

능운백과 고검은 공력을 일으켜 서둘러 추산의 뒤를 따르기
시작했다.

천자산으로 들어선 추산은 정확히 이틀을 더 걸었다. 물론
중간에 하룻밤은 산중에서 밤을 지새웠다. 이제 겨우 십사, 오
세 된 소년이 천자산과 같은 험준한 산속에서 밤을 새우는 일
은 무척 공포스러운 일이었으나 추산은 오히려 그것을 즐기는
듯한 태도로 산중에서 노숙을 하는 것이었다.

덕분에 능운백과 고검도 산중의 아름드리나무 위에서 이슬
을 맞으며 하룻밤을 보내야 했다. 추산은 모닥불까지 피우고
잠을 잤으나 그가 눈치 채지 못하게 뒤를 쫓고 있는 두 사람이

불을 피울 수는 없는 일이었기 때문이다. 그렇게 다시 이틀 길을 걸어 추산이 도착한 곳은 의외로 두 사람의 눈에 익은 곳이었다.

"이곳은 바로 우리가 길을 잃었던 곳이군요."

"그렇구나. 녀석은 우릴 만난 곳으로 다시 돌아왔구나."

두 사람과 추산의 거리는 산중으로 들어선 후 이십여 장 안쪽을 유지하고 있었다. 그래서 두 사람은 추산의 움직임을 하나도 놓치지 않고 살펴볼 수 있었다.

일단 양가장의 고수들과 만난 장소로 돌아온 추산은 득의한 미소를 지으며 주변을 한차례 둘러보고는 이내 그가 등장했던 수림 사이로 걸어가기 시작했다. 능운백과 고검도 최대한 기척을 숨기며 좀 더 가까이 추산의 뒤를 따라붙기 시작했다.

"호호호흥!"

추산에게서는 연신 콧노래가 흘러나왔다. 그렇게 다시 일각여를 이동하자 추산의 앞쪽에 작은 공터가 나타났다.

그 공터는 사방이 가파른 절벽으로 가로막혀 있는 막다른 곳이었는데, 추산은 거리낌없이 그 공터 안쪽으로 들어서는 것이었다. 그리곤 잠시 걸음을 멈춘 추산이 주변을 유심히 살피더니 아무도 없는 것을 확인한 후 훌쩍 앞을 가로막고 있는 절벽을 향해 부딪치듯 걸어갔다.

"저건!"

추산의 행동을 은밀히 살피고 있던 고검의 입에서 한마디 탄성이 흘러나왔다.

"진(陣)이다."

능운백도 정색을 한 표정으로 추산이 부딪쳐 간 절벽을 주시하며 말했다. 절벽에 부딪쳐 간 추산의 모습은 이미 그 어디에서도 찾아볼 수 없었다.

"진이라면 정말 대단한 진이군요. 완전히 주변과 동화된 진이라니……."

그때 능운백은 고검의 말을 듣지 않고 무엇인가를 곰곰이 생각하고 있었다. 그러다가 문득 고개를 들며 중얼거렸다.

"녀석, 정말 장사를 제대로 할 줄 아는군."

"그게 무슨 말씀이신지요?"

"흐흐, 추산 저 녀석 말이다. 스스로 자신이 꼭 필요한 상황을 만들어놓고 돈벌이를 했으니 말이다."

하지만 고검은 그때까지도 능운백의 말을 이해하지 못하고 있었다. 그러자 능운백이 고검을 보며 자신의 생각을 말했다.

"내가 보기에 이 근방은 온통 진으로 둘러싸여 있는 것 같구나. 난 처음부터 무척 의아하게 생각했었다. 아무리 깊고 험한 산속에 들어왔다고 하더라도 양가장의 고수들이 길을 잃은 것을 말이다."

"그렇다면 스승님께서 생각하시는 것은……?"

무슨 생각이 떠올랐는지 고검이 능운백을 바라봤다.

"네 생각대로다. 아마도 양가장의 고수들과 우리는 저 녀석이 만든 함정에 빠졌던 것 같구나. 녀석은 자신이 만든 진 속에 빠져 허우적거리는 우릴 빼내주고 금자 육십 냥을 챙긴 것이지."

"일이 스승님의 추측대로 진행된 거라면 정말 놀라운 일이 아닐 수 없군요. 저 나이에 강호의 일류고수들을 가둘 진을 설치할 수 있다는 것도 그렇고, 그들을 상대로 금전을 우려낸 배짱도 그러하고, 도대체 누가 저런 아이를 키운 것일까요?"

"지금부터 그걸 알아보자꾸나."

능운백이 숨어 있던 곳에서 일어나 성큼 추산이 사라진 절벽 앞의 공터로 내려섰다.

"들어가 보시게요?"

"여기서 그 녀석이 나오기를 기다릴 수는 없지 않느냐?"

"하지만 녀석이 설치한 진이 어떤 변화를 가져올지 모르는 상황이지 않습니까?"

"껄껄껄, 넌 아직 이 사부가 누군지 모른단 말이냐? 난 천검 능운백이야. 세상 사람들이 날 천하팔대고수의 반열에 올려놓았단 말이다. 비록 저 녀석이 만들어놓은 진이 강호에서 보기 드물게 고절한 것이라 해도 몰랐을 때면 모를까, 일단 진이 있다는 것을 안 이상 날 막을 수는 없다."

능운백이 호기롭게 말을 뱉어내고는 성큼성큼 추산이 사라진 절벽 앞으로 다가갔다. 그리곤 손을 들어 가볍게 절벽을 만졌다. 그러자 능운백의 손이 쑥하고 절벽 안쪽으로 사라졌다. 그리고 다시 능운백이 절벽에서 손을 빼자 절벽으로 들어갔던 손은 온전한 모습으로 능운백의 앞에 나와 있었다.

"호오, 정말 대단한 진이군. 사람의 이목을 이처럼 완전히 속이다니 말이야. 어디 한번 들어가 볼까?"

홍미가 동한 표정을 지은 능운백이 망설이지 않고 절벽 안으로 걸음을 들이밀었다. 그러자 순식간에 능운백의 신형이 절벽 안쪽으로 사라졌다. 그 모습을 보고 있던 고검도 서둘러 능운백을 따라 절벽 안으로 사라졌다.

능운백과 고검은 짙푸른 격류가 넘실거리는 계곡의 한쪽 편 벼랑 위에 위태롭게 서 있었다. 한 걸음만 더 나가면 두 사람의 신형은 곧 아래로 추락해 격류에 휩쓸려 버릴 게 분명했다.

"참으로 대단한 진이구나. 내 평생 이렇게 기묘한 진은 본 적이 없다."

능운백의 입에서 감탄사가 흘러나왔다.

"이제 어찌하실는지요?"

고검이 눈 아래 넘실거리는 격류를 보며 물었다.

"어떡하긴, 녀석이 문을 열게 해야지."

"하지만 그 아이가 순순히 진을 열겠습니까?"

"녀석은 그럴 수밖에 없을 것이다."

능운백의 표정은 자신만만했다. 그래서 고검은 능운백이 이 절진의 파훼법을 알고 있는 게 아닌가 하는 생각조차 들었다. 하지만 능운백이 선택한 방법은 고검이 생각하는 것과는 완전히 다른 것이었다.

"이 녀석아, 네가 어딘가에서 우리를 보고 있다는 것을 안다! 어서 진의 생문을 열지 못하겠느냐?!"

갑자기 능운백이 전방을 향해 큰 소리로 호통을 쳤다. 그러자 방향을 알 수 없는 곳으로부터 소년 추산의 목소리가 들려왔다.

"흥, 제 뒤를 밟아왔군요? 어쩐지 처음 볼 때부터 믿을 수 없는 분 같았어요."

"흐흐흐, 녀석, 역시 우릴 보고 있었군. 어서 생문을 열도록 하여라."

"그것보다는 할아버지께서 그만 돌아가시는 것이 나을 것 같아요. 전 절대 진의 문을 열지 않을 테니까요. 괜히 고집을 피우시다가는 더 큰 화를 당하실 수도 있어요."

소년 추산이 짐짓 협박하듯 말했다.

"이놈, 무척 자신이 있는 모양이구나."

"물론이죠. 사부 할아버지가 말하기를, 이 진을 깨뜨릴 수 있는 사람은 천하에 열 명이 채 안 된다고 했어요. 그러니 이곳에 들어올 생각은 마시고 그만 돌아가세요."

순간 능운백과 고검의 눈에 이채가 서렸다.

"사부 할아버지?"

"그래요. 사부 할아버지는 세상에서 가장 똑똑한 분이셨다고요."

"그 사부 할아버지는 지금 어디 계시느냐?"

능운백의 물음에 잠시 침묵을 지키던 추산이 던져 내듯 대답했다.

"죽었어요."

그러자 능운백이 천천히 고개를 끄덕였다.

"그렇겠지. 그렇지 않다면 이런 진을 펼칠 줄 아는 인물이 너에게 금자나 벌어오라고 하진 않았겠지. 그나저나 넌 정말로 생문을 열지 않을 생각이냐?"

"포기하시라니까요."

"네가 정 고집을 피운다면 난 이 진을 완전히 깨뜨려 버릴지도 모른다."

"홍, 글쎄, 이 진을 깨뜨릴 만한 사람은 천하에 열 명 정도에 지나지 않는다니까요."

"내가 바로 그 열 명 안에 들어갈 수 있는 사람이다."

능운백의 입에서 흘러나온 목소리가 공기 중으로 퍼져 나가며 은은한 진동을 일으켰다. 능운백이 목소리에 진기를 실어 보낸 것이다. 그것은 누가 듣더라도 능운백이 절정의 고수라는 것을 깨달을 수 있게 만드는 음성이었다.

그러자 소년 추산의 응대가 잠시 끊어졌다. 아마도 능운백의 진기 서린 목소리에 적잖이 놀란 모양이었다.

"홍, 그럼 할아버지가 천하팔대고수라도 된다는 말이에요?"

잠시의 침묵 뒤 다시 추산의 목소리가 들려왔다.

"오냐. 내가 천하팔대고수 중 한 명이다."

능운백이 지지 않고 대답했다.

"홍, 그 말을 누가 믿겠어요? 할아버지와 같은 사람이 천하팔대고수면 전 천하제일고수겠어요."

"내가 천하팔대고수면 안 되는 이유가 뭐냐?"

“그야 뭐, 천하팔대고수라면 적어도 그럴 만한 풍모를 가져야 하는 것 아니겠어요?”

“흐흐, 네 녀석은 내가 못생겼다고 흉을 보는 것이구나.”

“흉을 보는 것이 아니라 할아버지의 용모는 천하팔대고수에 어울리지 않는다는 말이지요.”

“껄껄껄, 네 녀석은 제법 똑똑한 듯 보이지만 아직 어려서 세상을 잘 모르는구나. 이 녀석아, 사람의 능력은 결코 겉모습만 보아서는 알 수가 없는 것이니라.”

“그럼 정말 할아버지가 천하팔대고수 중 한 사람이란 말이에요?”

여전히 냉랭한 소년 추산의 응대였다.

“그렇다. 내가 바로 천하팔대고수 중 일인인 천검 능운백이다. 네가 믿지를 못하니 내 오늘 너에게 첫 번째 가르침을 내려주겠다.”

말을 마치는가 동시에 천검 능운백이 허리춤에 매달려 있던 자신의 검을 천천히 빼 들었다.

구우웅!

기이한 울음을 울며 푸른 검신이 눈부신 알몸을 드러냈다.

‘사부께서 검을 드시는 것을 본 것이 언제였던가.’

고검의 눈에 기대감이 서렸다. 제자인 그조차도 천검 능운백이 직접 검을 드는 것을 본 경우가 한 손에 꼽을 정도였던 것이다.

능운백이 알몸을 드러낸 검을 그의 눈앞에 세웠다. 순간 고

검은 검과 능운백이 순식간에 하나의 모습으로 동화되는 듯한
느낌을 받았다.

'과연 사부님이시다. 검을 드는 순간 바로 검신일체의 상태
에 접어드시다니.'

고검은 사부의 움직임을 단 한 올도 놓치지 않으려는 듯 두
눈을 부릅뜨고 능운백과 그의 검을 바라보고 있었다.

"조심하거라!"

능운백의 입에서 한마디 경고음이 흘러나왔다. 그 순간, 그
의 검끝에 푸른 이슬이 맺히는 듯싶더니 그 이슬 덩이가 순식
간에 주먹 하나만큼 커졌다. 그리고 그다음 순간, 주먹만 하게
커진 이슬 덩이가 갑자기 앞으로 죽 늘어나는 듯하더니 이내
검을 벗어나 격류가 꿈틀거리는 계곡을 지나 안개 자욱한 계
곡의 건너편을 향해 폭사했다.

꽈과광!

천지를 진동시키는 굉음이 계곡을 뒤흔들었다. 그리고 무엇
인가 무너져 내리는 소리가 계곡 저편에서 들렸다. 그러자 갑
자기 능운백과 고검을 둘러싸고 있던 지형이 순식간에 변화를
일으켰다.

격류가 흐르던 계곡과 안개 무성한 숲은 그대로였으나 그
풍경의 일부분이 마치 구멍 뚫린 풍경화처럼 텅 비어 있었던
것이다.

"어떠냐? 이래도 내 말을 믿지 않겠느냐?"

능운백이 검을 거둬들이며 전방을 향해 소리쳤다.

"대체 무슨 짓을 한 거예요?"

소년 추산의 분노 어린 목소리가 터져 나왔다.

"네 녀석이 내 말을 믿지 못하겠다고 해서 내가 천하팔대고수라는 것을 보여준 것뿐이다! 어서 생문을 열어라! 그렇지 않으면 아예 이곳에 펼쳐진 진을 모두 부숴 버리겠다!"

능운백이 지금까지와는 다른 정색을 한 목소리로 위협하듯 소리쳤다. 몸으로 보여준 천하팔대고수의 위력에 더해 엄중한 한마디 위협으로 그 위엄을 유감없이 드러내는 능운백이었던 것이다.

"알았어요. 알았다구요. 생문을 열 테니 더 이상 이곳을 부수는 짓 따위는 하지 마세요. 이 진들은 돌아가신 할아버지가 공들여 만드신 것이라고요. 제길!"

"껄껄껄, 녀석. 진작에 그럴 것이지."

잠시 정색을 했던 능운백의 얼굴이 이내 예의 장난스런 표정으로 돌아왔다. 그리고 잠시 후, 격류가 흐르는 계곡 위로 갑자기 작은 길 하나가 나타났다. 주변은 여전히 계곡 위의 허공이었지만 나타난 길은 작은 풀이 길옆을 메우고 있는 오솔길이었다.

"과연 신비한 절진이로구나. 검아, 가자. 가서 저 녀석의 비밀을 풀어보자꾸나."

능운백의 말에 무언가 생각에 잠겨 있던 고검이 퍼뜩 놀라며 정신을 차렸다.

"아, 예, 스승님."

"원 녀석, 무슨 생각을 그리 깊게 하고 있느냐?"

"아닙니다, 스승님. 가시죠."

"흐흐, 네 녀석 속을 모를 줄 아느냐? 넌 내가 보인 초식에 대해 생각하고 있었겠지?"

그러자 고검이 부인하지 않고 고개를 끄덕였다.

"그렇습니다, 스승님. 전 도대체 스승님의 그런 초식이 어떤 경지인지 알 수가 없습니다. 그건 기(氣)입니까, 술(術)입니까?"

그러자 능운백이 부드러운 미소를 지으며 대답했다.

"가끔은 말로 설명할 수 없는 경지가 있는 법이란다. 극상의 경지란 결국 기(氣)와 술(術)의 선후가 없는 경지, 무공을 이루는 두 개의 기둥이 온전히 하나가 된 경지라 할 수 있을 것이다. 너도 꾸준히 수련하다 보면 어느 날 이와 같은 초식을 전개할 수 있는 경지에 도달할 수 있을 것이다. 너의 재질은 어린 시절 나를 훨씬 능가하니 어쩌면 그리 오래 걸리지 않을 수도 있겠지. 자, 그런 이야기는 나중에 하고 그만 가자꾸나. 난 저 녀석이 정말 재미있단 말씀이야?"

능운백의 말에 고검이 미소를 지으며 대답했다.

"저도 역시 저 아이에게 무척 호감이 가는군요."

두 사람은 서로에게 의미심장한 미소를 주고받은 뒤 천천히 계곡 위에 나타난 오솔길을 따라 진 안으로 걸어 들어가기 시작했다.

소년 추산은 길 끝에서 절벽에 연이어 지어진 이층짜리 통나무집과 사방 이십여 장의 공터를 등에 지고 서 있었다. 한껏 치켜진 눈은 자신의 비밀스런 영역에 침범한 불청객에 대한 적의로 번들거리고 있었다.

하지만 소년이 아무리 무서운 표정을 지어 보인다 해도 능운백과 고검 같은 고수에게 두려움을 일으킬 수는 없는 일. 오히려 능운백은 그런 소년을 귀여운 듯 바라보고 있었다.

"좋은 곳에 사는구나."

능운백이 소년 추산의 공간을 돌아보며 말했다. 분지 형의 지형에 사방은 높고 기이한 모양의 수목들로 가려져 어머니의 품속처럼 아늑하다.

"왜 날 찾아오셨어요?"

추산이 능운백을 노려보며 물었다.

"이놈아, 손님이 왔으면 물이라도 한 잔 대접하는 게 예의니라."

"먼저 왜 날 찾아왔는지부터 말하세요. 그래야 손님인지 아닌지 알 수 있으니까요. 설마……."

"설마 뭐?"

"설마 나에게 준 금자를 빼앗으러 온 건 아니겠죠?"

그러자 능운백이 나직한 웃음을 흘려내며 말했다.

"네가 만약 우릴 속이고 금자를 받아낸 것이라면 돌려받아야 할지도 모르지."

"난 분명히 당신들을 월성포까지 데려다 주고 그 대가를 받은 것이라고요."

소년이 강하게 대들자 능운백이 천천히 고개를 저었다.

"물론 그랬지. 하지만 내가 관심을 가지고 있는 것은 네가 우릴 만나기 전의 상황이다. 아는지 모르겠지만 나와 내 동료들은 강호무림에 나서면 누구와 견주어도 꿀릴 게 없는 고수들이었다. 그런데 그런 고수들이 아무리 깊고 험한 산중이라도 길을 잃을 수가 있다고 생각하느냐?"

"그야 내가 알 바 아니죠. 하지만 아무리 고수라고 해도 산은 누구에게나 위험한 곳이에요."

"내 생각은 좀 다르구나."

"어떻게 다른데요?"

"내 생각은 이렇다. 나와 내 동료들은 누군가 광범위하게 펼쳐 놓은 진세에 빠져들었다는 것이다. 물론 그 진을 펼친 사람의 의도가 뭔지는 잘 모르겠다. 그저 자신이 살아가는 곳을 다른 사람의 침입으로부터 방비하기 위해 진을 설치한 것일 수도 있고, 혹은 우리처럼 진 안으로 들어온 사람들에게 무엇인가를 바라고 진을 펼친 것일 수도 있을 것이다. 하지만 목적이야 어쨌든 내 생각은 나와 내 동료들이 누군가의 진 속에 갇혀 천자산을 벗어나지 못하고 산중을 헤맸다는 것이다. 네가 보기엔 어떠냐?"

능운백이 자신의 생각을 던져 놓고 팔짱을 긴 채 소년 추산의 대답을 요구했다. 그러자 추산의 얼굴이 어두워지더니 뭔가를 곰곰이 생각하다가 신경질적으로 품속에서 뭔가를 꺼내

들었다.

"가져가요."

추산의 손에 들린 것은 비단으로 만들어진 전낭이었다. 전낭은 능운백이나 고검에게도 눈에 익은 것으로, 양가장의 양경이 월성포에서 추산에게 길 안내의 대가로 주었던 금전이들어 있는 것이었다.

"이 금자를 돌려주는 것은 내 말을 인정한다는 것이냐?"

"뭐, 그렇다고 해두죠. 하긴, 나도 길 안내의 대가로 금자 육십 냥은 너무 많다고 생각했어요. 금자 삼십 냥은 돌려드릴게요."

소년 추산은 어서 돈을 받고 빨리 이곳을 떠나라는 듯한 목소리로 말했다. 하지만 추산의 기대와는 달리 능운백은 전낭에 손을 가져가지 않았다.

"요놈아, 그깟 금자나 얻자고 내가 다시 이 천자산으로 돌아온 줄 아느냐?"

"돈을 찾으러 온 것이 아니라면 대체 왜 이곳으로 온 건가요?"

"내가 이곳으로 다시 돌아온 이유는 바로 네 녀석을 만나기 위해서다."

"그런데 날 만나려는 것은 돈 때문이 아니라는 거죠?"

"맞다. 내가 관심을 가지고 있는 것은 네가 가져간 금자가 아니라 바로 너 자신이니라."

"제게 관심이 있다고요?"

추산이 눈을 동그랗게 뜨며 물었다.

"그렇다. 난 네게 무척 관심이 많단 말이다. 그나저나 정말 손님을 이렇게 계속 세워둘 거냐?"

"그러니까 금자를 돌려달라는 것은 아니란 말이죠? 좋아요. 그럼 이 금자는 계속 제가 갖도록 할게요. 이쪽으로 오세요. 차 한 잔 대접해 드릴게요."

금자를 내놓지 않아도 된다는 말이 기뻤는지 추산이 능운백과 고검을 자신의 오두막으로 인도했다.

오두막에 도착하자 능운백과 고검은 추산이 살고 있는 이 오두막이 제법 오래된 건물임을 알 수 있었다. 반들거리는 집 안 곳곳의 물건들이 사람의 손때가 묻은 지 오래되었음을 말해주고 있었기 때문이다.

"너 혼자 사느냐?"

능운백이 확인하듯 다시 물었다. 그는 이미 이 절진 속의 오두막에 추산 이외에 다른 사람의 기척이 없음을 확인한 지 오래였다.

"예, 지금은 저 혼자 있어요."

"그럼 그전에는 다른 사람과 살았었다는 말이구나. 네 사부 할아버지라는 사람은 이미 죽었다고 했고, 그래, 너와 함께 살던 사람은 어디로 갔느냐? 네가 말한 노모와 어린 동생들은?"

능운백의 장난스런 질문에 추산이 히죽 미소를 그렸다.

"그들이 본래 없던 사람이란 걸 어르신도 아시잖아요?"

"뻔뻔하게 말도 잘하는구나."

"뭐, 거짓말하는 것이 옳은 일은 아니지만, 가끔 거래를 위해 약간의 거짓말을 하는 것은 그리 나쁜 것이 아니죠."

"오냐, 좋다. 그럼 결국 네게는 가족이 없다는 말이구나."

"맞아요. 오로지 저 혼자뿐이죠."

"부모님은?"

"기억에 없어요."

"네 사부 할아버지는 어떻게 만났느냐?"

"언제부터인가 전 세상을 떠돌고 있었죠. 아마 그 이전의 기억은 완전히 머릿속에서 사라졌나 봐요. 아니면 너무 어릴 때부터 혼자였던지요."

이야기를 꺼내놓으며 능운백과 고검을 작은 나무 탁자로 안내한 추산이 한쪽으로 걸어가더니 불을 피워 물을 데우기 시작했다.

"어려서부터 혼자였다니 무척 힘들었겠구나."

"뭐, 별로 힘들지 않았어요. 이래 봬도 제가 장사에는 재주가 있는 편이라서요."

"장사? 네 나이에 장사를 했단 말이냐?"

"먹고살려니 어쩌겠어요."

"네가 무슨 장사를 할 수 있었단 말이냐? 너에겐 밑천도 없었을 텐데……."

"살펴보면 세상엔 밑천 없이 할 수 있는 장사가 꽤 있어요. 내가 사부 할아버지를 만나기 전에 했던 장사도 그런 것이었지요. 전 강호의 싸움터를 돌아다니면서 싸움이 끝난 후 죽은 사람들의 병장기를 모아다 대장간에 파는 장사를 했었지요. 그게 보기와는 달리 무척 짭짤하거든요. 사부 할아버지를 만나기 전에 저는 이미 적지 않은 금자를 모았지요."

"음… 네가 그 사부 할아버지를 만난 것이 언제더냐?"

"삼 년 전이죠. 사부 할아버지는 이곳에서 이 년 동안 저와 살다 돌아가셨어요, 참 좋은 분이셨는데……. 어쨌든 덕분에 전 이렇게 좋은 집을 물려받게 되었지요."

"그렇다면 넌 이미 열 살 남짓에 그런 장사를 하고 있었단 말이구나."

"그렇지요. 사실 나이가 어린 것이 도움이 될 때도 있어요. 물론 못돼먹은 장사꾼을 만나면 돈을 떼이기도 하지만, 대부분의 대장장이들은 마음이 착해서 나이 어린 저를 보면 값을 잘 쳐주거든요."

"네 사부 할아버지는 어떻게 만나게 되었느냐?"

"사부 할아버지를 만난 날도 난 언제나처럼 싸움이 끝난 싸움터에서 검이니 도니 하는 것들을 줍고 있었지요. 대충 들 수 있을 만큼 주운 뒤에 막 전장터를 떠나려는데 어느 틈엔가 사부 할아버지가 내 앞에 서 있더라고요. 그리고 물었죠. '내 제자가 되는 게 어떠냐?', 이렇게 말이죠. 전 그 즉시 좋다고 했지요."

그러자 능운백이 고개를 갸웃거렸다.

"어떻게 그렇게 곧바로 제자가 되기로 했지? 넌 그를 처음 보는 것이 아니었더냐?"

"물론 전 사부 할아버지를 그때 처음 만나는 거였어요. 하지만 사부 할아버지는 첫눈에 보아도 누구나 감탄할 만한 풍모를 가지고 계신 분이셨지요. 마치 신선과 같은 분이셨어요. 희고 긴 수염은 가슴에 닿아 있었고, 머리에는 문사건을 쓰고 계셨지요. 두 눈은 또 얼마나 맑으신지 전 사부 할아버지의 얼굴을 똑바로 바라볼 수조차 없었지요."

그러면서 추산은 능운백의 얼굴을 빤히 쳐다보았다. 이미 차를 달여 능운백과 고검 앞으로 들고 온 추산이었다. 추산의 눈초리는 마치 '당신은 우리 사부 할아버지와 비교하면 정말 보잘것없는 노인입니다' 라고 능운백에게 말하는 것 같았다.

"허험, 듣고 보니 참으로 대단한 분이셨던 모양이구나."

"그럼요. 정말 대단하셨어요. 외모도 외모지만 이곳에 터를 잡으신 후 산 전체에 진을 펼치시는 데 겨우 닷새밖에 걸리지 않으셨다니까요. 전 가끔 정말 사부 할아버지가 신선이 아닐까 하는 의심조차 했었지요."

"넌 그에게서 뭘 배웠느냐?"

"뭐, 그리 많은 것을 배운 것은 아니에요. 사실 함께 지낸 기간이 짧았으니까요. 그저 간단한 진법과 호흡법, 그리고 빨리 움직이는 법 정도를 배웠지요. 물론 사부 할아버지가 무척 많은 책을 남겨주시긴 했지만요."

"네 사부 할아버지는 어떻게 돌아가셨느냐?"

"돌아가시는 모습 또한 예사롭지 않으셨지요. 어느 날인가 절 불러 앉히고는 이러시더군요. '생각지 않게 우리는 빨리 이

별하게 되었구나. 짧은 시간이었지만 그동안 즐거웠다. 넌 어린 시절 고난을 겪기는 했지만 제법 운세가 좋은 녀석이다. 내가 아니더라도 곧 좀 더 좋은 인연이 널 찾아올 것이다. 그동안 이곳을 떠나지 말거라. 네 인연은 하늘에 닿아 있다’, 그렇게 말씀하시고 그날 밤 가부좌를 하고 앉으셔서 세상을 뜨셨어요.”

추산의 말에 능운백이 안광을 빛내며 물었다.

“네 인연이 하늘에 닿아 있다고 했다고?”

“그래요.”

“네 사부 할아버지의 이름이 무엇이냐?”

“성함은 잘 몰라요. 단지 어느 날 물어보니까 사람들이 자신을 자운(慈雲)이라 부른다고 하셨지요.”

순간 능운백이 눈을 감으며 침음성을 흘려냈다.

“음…….”

능운백의 반응은 고검과 추산 모두에게 호기심을 일게 했다. 자운(慈雲)이라는 이름을 듣는 순간 능운백은 마치 자신이 그를 알고 있는 듯한 모습을 보였기 때문이다.

“사부 할아버지를 아세요?”

추산이 조심스럽게 물었다. 그러자 능운백이 천천히 고개를 끄덕였다.

“자운(慈雲) 노사라면 나와도 아주 인연이 없지는 않지.”

그러자 이번에는 고검이 궁금한 듯 물었다.

“들어본 적이 없는 이름입니다만……?”

"물론 넌 들어본 적이 없을 것이다. 그는 적어도 무림에서는 삼십 년 이전의 사람이니까 말이다."

"은거하신 분이셨나 보군요?"

"은거라면 은거고……."

"어떤 분이셨는지요?"

고검의 계속되는 질문에 능운백이 잠시 침묵을 지킨 후 천천히 입을 열었다.

"강호가 사패의 시대로 접어든 이후 강호사에 기억될 만한 전쟁이 이번 혈사평의 싸움까지 합하여 다섯 번 정도 있었다. 그중 첫 번째와 두 번째 전쟁은 강호무림이 사패천하로 정립되는 중요한 계기가 된 것들이라고 할 수 있다. 그중에서 두 번째 전쟁을 사람들은 태호대전(太湖大戰)이라고 부르지. 이 태호의 싸움에서 남련과 동궁의 경계가 가려졌는데, 당시 태호의 호수에 가라앉은 고수의 숫자가 근 일천여 명에 달한다고 알려진 큰 싸움이었다."

"싸움의 승패는……?"

"뭐, 이번 혈사평의 싸움과 비슷하다고 할 수 있지. 어느 한쪽의 완벽한 승리가 아닌 적당한 타협이랄까? 하지만 사람들 중 태호대전의 승자는 동궁(東宮)이라고 말하는 이도 있다. 왜냐하면 태호의 싸움으로 인해 중원 이남의 제문파들을 무서운 기세로 통합해 나가던 남련의 발걸음이 저지되었기 때문이다. 결국 싸움은 승패없이 종결되었고, 태호를 경계로 남련과 동궁의 판도가 정해진 것이지."

"태호대전과 이 아이의 사부였다는 분과는 어떤 관계가 있
는 건지요."

"태호대전의 초기 동궁은 전혀 남련의 상대가 아니었다. 당
시 남련은 막 남련십육문이 완비되던 시기였기에 북천무맹을
제외하고는 거의 그 상대를 찾기 어렵다고 평가되던 때였다.
동궁이 비록 육상천이라 불리는 놀라운 무공을 소유한 여섯
문파가 뭉친 세력이라고는 해도 남련의 세력에 도저히 대적할
바가 아니었던 것이다. 그런데 태호에서 동궁은 남련을 막아
냈다. 당시 그것은 정말 불가사의한 일로 여겨졌었지. 남련의
전체 고수가 일만을 넘어선다고 말하던 시기에 겨우 이천여
명의 고수를 거느린 동궁이 남련을 막아냈으니 말이다. 그런
데 당시 턱없이 적은 숫자로 남련을 막아낸 동궁의 고수들 사
이에 한 명의 인물이 은밀히 언급되었다고 하더구나. 바로 자
운(慈雲)이라는 별호로 불리는 인물이었지."

"자운 노사가 그 싸움에 관여했군요?"

"당시 동궁은 태호 변에 수십 개의 기이한 절진을 펼쳐 남련
고수들의 발길을 꽁꽁 묶었는데, 남련의 그 누구도 파훼하지
못한 그 절진을 동궁에 제공한 사람의 별호가 바로 자운이라
는 불리는 중년의 고수라는 것이었지. 하지만 동궁에서 그 자
운이라는 고수를 공식적으로 언급하지 않았기 때문에 자운 노
사의 행적은 그저 소문에 그치고 말았단다."

"자운 노사는 동궁의 사람이었나요?"

고검의 질문에 능운백이 고개를 저었다.

"십오 년 전 난 우연히 자운 노사를 만날 기회가 있었다. 신 강에서 천일혈로 불리던 마인 사유걸을 쫓을 때였지. 당시 자 운 노사는 천산을 유람하고 돌아오시던 길이라고 하더구나. 난 자운 노사를 보는 순간 천지의 이치를 깨달은 기인이란 것 을 한눈에 알아봤다. 물론 무공은 나에게 미치지 못했지만 강 호의 일대기인으로서 존경하지 않을 수 없는 사람이었지. 당 시 우린 하룻밤 노숙을 같이 했는데, 그때 내가 태호대전의 일 을 언급하며 동궁에 속한 것인지를 물었다. 그러자 자운 노사 는 고개를 젓더구나. 동궁육상천 중 검각(劍閣)의 당시 각주였 던 홍사월과 친분이 있어 동궁을 위해 몇 개의 절진을 제공했 을 뿐이라고 하더군. 허허, 그 몇 개의 절진이 천하사패의 시대 를 열었다는 것을 생각하면 참으로 세상사 알 수 없는 일이라 고 할 수 있지."

"그 이후에는 만나시지 못하셨는지요?"

"그 이후 자운 노사의 소식은 듣지 못했다. 오늘 이곳에서 추산 저 아이의 입을 통해 듣기 전에는 말이다. 그런데 그가 이미 이 세상 사람이 아니라니, 허허, 천리를 통달한 사람도 천 수는 어쩔 수 없는 모양이군."

능운백이 허탈한 시선으로 허공을 보며 찻잔을 들어 올렸 다. 그러자 그 모습을 빤히 보고 있던 추산이 능운백이 찻잔을 내려놓기가 무섭게 물었다.

"사부 할아버지를 알고 계셨군요?"

"오냐. 네 사부 할아버지는 정말 대단한 분이셨다."

"헤헤, 전 이미 사부 할아버지가 보통 분이 아니시라는 것을 알고 있었어요. 그래서 첫 만남에서 제자가 된 것이고요."

"그래, 정말 보통 분이 아니셨다. 그분은 이미 너의 앞날을 예견하셨으니 말이다."

능운백의 말에 추산이 어리둥절한 표정을 지으며 물었다.

"제 앞날을 예견하시다뇨?"

그러자 능운백이 추산의 질문에 대답하지 않고 다른 질문을 던졌다.

"넌 앞으로 어찌 살아갈 생각이었느냐? 그저 이 천자산 길목이나 지키며 진에 빠진 사람들에게 금자나 얻어내며 살 생각이었느냐?"

"그렇지는 않아요. 때가 되면 이곳을 떠날 생각이었어요."

"그래, 어디로 갈 생각이었느냐?"

"전 금자가 좀 모이면 대처로 나가 장사를 해볼 생각이었어요. 아무래도 그쪽에 재능이 있는 것 같아서 말이죠."

소년 추산의 말에 능운백이 고개를 끄덕였다. 그가 봐도 이 추산이라는 소년은 상술에 특별한 재주를 지니고 있는 듯 보였기 때문이다.

'그러나 네 녀석은 날 만났으므로 상인이 될 수 없을 것이다.'

능운백이 추산의 눈을 빤히 쳐다봤다. 그러자 추산도 지지 않고 능운백의 눈을 마주 바라봤다.

"너, 내 제자가 되지 않으련?"

불쑥 능운백이 말을 던졌다.

"글쎄요……."

추산이 말꼬리를 흐렸다.

"흐흐, 이놈아. 이건 장사가 아니다. 그러니 그런 말투일랑 집어치우고 네 속마음을 털어놓아 보아라."

"어르신의 무공은 강한가요? 천하팔대고수의 일인이란 말, 분명 사실이죠?"

추산이 되물었다.

"분명한 사실이다."

그러자 소년 추산이 이번에는 고검을 보며 물었다.

"이분은 좋은 사부인가요?"

"스승님은 천하에 다시없는 좋은 사부이시다."

고검이 고개를 끄덕였다.

"이제 단 한 가지 문제만 남았어요."

"뭐가 문제냐?"

능운백이 물었다.

"비록 돌아가시기는 했지만 전 이미 사부 할아버지를 사부로 모셨지요. 그런데 다른 분을 사부로 모시려니 조금……."

"괜찮다. 자운 노사께서도 전혀 서운해하지 않으실 거다. 왜냐하면 그분은 네가 내 제자가 되리란 것을 이미 알고 계셨으니 말이다."

"예? 사부 할아버지가 이미 그 사실을 알았다고요?"

"그렇다. 네 사부 할아버지가 돌아가시기 전 네 인연이 하늘에 닿아 있다고 했다지?”

“그래요. 분명 그리 말씀하셨어요.”

“이 능운백의 별호가 천검이고, 내 무공이 승천공인 것은 그 날 밤 자운 노사를 만난 이후의 일이다. 그분은 나의 무공을 보시고 천(天) 자를 넣어 내 무공과 별호를 지어주셨지. 그러니 네 인연이 닿은 하늘이 어찌 내가 아니라고 말할 수 있겠느냐?”

그날 천검 능운백은 두 번째 제자를 거두었다.

第六章

무불장

孤劍秋山

　홍엽이 천하를 뒤덮고 있었다. 능운백과 추산은 설연장으로 이어지는 산길을 느리게 걷고 있었다. 능운백이 양가장의 요청을 받고 설연장을 떠난 지 정확히 일 년 반 만의 일이었다.

　양가장의 일이 끝난 후 고검과 추산을 데리고 일 년여의 시간 동안 강호를 유랑한 능운백은 고검을 강호에 남겨두고 설연장으로 돌아오고 있는 것이었다.

　"어떠냐? 근사한 곳이지?"

　능운백이 달래듯 말했다. 무엇 때문인지 추산의 입이 한 발이나 앞으로 나와 있었다. 뭔가에 단단히 마음이 상한 모양이었다.

　"가을 단풍은 천자산도 아름다웠어요."

추산의 대답이 표정처럼 퉁명스럽다.

"원 녀석도, 단단히 삐친 모양이구나."

"무공은 무불장에서도 익힐 수 있었다구요."

추산이 능운백을 보며 따지듯 물었다.

"물론 그럴 수는 있겠지. 하지만 무공을 익히기에는 무불장
보다 이 설연장이 훨씬 적당하다고 할 수 있다. 왜냐하면 이
설연장에서는 세파에 얽혀들지 않고 오로지 수련에만 전념할
수 있기 때문이다. 네가 이 천검 능운백의 제자가 된 이상 그
저 그런 무공을 익힌 강호무인이 될 수는 없다. 천검 능운백의
이름에 어울리는 고수가 되어야 한단 말이다. 추산아, 강호란
힘이 있는 자들만이 자유로울 수 있는 곳이란다."

"물론 저도 그저 그런 무림인이 되고 싶진 않아요. 하지만
무불장에서라도 전 충분히 스승님의 이름에 먹칠을 하지 않을
자신이 있었다구요. 산속에서 사는 것은 이제 정말 지겹다구
요."

"이 녀석 보게? 이놈아, 아무리 이 사부가 네 재능을 칭찬해
주었다 해도 절정의 무공을 얻는 것은 그리 쉬운 일이 아니야.
각고의 노력이 필요한 일이란 말이다. 넌 재질이 뛰어난 아이
지만 성정이 산만하니 반드시 설연장과 같은 곳에서 무공에
몰두해야 대성할 수 있단 말이다. 그러니까 더 이상 불평하지
말거라. 네 사형도 이 설연장에서 칠 년의 수련을 마치고 하산
하였느니라."

"그럼 저도 칠 년씩이나 이 산속에서 썩어야 한단 말이에요?"

추산이 화들짝 놀라며 물었다.

"그거야 네게 달린 문제다. 네가 수련에 몰두하여 일정한 수준에 이른다면 강호로 나가는 것을 이 사부도 말리지는 않겠다. 하지만 수련을 멀리하고 딴짓을 하다가 무공의 진보를 보이지 않는다면 절대 설연장 아래로 내려가는 것을 허락지 않을 것이다."

"그 일정한 수준이 어느 정돈데요?"

"글쎄다. 강호에서 네 한 몸 너끈히 지키고, 더불어 다른 사람 목숨 하나 정도는 책임질 수 있는 수준은 돼야 이 천검 능운백의 제자라 말할 수 있지 않겠느냐?"

"고검 사형 정도는 돼야 하나요?"

"뭐? 검이 정도는 돼야 하냐고? 하하하!"

추산의 말에 능운백이 너털웃음을 터뜨렸다.

"왜 그렇게 웃으세요?"

"이 녀석아, 네가 검이의 반만 쫓아가도 난 당장 널 하산시키겠다."

"어? 고검 사형의 무공이 그렇게 높아요?"

추산이 의외라는 듯 능운백에게 물었다.

"넌 검이의 무공을 본 적이 없지?"

"뭐, 지난 일 년 동안 사형이 검을 들 일이 없었으니까요."

"네가 만약 검이의 무공을 보았다면 넌 절대 그런 말을 하지 못했을 것이다."

"도대체 고검 사형의 무공이 어느 정도인데 그런 말씀을 하시는 거지요? 제가 보기에 스승님께서는 좀체 다른 사람을 높게 평가하지 않으시는 것 같은데요.”

“물론 난 조금 거만한 편이라 할 수 있지. 천하팔대고수라면 그럴 자격은 충분하지 않겠느냐?”

“그렇긴 해요. 천하에서 제일 강한 여덟 사람 중 한 명이라면 누가 눈에 들어오겠어요?”

추산의 말에 비꼬임이 묻어나는 것을 느낀 능운백의 손이 어느새 추산의 머리를 쥐어박고 있었다.

딱!

“아얏! 왜 때리세요?”

“감히 사부를 흉봐?”

“제가 언제요?”

“네놈 내심을 내가 모를까 보냐?”

“아, 알았어요! 잘못했어요! 그러니까 고검 사형 이야기나 계속해 주세요!”

추산이 능운백에게 맞은 머리를 문지르며 소리쳤다.

“고검이 나의 제자가 되기 전 난 그 누구도 제자로 들이지 않았다. 강호에서 천검의 제자가 되기를 원하는 젊은이들이 얼마나 많은 줄 아느냐? 아마 강호 명문가의 자제들이라도 이 천검이 부르면 냉큼 달려와 ‘사부님’ 하고 머리를 조아릴 것이다. 그런 내가 제자를 들이지 않은 것은 누굴 가르치는 일이 귀찮기도 하려니와 내 무공을 이어받을 만한 재질을 지닌 아이를 만나지 못했기 때문이란다.”

"그런데 고검 사형은 스승님의 눈에 들었단 말이군요?"

"그렇다. 고검은 정말 무공을 익히기에 적당한 조건을 구비하고 있는 아이였다. 근골이 훌륭할 뿐 아니라 머리도 뛰어났다. 또한 당시 고검은 가문이 칠마에 의해 멸문을 당하는 화를 입었기에 무공에 대한 열망도 대단했지. 특히 고검의 성격은 너와 달리 산만하지 않고 오히려 고독한 것을 즐기는 편이라 집중해서 무공을 익히기에는 더없는 아이라 할 수 있었다. 그래서 난 검이를 나의 첫 번째 제자로 들인 것이다."

"오호, 듣고 보니 정말 엄청난 제자를 거둬들이셨군요?"

딱!

여지없이 능운백의 주먹이 추산의 머리를 후려쳤다.

"아얏!"

추산의 입에서 비명이 터져 나왔다. 그러나 능운백은 추산의 비명에 상관없이 계속 이야기를 이어나갔다.

"검이는 기대한 대로 날 실망시키지 않았다. 칠 년이 지나자 검이의 무공은 나의 예상을 훨씬 뛰어넘는 경지에 올랐다. 널 만나기 전 천하사패 중 하나인 남련의 고수 육화운과 겨뤘는데, 수십 년 무림에서 강호절정고수로 활동한 육화운이 검이의 상대가 되지 못했지. 내가 비록 내색은 하지 않았지만 육화운과의 대결에서 보여준 검이의 무공은 그 나이를 생각하면 경악스러운 것이었단다. 아마도 그 나이 또래의 아이 중 검이의 십 초를 받아내는 자를 찾기 어려울 것이다."

"그렇게 대단한 사형이었나요?"

이번에는 전혀 빈정거림이 깃들지 않은 추산의 목소리였다. 조금은 기가 죽은 듯한 모습까지 보이는 추산이었다.

"그렇단다. 검이는 정말 무공에 관한 한 대단한 재능을 지닌 아이다. 아마도 앞으로 또 칠 년이 지나면 어쩌면 나와도 일검을 겨룰 수 있는 경지에 오를지도 모르겠구나."

그러자 추산이 두 손을 들어 올렸다.

"아이구, 그럼 난 고검 사형을 쫓아갈 생각은 하지 않을래요. 정말 스승님 말씀처럼 사형의 반만 되어도 좋겠어요."

"하하, 요놈아. 그렇다고 너무 기죽지는 말거라. 내가 보기에 너의 재질도 검이에 비해 낮은 것이 아니다."

"어? 그럼 저도 사형처럼 될 수 있단 말인가요?"

추산의 질문에 능운백이 의외로 신중한 표정을 지으며 답했다.

"글쎄다. 나도 그건 장담할 수 없구나. 너희 둘을 보자면 근골이나 총명함에 있어서 누가 낫다고 할 수 없을 정도로 모두 뛰어나다. 하지만 성정은 정반대라 할 수 있다. 마치 자신의 이름대로의 성격을 가졌다고 할 수 있을까? 고검은 과묵하고 고독한 데 비해 넌 가을 산에 만발한 홍엽처럼 자유분방하지. 네가 보기에 어느 쪽이 무공을 성취하는데 유리해 보이느냐?"

능운백의 질문에 추산이 곰곰이 생각에 잠겼다가 능운백을 보며 말했다.

"뭐, 달리 생각할 것도 없네요. 무공을 성취하는 데 있어서는 제가 도저히 고검 사형을 따라갈 수 없을 거예요. 아무래도 한 가지 일에 몰두하는 것은 고검 사형이 뛰어날 테니까요. 하지만……."

"하지만?"

능운백이 흥미로운 표정으로 추산의 다음 말을 기다렸다.

"제가 어느 정도 수준의 무공을 익힌 후 강호에 나갈 경우 강호의 난제(難題)들을 풀어나가는 것에 있어서는 제가 사형보다 나을 것도 같아요. 고검 사형은 좀 고지식한 면이 있지만 전 제법 융통성이 있는 편이니까요."

"껄껄껄, 융통성이라고? 네 녀석 이야기라고 좋은 말을 가져다 붙이는구나. 어쨌든 네가 검이보다 잔머리를 잘 굴린다는 말은 맞다. 흐흠, 네가 설연장에서 무공을 익히고 무불장(無不莊)으로 간다면 너희들은 정말 강호제일의 해결사들이 될 게다. 그때가 되면 난 더 이상 강호행을 하지 않아도 되겠지."

"그런데 듣자 하니 스승님께서는 강호제일의 청부업자로서 만금의 금전을 모았다고 하던데 그 돈은 다 어쨌나요?"

추산의 질문에 능운백이 괴로운 표정을 지으며 대답했다.

"다 썼다."

"예? 아니, 그 많은 돈을 다 쓰셨다고요?"

"그래, 다 썼다."

"도대체 어디에 그 돈을 다 쓰신 거죠?"

추산이 도저히 이해할 수 없다는 표정으로 물었다. 그러자 능운백이 멋쩍은 표정을 지으며 떨떠름한 음성으로 대답했다.

"추산아, 내가 너에게 한 가지 말하지 않은 것이 있구나. 바

로 설연장에 있는 네 사모와 세 사저에 대한 이야기다. 에, 그
러니까, 지금까지 내가 청부업을 하며 벌어들인 만큼의 금자
는 모두 그 네 명의 모녀가 써버렸단다.”

“설마 사모님과 사저들에게 낭비벽이 있다는 말씀이세요?”

“그렇다고 할 수 있다. 그 여인들은 돈을 쓰는 것을 인생의
낙으로 생각하는 사람들이란다.”

그러자 추산이 기막힌 표정을 지으며 물었다.

“아니, 스승님께서는 그런 사모님과 사저들의 낭비를 그냥
두고 보셨단 말씀이세요? 그냥 돈만 벌어다 주시고요?”

“그렇단다. 휴, 거기에는 피치 못할 사정이 있다. 내가 네 사
모인 교교와 혼인을 한 것은 지금으로부터 삼십여 년 전의 일
이다. 내 나이로 보자면 무척 늦은 혼인이었지. 나와의 나이
차이도 열두 살이나 난단다. 더군다나 교교는 당시 천하제일
미로 손꼽히는 여인이었고, 그 배경 또한 쟁쟁한 곳이었다.”

“와, 사모님이 천하제일미인이셨다고요?”

“오냐.”

“그런데 어떻게 스승님 같은 분과 혼인을 했지요?”

순간 능운백의 주먹이 번개처럼 추산의 머리 위까지 갔다가
힘없이 되돌아왔다. 그가 생각해도 교교와 자신이 혼인을 한
것은 불가사의한 일이었기 때문이다.

“뭐, 여러 가지 인연이 있었다. 세세히 이야기할 것은 못 되
고, 당시 교교가 나와 혼인을 하면서 내건 조건이 자신이 충분
히 쓸 만큼의 금전을 벌어다 주는 것이었다. 나로서는 거절할

입장이 아니었지. 그녀는 충분히 그럴 만한 자격이 있는 여인이니까. 단지 그녀의 씀씀이가 내가 생각한 것보다 몇 배나 더 컸다는 것이 문제였지만. 해서 혼인 이후 난 무척 바쁜 시절을 보냈단다. 일 년에 반은 반드시 무불장에 머물며 청부 일을 해야 했지. 그 나머지 반만 설연장에 머물렀다. 물론 이제는 조금 달라지겠지만……."

"그럼 말이죠, 설마 앞으로 그 일을 사형과 제가 해야 하는 건가요?"

추산이 의심 어린 표정으로 능운백을 바라봤다. 그러자 능운백이 뜨끔한 표정으로 대답했다.

"뭐, 네 사모의 나이도 이제 지긋하니 언제까지 그렇게 써대지는 않을 것이다."

"하지만 결국 앞으로 사형과 제가 무불장 일을 맡아 설연장으로 돈을 보내야 한다는 거잖아요?"

"물론 그래야지. 무불장은 이 사부의 가업이 아니더냐? 그리고 늙은 사부와 사모를 봉양하는 것은 당연히 제자 된 도리라 할 수 있지."

"아이구, 이거야말로 제대로 걸렸네!"

능운백의 말이 끝나자 추산이 머리를 감싸며 소리쳤다.

"너무 그렇게 실망하지 말거라. 어차피 넘쳐 나는 것이 강호의 청부이니 금자를 버는 것은 그리 어려운 일이 아닐 것이다."

능운백의 말에 추산이 손을 내저었다.

　"아니, 아니요. 저도 금자를 버는 것은 좋아요. 제가 얼마나 재물에 욕심이 많은지 아시잖아요. 하지만 전 제 수중에 들어온 금자는 절대 밖으로 내보내지 않는단 말이에요. 전 나중에 강호의 대상인이 되는 게 꿈인데… 사모님과 사저들이 그렇게 써대면 제가 언제 큰 밑천을 마련할 수 있겠어요?"
　"그럼 어쩌겠느냐, 일이 이렇게 된 것을?"
　능운백이 달래듯 말했다.
　"음… 이렇게는 안 되겠어요. 설연장에 머무는 동안 궁리를 좀 해봐야겠어요."
　"무슨 궁리를?"
　"당연히 제가 번 금자를 지킬 궁리를 해야겠죠."
　추산이 굳은 의지로 눈빛을 빛내며 중얼거렸다. 그런 추산의 눈치를 보며 능운백이 걸음을 빠르게 옮기기 시작했다. 그의 이 영활한 둘째 제자는 우직한 첫째 제자 고검과는 달라도 너무 달라 고분고분 자신의 말을 들을 놈이 아니었던 것이다.
　그렇게 두 사람의 신형이 추산의 홍엽 속으로 사라졌다.

＊　　　＊　　　＊

　칠 년 후…….

　묵빛 무복을 입은 고검은 따사로운 오후 햇살에 몸을 맡기고 있었다. 투박해 보이는 검집에 들어 있는 마검은 앞쪽 탁자

위에 올려져 있었고, 앞뒤로 흔들리는 나무 의자에 몸을 싣고 몸을 한껏 뒤로 젖힌 그의 모습은 지친 농사일을 끝내고 휴식에 들어간 한겨울 농부처럼 평화로웠다.

사실 그는 제법 큰 청부를 끝내고 돌아온 지 채 보름이 되지 않은 상태였다. 청부 일을 처리하며 쌓인 심신의 피로야 충분히 풀렸지만, 큰일을 끝낸 후 보통 삼사 개월은 다른 일을 맡지 않는 것이 그의 사부인 천검 능운백으로부터 이어진 무불장의 관례였다.

여러 가지 이유야 많지만 어쨌든 그 몇 개월간의 휴식이 무인으로서의 고검에게는 소중한 시간이었다. 그 휴식기 동안 고검은 강호를 전전하며 깨달은 무리들을 깊은 참구를 통해 온전히 자신의 것으로 만들곤 했기 때문이다. 그리고 그 사색의 끈은 오늘 이 시간에도 이어지고 있었다.

그런데 한가로운 모습을 한 채 감겨져 있던 고검의 두 눈이 어느 순간 번쩍 떠졌다. 그리곤 탁자 위에 놓인 검을 집어 들더니 아주 느리게 검을 검집에서 빼냈다.

스르릉!

맑은 날씨에 어울리지 않는 조금은 음습한, 그러면서도 투명한 울음을 울어내며 검신이 햇볕에 모습을 드러냈다. 동시에 검을 빼 든 고검의 몸이 흔들의자의 등받이를 떠나 조금 앞으로 기울어졌다. 그의 시선은 묵빛 검의 끝에 매달려 있었다.

검은 처음 고검이 그 검을 손에 넣은 십오 년 전 아수마왕 음천기의 손에 들려 있을 때처럼 투명한 묵빛을 흘려내고 있

었다. 천검 능운백이 막강한 진기를 이용해 죽여놓았던 마검
의 생명력이 완전히 되살아난 모습이었다. 그것은 곧 고검의
공력이 음천기에 의해 형성된 마검의 살기를 누를 만한 경지
에 올랐다는 것을 의미했다.

　고검의 시선은 여전히 마검의 검끝에 고정되어 있었다. 그
의 손 역시 검을 빼 든 이후 완전히 정지된 듯 보였지만, 가만
히 보면 그가 검끝을 아래위로 가볍게 흔들고 있는 것처럼 보
이기도 했다.

　그렇게 일각여의 시간이 흘렀을까. 마검의 끝에서 작은 변
화가 일어났다. 밝은 대낮에 등불에 불을 붙인 정도의 미미한
빛이었지만 확실히 마검의 끝에서는 무슨 일인가가 일어나고
있었다. 그리고 어느 순간, 고검의 입술이 미소를 지은 듯 가볍
게 위로 말려 올라갔다.

　검끝에서 일어난 빛은 시간이 지날수록 점점 더 그 형체가
명확해지기 시작했다. 이른 새벽 수초에 매달린 이슬과 같은
영롱한 빛 덩어리. 그것이 그곳에 있었다.

　그 이슬 덩어리는 처음에는 쌀알처럼 작았지만 시간이 흐르
면서 점점 커지더니 이내 사과만 한 크기로 변했다. 그리고는
더 이상의 변화를 보이지 않았다.

　고검은 검끝, 정확히는 검끝에 매달린 투명한 빛 덩어리를
응시하고 있다가 그 빛의 덩어리가 더 이상 커지지 않자 이번
에는 눈에 보일 정도로, 그러나 무척 가벼운 손짓으로 검을 흔
들었다. 순간, 검끝에 매달려 있던 빛 덩어리가 살짝 검끝에서

떨어져 내리더니 이내 허공을 부유하는 낙엽처럼 바람에 밀리듯 살짝 위로 떠올랐다.

고검의 검끝이 재차 가볍게 흔들렸다. 그러자 허공에 멈춘 듯하던 빛 덩어리가 순식간에 공간을 격하고 고검이 있는 누각 아래 마당의 흙 속으로 물이 스며들 듯 소리없이 스며들었다.

"괜찮군."

나직한 고검의 목소리가 흘러나왔다. 그리고 그 순간, 마검이 허공에서 작은 원을 그리며 다시 검집으로 들어갔다. 검을 회수한 고검이 두 팔을 들어 올려 기지개를 켰다. 그러자 그의 어깨와 목 부근에서 우두둑거리며 뼈 비틀리는 소리가 흘러나왔다.

"너무 쉬었나 보군. 몸이 굳었어. 내일부터는 본격적으로 수련을 시작해야겠다. 진기를 모으는 일은 그런대로 성취를 보았으니 이제는 그걸 쓸 수 있는 방법을 익혀야겠지."

고검이 혼잣말을 중얼거리며 막 자리에서 일어날 때, 누각으로 올라오는 뒤쪽 나무 계단에서 삐걱거리는 소리가 들려왔다.

"장주, 팔자 좋으시우!"

무불장의 식솔이라면 목소리만으로도 그가 누군지 알 수 있다. 거창(巨創) 대웅산(大雄山). 천검이 고검에게 무불장을 물려준 이후 들어온 인물이다. 남들보다 머리 하나는 큰 몸집에 막강한 공력을 이용해 온몸이 쇠처럼 단단해지는 철막공을 익했고, 양쪽 끝에 날카로운 창날이 달려 있는 오 척의 철창을 자유자재로 사용하는 무불장의 고수였다.

"웅산, 돌아왔구나."

고검이 반가운 얼굴로 대웅산을 향해 돌아섰다.

"또 내가 내기에서 졌구려. 하여간 장주와 내기를 하면 안 돼. 그래, 보름 전에 돌아오셨다구요?"

"그랬지. 예정보다 조금 빨리 일이 끝났다. 그쪽 일은?"

"난 예상보다 열흘 정도 더 걸렸수. 원, 쥐새끼 같은 놈들이 워낙 교묘하게 숨어 있어서 말이우."

"끝내기는 했느냐?"

"흐흐, 이 대웅산이 일을 끝내지 않고 돌아왔을 것 같수?"

"칠묘랑의 거처가 풍비박산이 났겠구나?"

"완전히 거덜을 내버렸수. 요놈들이 순순히 송옥경(宋玉鏡)을 내놓았다면 본거지는 무사했을 것인데, 감히 무불장의 이름 앞에서 고집을 피운 탓에 본거지조차 잃게 됐지요."

"상한 사람은 없느냐?"

"사람들은 괜찮수. 칠묘랑이야 도둑질로는 악명을 떨쳐도 사람을 해친 적이 없는 자들이니 굳이 그들을 상하게 할 필요는 없었지요."

"반항은 하지 않더냐?"

"아무리 칠묘랑의 간이 배 밖에 붙어 있다고 해도 감히 무불장의 대웅산에게 도전할 수는 없었지요."

"웅산, 네 무공을 모르는 바는 아니지만 그래도 항상 조심해

야 한다. 네 자신을 믿는 것이야 좋지만 자만은 좋지 않아. 강
호에서의 모든 실수는 바로 그 자만심에서 나오는 거야.”
　그러자 대웅산이 장난스레 포권을 하며 허리를 숙였다.
　“장주의 충고, 명심하겠습니다.”
　대웅산의 장난에 고검의 입에도 살짝 미소가 머금어졌다.
성격이 외향적이지 않아 타인과의 대화조차 꺼리는 고검이었
지만, 무불장의 식구들에게만큼은 살가운 그였다.
　“대금은?”
　“들어오는 길에 한 총관에게 넘겼수.”
　“송씨세가에서 말없이 주더냐?”
　“껄껄껄, 욕심 많은 송창근이라 하더라도 무불장의 돈을 떼
어먹을 수는 없지요. 얼굴은 볼만하더이다. 마치 송씨세가의
전 재산을 잃는 듯한 표정이더이다.”
　“송창근의 금욕은 강호에서도 이름난 것이지. 그 송옥경이
란 물건이 대단한 것이긴 한가 보군. 그런 구두쇠가 우리 무불
장에 일을 의뢰할 정도라면 말이야.”
　“회수한 후 살펴보니 뭐 별거 없어 보이는 물건이던데요?”
　“물건의 가치야 그 진면목을 아는 사람만이 판단할 수 있는
것이지. 자, 웅산 네가 돌아오는 것으로 오랜만에 무불장의 식
구들이 모두 모였구나. 오늘 밤은 내가 한턱내야겠는걸.”
　“장주께서 한잔 산다면야 마다할 사람이 없을 겁니다.”
　“알겠다. 그만 들어가자.”
　고검이 대웅산의 어깨를 툭 치며 말하곤 먼저 걸음을 옮겨

누각 아래로 내려가기 시작했다.

무불장의 중심부에는 사방이 터져 있는 작은 정자가 자리 잡고 있었다. 천검 능운백은 그의 아내 교교와 달리 사치를 모르는 사람이었으므로 무불장은 수수한 목조 장원이었지만, 장원 중앙의 정자만큼은 보는 사람으로 하여금 절로 감탄사를 흘리게 할 만큼 운치있는 장소였다.

정자를 둘러싸고 파놓은 작은 연못에는 형형색색의 관상어들이 헤엄치고 있었고, 그 연못 중간중간에 바위와 작은 흙더미를 쌓은 후 기화이초를 심어놓아 연못과 정자의 운치를 한껏 고조시키고 있었다.

정자에 오르자면 동서남북 네 방향으로 놓아진 돌다리를 건너야 하는 불편이 있기는 했지만, 그 불편은 오히려 연못 정원 중앙에 위치한 정자의 분위기를 더욱 고즈넉하게 만드는 것이었다.

무불장에는 모두 십오 인이 머물고 있었다. 그중 아홉은 무불장에 고용되어 장원 안팎의 일을 맡아 하는 일꾼들이었고, 그 외 고검을 포함한 육 인이 무불장으로 들어오는 청부를 해결하는 청부사들로, 이들이야말로 무불장의 진정한 주인이라 할 수 있었다.

처음 천검 능운백이 북천무맹의 대고수 풍도 가한의 충고에 따라 하남성 개봉에 무불장을 열 때의 인원은 천검을 포함해 모두 세 명에 지나지 않았다. 이후 십오 년의 세월이 흐르는 동안 누구는 무불장을 떠나고 또 누구는 새로 무불장에 들어왔지만 무불장의 고수는 언제나 열 명을 넘지 않았다.

그리고 고검이 무불장을 맡고 있는 지금은 그를 포함해 여섯 명의 고수가 무불장의 청부사로 활동하고 있었다.

"장주, 이렇게 모든 식구가 모인 게 실로 얼마 만인가?"

정자 이곳저곳에 편안한 자세로 앉아 술잔을 기울이고 있던 여섯 명의 무불장 고수 중 한 명이 입을 열었다.

머리에 문사건을 쓰고 한 자루 부채를 손에 든 사십대 중반의 사내였는데, 한눈에 보아도 천하의 학문을 머리에 담고 있는 듯 현명한 인물로 보였다. 이름은 왕민. 의술과 독술을 두루 통달했고, 한 자루 부채로 펼치는 선법은 가히 무림일절로 불리는 인물이었다. 무불장에서는 그를 왕 선생이라고 불렀다.

"거의 일 년 만이군요. 장원에 들어오는 청부를 가려 맡는데도 항상 일이 많아 누구 한 분 편하게 쉴 시간을 드리지 못하니 장주로서 송구할 다름입니다."

"장사가 잘되는 것이 어찌 문제가 되겠는가? 사실 장주가 처음 천검 어른 대신 장원을 맡았을 때 이 한단은 무척 걱정을 했다오. 과연 젊은 장주가 천검 능운백의 명성을 이어받을 수 있을지 말이오. 그런데 칠 년이 지난 지금 장주의 명성은 천검 어른과 견주어도 뒤떨어지지 않으니 이야말로 청출어람이라 할 수 있을 거외다."

한단은 무불장의 산증인이라 할 수 있는 인물이었다. 최초에 천검 능운백이 무불장을 열었을 때부터 함께한 한단은 뛰어난 상술과 귀신같은 모계를 가슴에 품고 있는 인물로 다양한 고수들이 드나드는 무불장에서 총관의 직책을 맡아 장원의 중심을 잡고 있는 인물이었다. 성격이 조금 괴팍하고 가끔 지나치게 재물을 밝히는 경향이 있었으나, 그것 모두가 천검 능운백과 고검을 위해 하는 일이라는 것을 무불장의 식솔 누구나 알고 있었다.

"모두가 여러 어르신들이 도와주신 덕분이지요."

"흐흐, 어르신들 말고 나도 있다는 걸 알아주시우, 장주."

대웅산이 주책없이 대화에 끼어들었다.

"훙, 네 녀석이야 항상 어르신들께 짐이나 되는 존재가 아니었더냐?"

"이런이런, 그리 말씀하시면 섭하지요. 이번 송옥경의 일만 해도 저 혼자서 해결하고 왔잖수?"

"그래, 장하다. 하지만 이번 일이 네가 혼자서 행한 첫 번째 청부였다는 것을 잊지 말아라."

"헤헤, 한 번이 어렵지 두 번 어렵겠수? 앞으로는 이 대웅산도 무불장에 큰 재물을 벌어다 줄 테니 기대해 주시구려."

대웅산의 너스레에 정자 위의 인물들이 작은 웃음을 흘려내고 있을 때, 연못 정원의 저쪽에 불쑥 한 명의 신형이 나타나더니 가벼운 발걸음으로 연못의 돌다리를 건너 정자 앞으로 다가왔다.

"무슨 일인가?"

총관 한단이 정자 안의 고수들을 대신해 돌다리를 건너온 중년 사내에게 물었다.

"손님이 찾아오셨습니다."

"손님? 이 시간에?"

"그렇습니다."

사내는 신경질적인 한단의 물음에 마치 자신이 큰 잘못이라도 저지른 것처럼 몸을 움츠리며 대답했다. 무불장의 장주는 고검이었지만 무불장에 고용된 인부들을 부리는 것은 총관 한단이었으므로 일하는 사람들에게는 한단이 장주인 고검보다 무서운 존재였다.

"누구라고 하더이까?"

고검이 위축된 사내를 향해 물었다. 그러자 사내가 조금 긴장이 풀린 얼굴로 얼른 대답했다. 그로서는 언제나 매서운 잔소리를 내뱉는 총관 한단보다야 과묵하지만 인정 많은 장주 고검과 이야기하는 것이 훨씬 편했기 때문이다.

"무맹에서 나왔다고 전해달랍니다."

"무맹?"

"흠… 무맹이라……."

사내의 대답에 장내에 있던 무불장의 고수들이 저마다 흥미를 보이며 고검 쪽으로 시선을 돌렸다.

"알았습니다. 일단 손님을 이곳으로 모셔오십시오."

"알겠습니다, 장주님. 그리하겠습니다."

사내가 공손하게 고개를 숙여 보이고는 이내 연못 위로 난 돌다리를 건너 어둠 속으로 사라졌다.

"북천무맹에서 나왔다면 제법 큰 건수겠소이다, 장주."

한단이 슬쩍 입맛을 다시며 말했다.

"하지만 북천무맹에서 맡기는 일이라면 반드시 장주가 직접 나서야 할 것인데… 장주, 일을 마치고 돌아온 것이 이제 겨우 보름인데 또다시 일을 맡을 수 있겠소이까?"

왕민의 물음에 고검이 미소를 지으며 대답했다.

"일의 크기에 달렸겠지요. 덩치가 크다면 쉬는 것이야 뒤로 미룰 수 있는 일입니다. 더군다나 북천무맹이라면 우리 무불장에는 무척 중요한 고객이 아닙니까?"

"그렇긴 하지요. 무불장 청부 중 오 할은 북천무맹에서 나오고 있으니까 말입니다."

왕민이 고개를 끄덕이며 말했다.

"그나저나 이런 밤중에 우릴 찾아온 것을 보면 여간 급한 일이 아닌 모양인데……."

한단이 눈빛을 반짝이며 장내의 고수 중 한 사람을 바라봤다. 그러자 다른 사람들의 시선도 자연스럽게 한단의 시선이 향한 인물에게로 모였다.

"얼마 전, 북천무맹의 후기지수 중 일부가 서패천을 향해 떠난 일이 있었어요."

사람들의 시선을 모은 인물은 삼십대 초반으로 보이는 여인이었다.

그녀는 무불장의 고수 중 유일한 여고수인 미심(未審)이었다. 사람들은 그녀를 미 부인이라 불렀는데, 그녀의 과거는 무불장의 동료들도 정확히 알고 있는 사람이 없었다. 그녀가 무불장에 들어온 것은 천검 능운백의 아내인 천하제일미 교교의 소개에 의해서였다. 고검은 그녀의 과거를 알고 있는 듯 보였지만 그녀에 대한 일을 입에 올리는 경우는 없었다.

그렇듯 비밀에 싸여 있는 이 미심이라는 여인은 그러나 무불장에서 빼놓을 수 없는 중요한 인물이었다. 왜냐하면 어디로부터 전해 듣는지는 알 수 없으나 그녀는 강호의 대소사에 대한 세세한 소식을 정확하게 무불장의 고수들에게 전해주었기 때문이다.

청부 일을 수행하면서 가장 중요한 것 중 하나가 그 일에 관여된 정보인데, 그 부분을 충족시켜 주는 인물이 바로 미지의 여인 미심이었던 것이다.

"후기지수들의 강호행이야 그리 특별한 일이 아니지 않소이까?"

한단이 미심을 보며 물었다.

"그 일행을 이끄는 인물이 천가장의 둘째 공자 천도성이라 하더군요. 그리고 그와 함께 길을 나선 세 명의 후기지수 역시 북천십이룡의 직계 후예들이고 말이에요."

북천십이룡이란 북천무맹에 속한 사십팔 개의 대소문파 중에서 가장 강력한 열두 개의 문파를 가리키는 말이었다.

"흠, 그건 확실히 특별한 일이구려. 북천십이룡의 직계 자제들이 서패천을 향해 길을 떠났다라……."

한단이 고개를 갸웃거리며 중얼거렸다.

"결국은 그들에게 문제가 생겼다는 말이군."

왕민이 손으로 가볍게 정자의 기둥을 두드리며 말했다.

"그렇다면 무척 큰 건이겠군요."

대웅산이 흥미가 동한 얼굴로 입을 열 때, 연못 저쪽에 몇 명의 인물이 모습을 드러냈다. 장내에 모습을 드러낸 인물들은 손님의 방문을 알렸던 사내의 뒤를 따라 연못의 돌계단을 건너 고검 등이 기다리고 있는 정자로 건너왔다.

"어르신께서 직접 오셨군요."

고검이 급히 자리에서 일어나며 한 명의 노고수를 맞아들였다. 이 노고수야말로 무불장을 탄생시킨 주인공이랄 수 있는 사람이었다.

풍도 가한. 이제는 백발이 성성한 북천무맹 원로원의 장로 풍도 가한이 바로 그였다.

"잘 지내셨는가? 장주는 갈수록 좋아지는군."

풍도 가한이 고검을 보며 덕담을 건넸다. 두 사람의 인연이야 이미 십오 년 전에 시작된 것이지만, 고검이 강호의 일대고수로 커감에 따라 가한이 고검을 부르는 호칭과 말투도 많이 변해 있었다.

"어르신도 좋아 보이십니다."

"껄껄, 좋기는, 이제 죽을 날만 받으면 그뿐이지. 그나저나 오늘은 장주께 특별히 부탁할 일이 있어 왔다네."

"직접 오신 것을 보고 짐작은 하고 있었습니다. 무슨 일인지요?"

"일을 먼저 이야기하기 전에 소개할 사람이 있다네."

가한의 말에 고검의 시선이 자연스럽게 풍도 가한의 뒤쪽에 서 있는 세 명의 인물에게 쏠렸다. 이남일녀의 삼십대 초반으로 보이는 사람들이었는데, 차려입은 옷과 자연스럽게 드러나는 기운이 명문대파의 자제들이 분명해 보였다.

"뵌 적이 없는 분들이군요."

고검은 과거 가한을 수행하는 북천무맹의 고수들을 여럿 만나본 적이 있었다. 그런데 지금 가한의 뒤에 서 있는 인물들은 초면인 자들이었다.

"그럴 걸세. 소개하지. 이쪽은 천가장의 대공자이시고, 이쪽은 팽가의 소가주, 그리고 이쪽은 은하장주님의 대제자이시네."

풍도 가한의 소개에 고검뿐 아니라 정자 안에 있던 무불장의 고수들이 저마다 놀란 기색을 드러냈다. 왜냐하면 가한이 입에 올린 인물들은 하나같이 북천무맹의 주축인 북천십이룡의 후계자들이었기 때문이다.

"오늘 이 무불장에 귀인들이 들르셨군요. 무불장을 맡고 있는 고검이라 합니다."

고검이 정중하게 세 명의 중년 고수들을 향해 포권을 취해 보였다.

"천가장의 천검성이오."

"하북팽가의 팽업이오. 만나서 반갑소."

“은하장의 두산산이라 해요.”

고검의 인사를 받은 세 사람이 저마다 자신의 이름을 밝혔다. 그런데 자신들을 소개하는 세 사람의 태도는 가한이 고검을 대하는 것과는 사뭇 달랐다. 비록 자신들과 엇비슷한 연배의 고검이지만 무불장의 장주를 맡고 있는 고검을 대하는 그들에게서 상대에 대한 존중을 찾아볼 수 없었다.

‘황금충과는 인사하기도 꺼려지는 신분이란 건가?’

고검이 내심 씁쓸한 미소를 지었다. 그가 비록 천하팔대고수 천검 능운백의 제자라 하더라도 강호의 청부업자로 살아가는 동안은 그를 처음 대하는 사람에게는 항시 이런 무시를 당하는 것이 일반적인 일이었다.

하지만 그것은 어디까지나 무불장주 고검의 진면목을 몰랐을 때의 일이다. 누구라도 그와 강호행을 한 사람이라면 절대 고검을 이런 식으로 대하는 법이 없었다. 지난 칠 년간 그가 자신의 사부인 천검 능운백의 명성에 육박하는 최고의 청부업자로 성장한 경력이 그것을 증명해 주고 있었다.

“그래, 무슨 일입니까?”

고검이 즉시 본론으로 들어갔다. 굳이 자신을 무시하는 자들에게 신경을 쓰고 있을 만큼 고검의 심기는 약하지 않았다. 오히려 자신들을 무시하고 가한에게 말을 건네는 고검의 모습이 마음에 들지 않는지 북천무맹 세 고수의 표정이 조금씩 변했다. 하지만 그들이라고 고검에게 달리 다른 말을 할 수는 없었다. 그들은 지금 강호제일의 청부 단체 무불장에 어려운 일을 맡기러 온 것이기 때문이었다.

"사람들을 좀 찾아줘야겠네."

"사람을요?"

"그렇다네. 무척 중요한 사람들일세."

"찾아야 할 사람이 누굽니까?"

고검의 물음에 가한이 슬쩍 고검의 뒤쪽에서 자신과 고검을 응시하고 있는 오 인의 무불장 고수들을 살폈다.

"위험한 일이라면 이분들 모두의 도움이 필요합니다. 더불어 무불장은 스스로 원하지 않는 일이면 나서지 않아도 되는 것이 원칙이지요."

굳이 무불장의 고수들에게 비밀로 할 일이라면 애초에 무불장의 힘을 빌 생각을 하지 말아야 한다는 말이었다.

"알고 있네. 단지 워낙 입에 올리기 어려운 일이라서……."

그러자 고검이 심각한 표정을 지었다. 풍도 가한은 북천무맹뿐 아니라 전 강호를 통틀어도 손에 꼽히는 노련한 고수였다. 그런 그가 입에 올리기 어려울 정도의 일이라면 도대체 어떤 일일까.

"사람을 찾는 일이라면 북천무맹이 저희 무불장보다 몇 배의 능력을 가지고 계실 텐데……."

이 또한 정확한 지적이었다. 아무리 무불장이 강호제일의 청부업체로 이름나 있다지만 천하사패의 하나인 북천무맹의 정보력에 비할 바가 아니었다.

"장소가 좋지 않네."

“어딥니까?”

“마혼령 근처일 걸세.”

“마혼령이라고요?”

고검이 고개를 갸웃거렸다. 들어보지 못한 지명이었다. 고검의 시선이 자연스럽게 미심에게로 향했다.

“섬서에서 사천으로 넘어서면 나오는 낮지만 험한 산줄기지요. 면양을 거쳐 성도로 이어지고요.”

“서패천의 세력권이군요.”

고검이 가한을 보며 말했다.

“그래서 무불장을 찾아온 걸세.”

“찾을 사람은 누굽니까?”

“음… 며칠 전 무맹에서 몇몇 후기지수들이 강호로 나섰다네.”

“됐습니다. 무척 비싼 일이 되겠습니다.”

중간에 고검이 말을 자르자 가한이 의혹 어린 눈으로 고검을 바라봤다.

“우리가 누굴 찾고자 하는지 알고 있단 말인가?”

가한의 물음에 고검이 가볍게 고개를 끄덕였다. 순간 가한의 눈에 감탄의 빛이 서렸다.

“그들이 실종된 것도 알고 있었는가?”

“그것까지는 몰랐지요. 하지만 풍도 어른께서 북천무맹 주요 문파의 고수 분들과 함께 오신 것을 보고 그분들께 일이 생겼다는 것을 짐작할 수 있었습니다.”

“허허, 정말 명불허전이군. 무불장의 소식통이 이렇게 빠를
줄이야. 천검이 직접 챙길 때보다 오히려 더욱 탄탄해진 모습
이야.”

“칭찬, 감사합니다. 그런데 조금 비싸겠군요.”

“얼마면 되겠나?”

“생각해 두신 금액이라도?”

“금자 오백을 생각하고 왔다네.”

금자 오백이라면 엄청난 금액이다. 과거 천검 능운백이 칠
마를 쫓을 때 중원의 대소문파가 건 현상금이 일천오백 냥을
조금 넘는 금액이었음을 생각하면 북천무맹 단독 청부로 금자
오백은 대단한 금액이라 할 수 있었다.

“일천 냥은 돼야겠습니다.”

“이보게.”

가한이 놀란 눈으로 고검을 바라봤다. 그것은 다른 무불장
의 고수들도 마찬가지였다. 고검은 비록 사부 천검을 이어 청
부업을 하고 있지만 물욕이 많은 사람은 아니었다. 그런 그가
청부 대금을 흥정하려 하고 있었다. 드문 일이었다. 또는 이
일이 생각처럼 쉬운 것이 아니라는 말이기도 했다.

“그들이 그곳으로 간 이유가 무엇인지는 모르지만 분명 무
척 중요한 일을 맡아 움직였을 겁니다. 그 정도 인물들이 하찮
은 일로 서패천의 영역에 들어가지는 않았을 테니까요. 그런
데 그들이 사라졌습니다. 그건 곧 그들보다 강한 자가 그곳에
있다는 말이 됩니다. 찾아야 할 사람들의 가치와 그들이 사라

진 곳이 서패천의 지역이란 것, 그리고 천하의 북천십이룡의 후기지수들을 제압한 자들을 상대해야 한다는 것! 금자 일천 냥도 많지 않습니다. 무불장의 전 고수가 나서야 할 일이기도 하고 말입니다.”

고검의 입에서 논리정연한 말들이 줄지어 이어 나왔다. 평소 말이 많지 않은 고검에게는 무척 특별한 일이었다.

“흥정의 여지가 없게 만드는군. 좋네, 금자 일천 냥을 내지.”

“적당한 가격입니다.”

“천검께서 나서실 수는 없소?”

갑자기 가한의 뒤에 있던 팽업이 앞으로 나서며 물었다. 고검을 향한 그의 시선에 고검에 대한 불신이 깔려 있었다.

“사부께서는 더 이상 청부 일을 맡지 않으십니다.”

“천검께서 나서지도 않는데 금자 일천 냥이면 너무 과한 요구 아니오?”

그러자 고검이 서늘한 시선으로 팽업을 응시하며 말했다.

“누가 이 일을 하느냐가 값을 정하는 것이 아니라 해야 할 일이 무엇인가가 값을 정하는 거요. 사부께서 나서시나 내가 나서나 해야 할 일이 같다면 값도 같소. 금자 일천 냥이 많다고 느낀다면 다른 청부업자를 찾아보시길!”

고검의 싸늘한 말에 가한이 급히 둘 사이에 끼어들었다.

“아니아니, 되었네. 이런 큰 청부를 수행할 수 있는 곳을 무불장 말고 어디서 찾을 수 있겠나. 고검 자네의 능력이 천검에 육박한다는 걸 내 잘 알고 있으이. 그러니 이 일은 무불장에서 맡아주게. 이보시게, 팽 대협. 이 일은 이 늙은이에게 맡겨진 일일세.”

가한이 팽업을 보며 말했다. 비록 말투는 부드러웠지만 알 수 없는 한기가 느껴지는 말이었다. 자신이 거래하는 일에 끼어든 팽업의 행동이 그의 기분을 상하게 한 모양이었다.

“알겠습니다, 노사. 제가 노사의 심기를 어지럽혔군요. 죄송합니다.”

‘눈치가 아주 없지는 않군.’

금세 가한의 심기를 읽어내는 팽업의 행동에 고검이 속으로 생각했다.

“되었네. 그리고 고 장주.”

“말씀하시지요.”

“서안(西安)까지는 여기 세 사람과 몇 명의 무맹 고수들이 동행할 걸세. 괜찮겠나?”

“이유를 물어도 되겠습니까?”

“만약의 경우에 대비해서일세.”

만약의 경우란 고검과 무불장의 고수들이 청부에 실패했을 때를 말하는 것이리라. 고검의 입가에 한가닥 미소가 감돌았다.

“그렇게 하지요. 뒤에 우군이 있다면 저희도 든든하겠지요.”

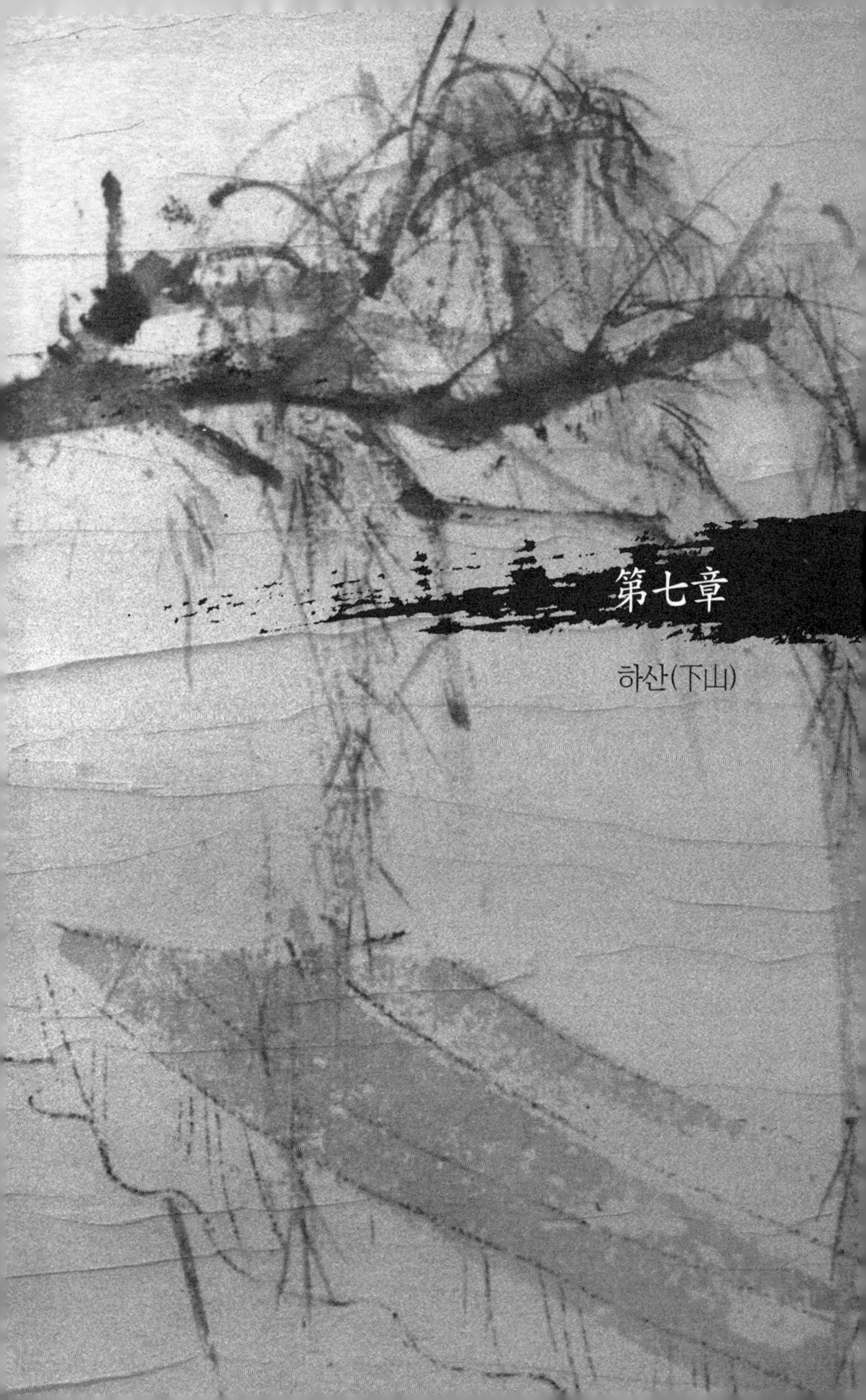

第七章

하산(下山)

"어, 죽겠네. 이거 더 이상 공력이 늘어나는 것도 아니고, 그렇다고 스승님께서 익히라던 산검(散劍)에 진보가 있는 것도 아니고……."

청년 추산은 과거 고검이 고독한 수련을 쌓던 폭포수 아래에 가능한 한 편한 자세로 주저앉아 있었다.

"내 재질로는 여기가 한계가 아닐까?"

추산이 고개를 갸웃거렸다. 시원하게 떨어지는 폭포에서 만들어진 차가운 물의 입자들이 추산의 얼굴에 떨어져 내렸다.

"어, 시원타. 설연장에 갇혀 산 지도 어언 칠 년인가? 더 이상 무공도 늘지 않고… 이쯤에서 산 아래로 내려갔으면 좋겠는데 말이야."

　혼잣말을 중얼거리던 추산이 아예 바위에 등을 대고 길게 누워버렸다. 맑고 투명한 쪽빛 가을 하늘이 추산의 두 눈에 가득 들어왔다.

　"이 좋은 계절에 산속에 틀어박혀 진보없는 무공에 매달려 있다니, 아, 이 추산의 처지가 가련하구나."

　추산이 큰대(大) 자로 사지를 벌리고 누워 투덜거리고 있는데 갑자기 그의 시야에 한 여인의 얼굴이 드리워졌다.

　"추산!"

　"흠, 인화구나. 어쩐 일이냐?"

　여인은 천검 능운백의 막내딸 능인화였다. 고검이 설연장을 떠날 때 애송이였던 능인화도 어느새 한 명의 꽃다운 청춘이 되어 있었다. 동그스름한 얼굴은 어릴 때의 동안을 유지하고 있었지만 그 속에는 어느새 성숙한 여인의 향기가 묻어나고 있었다.

　"아버지가 오래."

　"사부님이?"

　"그래."

　"어, 이 시간에 웬일이지? 수련 시간에는 부르신 적이 없는데?"

　"네가 지금 수련 중이니?"

　능인화와 추산은 같은 나이였기에 추산이 설연장에 들어온 이후부터 금세 친구가 된 사이였다.

　"음, 잠시 휴식 중이었지."

“그 휴식, 무척 길더라?”

“뭐야, 날 지켜보고 있었던 거야?”

“네가 얼마나 게으름을 피우는지 한번 두고 본 거야.”

“호호호, 나의 멋진 얼굴에 반해 몰래 훔쳐보고 있었던 것은 아니고?”

“꿈도 야무지다. 어서 일어나.”

“알겠소이다, 인화 낭자. 하지만 진실은 저 너머에 항상 존재하는 법이라구. 좋으면 좋다고 말해.”

“너 같은 떠버리를 누가 좋아하겠니? 남자라면 고검 사형 정도는 돼야지.”

“고검 사형? 멋지지. 하지만 내가 봤을 때 고검 사형은 보는 것으로 만족해야 하는 사람이야. 보라구. 천화 사저도 지금껏 사형 얼굴만 바라보고 늙어가잖아.”

“언니가 늙긴 뭐가 늙어?”

“이것 봐, 인화. 말이야 바른 말이지, 여자 나이가 서른이 넘었으면 할머니라구, 할머니!”

“흥, 그 말, 언니에게 전해주지.”

그러자 추산이 능글맞게 웃었다.

“그래? 그렇다면 나도 네가 사저의 금장 옥비녀를 훔친 장본인이라는 것을 전해줄게.”

추산의 말에 능인화가 아무 말 않고 추산을 노려보다 한숨을 쉬며 말했다.

“휴, 내가 어떻게 추산 너를 당하겠니. 넌 정말 고검 사형과는 너무 달라. 어떻게 그렇게 한마디도 지는 법이 없니? 고검 사형은 언제나 우리 얘기를 들어주는 사람이었는데…….”

“사람은 다 같을 수가 없는 거야. 그나저나 네가 날 좋아하는 건 맞는단 말이지?”

“헛소리 그만 하고 빨리 가자, 아버님 노하시기 전에.”

“그래, 가자구. 우리 천검 사부께서 노하시면 천하의 이 추산도 감당키 어렵지.”

“추산 너에게도 무서운 게 있었니?”

“물론. 스승님의 회초리와 사형의 검은 이 추산조차도 감당키 어려운 것이지. 아! 그리고 한 가지가 또 있군. 바로 사모님과 너희 세 자매의 낭비벽도 무서운 것 중 하나야.”

추산과 능인화가 연신 툭탁거리며 폭포수를 떠나 설연장으로 걸음을 옮기기 시작했다.

“선남선녀가 따로 없어요.”

교교의 얼굴에 흐뭇한 미소가 흘렀다.

“천화 꼴 날까 걱정이오.”

능운백이 걱정스러운 목소리로 말했다.

“설마요. 검이와 천화는 좀 특별하지요. 하지만 저 둘은 모두 마음속의 생각을 숨기는 편이 아니니 그 아이들처럼 되지는 않을 거예요.”

“과연 그럴까? 산이 놈이 워낙 종잡을 수 없는 성격이라 어디로 튈지 모르겠으니……. 저런 녀석을 강호에 던져 놓으면 어디서 엉뚱한 계집을 꿰차고 들어올지도 모르는 일이라오."

"그렇긴 해요. 생긴 것도 반지르르해서 계집깨나 따르게 생겼지요. 하지만 그런들 어떡하겠어요? 인화가 한자리 차지하길 바랄 뿐이죠."

"원, 사부는 이리 못났는데 제자들은 어떻게 하나같이 잘났는지 모르겠단 말이오?"

"호호호, 하지만 못난 사부는 천하제일미를 부인으로 두었지만 잘난 제자들은 그러지 못할 거예요."

"껄껄껄, 맞아, 맞아. 제깟 것들이 아무리 잘나도 천하제일미를 아내로 맞을 수는 없겠지."

"그나저나 산이를 하산시킬 결심은 하신 거예요?"

교교의 물음에 능운백이 고개를 끄덕였다.

"그래야 할 것 같소. 이곳에 있어봐야 더 이상의 진보는 없을 것 같고, 검이 곁에 보내 경험을 쌓는 것이 가장 좋은 수련일 게요."

"검이와 비교하면 어때요?"

"검이가 하산할 때보다 낫다고 할 수 있지. 검이는 일 년의 반을 홀로 무공을 수련해야 했지만, 산이는 거의 대부분의 시간을 내가 봐주었으니 말이오. 하지만 앞으로 산이의 경지가 지금 검이의 경지에 오를 수 있을지는 자신할 수 없다오. 무공은 어느 수준까지야 사부가 이끌어줄 수 있지만, 어느 단계를 넘어서면 결국 자신과의 싸움이니 말이오. 그런 면에서 검이의 성정은 무공을 익히기에 무척 적합하다고 할 수 있지만 산이 저 녀석은 워낙 출랑거려서……."

"전 검이와 같은 재능을 가진 아이가 또 있을 거라곤 생각지 못했어요. 산이가 처음 왔을 때도 지금과 같이 성장할 거란 생각은 못했고요. 지금 정도만으로도 충분히 대단한 성과 아닌가요?"

"냉정히 따지자면 산이는 자신이 가지고 있는 재질 이상의 성취를 이뤘다고 할 수 있소. 물론 내가 옆에서 세세히 지도했기 때문이기도 하지만 사실은 그것보다 저 아이의 전 스승이 남겨놓은 유산 때문이기도 하다오."

"전 스승이라면… 자운 노사를 말씀하시는 건가요?"

"그렇소. 자운 노사의 천통지를 익히고 있다는 것이 녀석에게는 큰 복이라 할 수 있소. 작금의 성취는 천통지가 없었다면 불가능했을 것이오."

"천통지가 그렇게 대단한 건가요?"

"내가 강호를 떠돌며 만나본 사람 중 가장 현명한 사람이라면 자운 노사를 꼽을 것이오. 천리를 안다는 것은 아무리 무공 고수라도 어려운 일이라오. 무공이 아닌 천하의 이치를 추구하는 사람들에게는 그들만의 방법이 있게 마련, 천통지는 자운 노사가 천리를 탐구한 자신의 심득(心得)을 적어놓은 것이오. 세상의 모든 이치가 하나로 통한다면 추산은 무공을 익히는 데 있어서도 엄청난 유물을 넘겨받은 것이라오."

"그렇군요. 그런데 추산은 자운 노사의 경지에 오를 수 있을까요?"

“그에 대한 대답은 앞서와 같소. 천리를 탐구하는 것도 어느 수준에 이르면 스스로 깨달아가야 하는 것 아니겠소? 천통지가 모든 것을 해결해 주지는 않을 거요.”

“호호, 그럼 글렀네요. 산이는 가만히 앉아서 천하의 이치나 참구할 아이는 아니니까요.”

“교교, 녀석도 마냥 젊은이로 남아 있지는 않을 게요. 지금은 교교의 말이 맞겠지만 언젠가는 녀석도 늙겠지. 그러면 천통지를 새롭게 해석하게 될 게요. 앞날은 알 수 없는 것이라오.”

능운백과 교교가 추산의 천통지에 대해 서로의 의견을 주고받고 있을 때 능인화를 앞세운 추산이 두 사람이 앉아 있는 정자 위로 올라섰다.

“스승님, 찾으셨어요?”

“끙, 말투 하고는…….”

능운백이 혀를 찼다. 추산이 능운백을 대하는 말투는 어려서나 지금이나 변함이 없었다. 어찌 보면 무척 무례하게 느껴질 수도 있는 말투. 그러나 능운백은 그리 기분 나쁜 표정이 아니었다.

“무슨 일이 있나요?”

능운백의 반응이야 어떠하든 추산은 능운백과 교교 앞에 놓인 의자에 털썩 주저앉으며 물었다.

“너, 개봉에 좀 다녀오거라.”

“어? 정말이요?”

추산이 급격하게 커진 눈으로 능운백을 보며 되물었다.

"그럼 이 사부가 너와 말장난이나 하겠느냐?"

"아니죠, 아니죠. 스승님께서 그러실 리가 있나요. 그런데 무슨 일이죠? 장원에 돈이 떨어졌나요?"

추산이 재빨리 고개를 저으며 대답했다.

"그냥 한번 다녀오는 것이 아니다. 이제 네 거처를 무불장으로 옮기거라."

가뜩이나 들떠 있던 추산의 표정이 더욱 밝아졌다.

"그럼 하산시켜 주시는 건가요?"

"이곳에 남아서 계속 게으름이나 피우는 것보다야 네 사형을 도와 몇 푼의 금자라도 버는 것이 좋겠지."

"흐흐, 금자를 말씀하시니 드리는 말입니다만, 제가 나선다면야 사형보다 곱절은 많은 금자를 벌 자신이 있다고요."

"이놈아, 네 능력은 네 사형의 절반에도 미치지 못해!"

"물론 무공을 놓고 보자면 제가 사형을 따라갈 순 없겠죠. 하지만 무불장에서 하는 일이 어디 무공만 가지고 하는 일인가요. 그건 일종의 장사요, 거래라고요. 사실 사형은 너무 고지식해서 청부 대금을 지나치게 적게 받아왔다고요."

"그런 말 말거라. 검이가 매년 보내는 금자는 네 사부가 과거에 가져왔던 것보다도 많단다."

교교가 나서서 고검을 변호하자 추산이 고개를 끄덕였다.

"아아, 알고 있어요, 사모님. 사형이 보내는 금자가 적다는 말은 아니에요. 단지 제가 가면 훨씬 더 많은 금자를 벌 수 있

을 거란 말이죠. 그리고 어쩌면 청부업 말고도 다른 일로 돈을
벌 수도 있고요."

"다른 궁리 말고 한 몇 년은 사형이나 잘 따라다니거라. 꼭
금자를 벌라고 무불장에 보내는 것은 아니니까."

능운백이 정색을 하며 말하자 추산이 슬쩍 한걸음 물러섰
다.

"아, 알겠습니다, 사부님! 대상(大商)으로서 제 꿈을 펼치는
것은 잠시 접어두지요. 그럼 언제 떠나나요?"

"지금 즉시 짐을 챙겨 떠나거라."

"아니, 오늘 바로요?"

곁에 있던 능인화가 화들짝 놀라며 물었다.

"떠날 때는 바람처럼 없어지는 것이 강호무인의 본색이라
할 수 있지. 저, 짐 꾸리러 갈게요."

추산이 짐짓 굳은 얼굴로 말하고는 이내 능운백 앞을 물러
났다.

"추산, 정말 오늘 갈 거야?"

능인화가 황급히 멀어지는 추산을 따라가며 소리쳤다.

"녀석, 서운한 기색도 없네요."

교교가 서운한 기색으로 말하자 능운백이 가볍게 교교의 어
깨를 감쌌다.

"젊은 놈들이야 어디 집 소중한 줄 알겠소? 나이가 들어봐
야 내 집이 얼마나 중요한지 알게 되지."

"아, 추산마저 떠나면 정말 쓸쓸해지겠어요. 검이가 떠날 때

는 산이가 바로 들어와서 그 빈자리를 채웠는데… 당신, 어디 가서 제자 하나 더 데리고 오실래요?"

"그랬으면 좋겠소?"

그러자 교교가 잠시 생각에 잠겼다가 고개를 저었다.

"아니요. 됐어요. 이제 다시 어디서 검이와 산이같이 총명한 아이를 발견할 수 있겠어요."

"맞는 말이오. 사실 검이와 산이가 내 제자가 된 것은 내가 그 아이들을 찾아냈기 때문이 아니라 그 두 녀석이 날 찾아온 것이라오. 그러니 지금 나가서 다른 제자를 찾으려 한다 해도 인연이 아니면 저런 아이들을 만날 수 없을 거요. 그리고 또 두 명이면 족하지 않소? 그 두 명이 모두 강호절정고수로 성장했으니 말이오."

"그래요. 검이와 산이면 족해요. 거기에다 골치 아픈 딸년 셋이나 달고 있으니 더는 욕심내지 말아야지요. 그리고 이미 당신이 더 이상 강호에 나서지 않으시니 심심하지는 않을 거예요."

"나도 더 이상 제자들에게 당신을 빼앗기고 싶지 않구려. 그런데 교교."

"왜요?"

"근자에 들어서는 금자를 쓰는 양이 많이 줄어든 것 같구려? 아마 대모어른 쪽도 이제 자리가 잡힌 모양이구려."

"그래요. 요즘은 보내는 금자도 마다하실 지경이지요. 그리고 제 씀씀이도 조금 줄었고요. 저도 언제까지나 그렇게 낭비

만 할 수 있나요. 더군다나 검이가 힘들게 번 금자인데요. 그
래서 요즘은 무척 검소하게 지내고 있어요.”

교교가 미소를 지으며 능운백의 어깨에 머리를 기댔다.

‘하지만 교교, 그대가 검소하게 쓴다는 금전이 대모께 보내
는 돈 말고도 아직 일 년에 금자 몇 백 냥이나 된다오.’

능운백은 차마 입속에 있는 말을 밖으로 내뱉지는 못했다.

눈물까지 살짝 내보이는 능인화의 배웅을 뒤로하고 추산이
설연장을 떠난 것은 늦은 오후였다. 어차피 늦은 것 하루를 늦
춰 아침에 떠나라는 교교와 능인화의 만류에도 불구하고 추산
은 기어코 저녁 어스름에 길을 나선 것이다.

“허, 그 양반들, 이해할 수가 없단 말이야? 잘 어울리는데 확
혼인을 하면 되지. 나 원 참, 그렇게 숫기들이 없어서야.”

추산이 손에 든 서찰을 품속에 넣으며 중얼거렸다. 설연장
을 벗어나기 전 능천화가 은밀히 전해준 고검에게 보내는 서
찰이었다. 호기심 많은 추산이 살짝 뜯어 읽어보려다 참고 다
시 품속에 넣고 있는 중이었다.

“하, 그나저나 인화 고것이 날 좋아하는 게 분명한데… 어찌
해야 할까나. 난 사형처럼 노총각으로 늙을 생각은 없는
데……. 인화 정도면 어디에 내놔도 빠지지 않는 인물에 무공
도 훌륭하고… 단지 단점은 돈을 많이 쓴다는 건데… 뭐, 그거
야 버릇을 고치면 되는 거고. 하지만 서두를 필요는 없겠지.
강호 천하에는 이 추산을 기다리고 있는 수많은 여인들이 있

지 않는가? 핫하하!"

기분 좋은 웃음을 호탕하게 웃어낸 추산의 신형이 바람처럼 숲길을 가르기 시작했다. 그의 경공은 무척 신묘해 빠른 움직임에도 주변의 나뭇잎 하나 흔들리는 법이 없었다.

하산한 지 오 일. 추산의 걸음은 느렸다. 설연장을 떠나던 날 바람처럼 숲길을 헤치고 나가던 그의 두 발은 일단 사람이 사는 마을이 나타나자 굼벵이처럼 느려지기 시작했다. 대신 빨라진 것은 그의 눈이었다.

"세상 참 많이 변했어. 요따위 작은 마을에도 주루가 생기다니 말이야. 아, 설연장에서 세월을 보내는 동안 세상은 날 기다려 주지 않고 이렇게 빠르게 변했구나."

나이에 어울리지 않는 말들을 지껄이며 추산이 느린 걸음으로 오십여 호 남짓한 산골 마을을 지나쳤다. 날은 서서히 어두워오고 있었지만 추산은 이 작은 마을에서 하룻밤 묵어갈 생각은 없었다.

"일단 서안까지는 쉬지 말고 가자고. 서안 정도는 되어야 이 추산이 놀 곳이 많지 않겠어? 흐흐, 무불장에 가는 일이야 좀 늦어도 상관없을 거야. 딱히 무슨 일이 있어 가는 것이 아니니. 서안을 들러 가면 열흘 정도야 더 걸리겠지만 오랜만에 산을 나왔는데 어찌 서안의 풍류를 즐기지 않을쏘냐. 흐흐흥!"

추산은 뭐가 그리 흥거운지 콧노래까지 흥얼거리기 시작했다.

산중의 밤은 빨리 왔다. 하지만 추산의 발걸음은 멈추지 않았다. 아직 졸리기에는 이른 시간. 밤이 깊어 수마(睡魔)가 찾아오면 어느 나뭇가지에라도 올라 눈을 붙이면 그만이었다.

"달도 밝아 흥취가 절로 돋는구나. 흐흐흥!"

어둠 속에서도 추산의 콧노래는 멈추지 않았다. 그런데 바로 그때였다.

"흐흐흐……."

"이건 뭐야?"

추산이 급히 걸음을 멈췄다. 어디선가 들려오는 희미한 귀성. 자신의 노랫소리는 확실히 아니었다.

'내 노랫소리는 제법 구성지지.'

스스로 자신의 노래에 대한 흐뭇한 평가를 내리며 추산이 먼 숲으로부터 들려오는 귀성을 따라 자신도 모르게 발걸음을 옮기기 시작했다.

"흐흐흐."

차차차창!

그것은 확실한 흐느낌이었다. 그 속에 섞여 고요한 공기를 깨뜨리는 격돌음이 동시에 들려왔다.

'이크, 이제 보니 싸움이 난 모양이구나. 이거 괜히 쓸데없는 일에 말려드는 거 아닌가?'

내심 꺼려지는 바가 없는 것은 아니었지만, 그렇다고 호기심을 억누르고 모른 척 지나갈 수 있는 추산도 아니었다. 느릿

하던 추산의 움직임이 눈에 띄게 빨라졌다. 어느새 그의 신형은 가볍게 나무를 타고 오르더니 흐느낌과 격돌음이 동시에 울려 나오는 쪽을 향해 날아가기 시작했다.

"서둘러라. 목격자라도 있으면 일을 그르치게 된다."

낮고 음침한 음성이 격돌음 속에 섞여 나왔다. 그리고 추산은 그 목소리를 알아들을 만큼 가까이 다가와 있었다.

'저런, 저런, 한 여자를 두고 사내 셋이 달려들다니, 참으로 창피함을 모르는 족속들이 아닌가? 더군다나 이 밤중에 복면까지 눌러쓰고 말이야.'

추산이 혀를 차며 한바탕 결전이 벌어지는 싸움터로 좀 더 다가갔다. 그의 신법은 너무도 은밀해서 한창 싸움에 몰두한 사 인은 추산의 움직임을 전혀 감지하지 못하고 있었다.

"호호호."

다시 예의 그 귀곡성이 들려왔다.

'뭐야? 이제 보니 귀곡성은 바로 저 여인에게서 흘러나오는 것이었군. 무슨 여자가 저렇게 멋대가리없이 울고 있단 말인가? 아니, 그것보다도 가만히 보니 저거 미친 여자가 아닌가?'

추산의 눈이 커졌다. 삼 인의 복면인으로부터 공격받고 있는 여인의 모습은 아무리 격전을 치르고 있는 사람이라 하여도 정상적이라고는 볼 수 없을 만큼 괴상망측했다.

소복을 입은 듯 걸쳐 입은 백색 장삼은 피와 때로 얼룩져 있었고, 머리는 온통 산발을 한 것이, 눈에서는 눈동자가 보이지 않고 오로지 흰자위만이 드러나 보이는 것이었다.

‘하지만 예쁘군.’

추산은 그 와중에도 여인의 미모를 파악해 내고 있었다. 만약 밝은 대낮에 단장을 한 채 거리에 나서면 누구라도 한 번쯤 눈길을 줄 만한 미모가 미쳐 날뛰는 광녀의 본색에 남아 있었던 것이다.

‘무공도 무척 고강한 듯 삼 인의 적을 맞아 저렇게 버티다니 말이야. 그런데 보아하니 저들은 살검을 쓰지 않는군. 여인을 생포하겠다는 의민가? 그 덕에 저 여인이 저렇게 버티고 있는 것이군.’

비록 셋이서 한 명의 여인을 상대하고 있다지만 삼 인의 무공도 결코 낮은 것이 아니었다. 만약 생사결을 펼쳤다면 여인은 이미 죽음을 당하고도 남았을 정도로 삼 인의 무공은 고강한 것이었다. 하지만 삼 인의 복면인은 결코 여인에게 살검을 쓰지 않았다.

‘구경 중에 싸움 구경과 불구경이 최고라더니 이건 정말 흥미진진하군. 결말이 어떻게 나는지 알아보고 가야겠어.’

추산은 아예 자신이 서 있던 나뭇가지에 엉덩이를 붙이고 눌러앉았다. 비록 여인이 궁지에 몰리고는 있다지만 추산은 결코 남의 싸움에 관여할 마음이 없었다. 특히 이런 은밀한 싸움은 수많은 원인을 내포하고 있어 잘못 빠져들었다가는 큰 곤욕을 치르기 십상이었다.

“마혼진을!”

갑자기 삼 인의 공격자 중 한 명의 입에서 차가운 말이 흘러나왔다. 동시에 삼 인의 신형이 정삼각형을 그리며 여인을 가운데로 몰아넣더니 각자의 품에서 작은 물체를 하나씩 꺼내 들고는 주저없이 여인을 향해 던져 냈다.

퍼퍼펑!

그러자 그 검은 물체들이 터지면서 장내가 순식간에 백무에 휩싸였다.

'제길, 잘 안 보이잖아!'

추산이 고개를 내빼며 투덜거릴 때 복면인들의 신형이 허공으로 솟구쳤다. 정확하게 일정한 간격을 유지한 자세 그대로.

"발진(發陣)!"

다시 복면인들 사이에서 한마디 음성이 흘러나오고, 삼 인의 복면인이 허공에서 여인을 향해 달려들었다. 그러나 백무에 갇혀 있던 여인은 시야를 잃은 듯 자신을 향해 달려드는 삼 인이 아닌 애꿎은 허공을 향해 검을 뿌려대는 것이었다. 여전히 귀곡성을 흘려내면서.

"호호… 끄륵!"

귀곡성을 흘려내던 광녀의 입에서 어느 순간 이질적인 소리가 흘러나왔다. 어느새 삼 인의 복면인 중 한 명이 그녀의 혈도를 제압하고 있었던 것이다. 혈도를 제압당한 여인이 시체처럼 복면인의 품속에 축 늘어졌다.

"천하사패, 과연 대단하군. 그 몸을 해가지고 지금껏 버티다니……."

복면인이 여인을 안아 든 채 중얼거렸다. 그때, 갑자기 달빛을 타고 한 마리 야조(夜鳥)가 말을 한 복면인의 어깨 위에 내려앉았다. 복면인이 손을 능숙하게 움직여 야조의 발목에서 작은 종이를 꺼내 달빛에 비춰보았다.

"서둘러야 할 듯……. 북천무맹에서 사람이 나왔답니다. 무불장이란 곳의 청부업자들도 동행하고 있다는군요."

"무불장?"

"아시는 곳입니까?"

"천하팔대고수 중 일인인 천검 능운백이 만든 청부업체다."

"황금충 무리군요."

"보통 황금충은 아니지. 일천 금이 넘는 청부도 여럿 해결한 곳이다. 물론 천검이 있을 때만은 못하겠지만."

"청부를 잘못 받았군요."

"운이 없다고 봐야겠지. 하지만 그들에 대한 처리는 전주의 명이 있어야 할 것이다. 어쩌면 전주께서 그들을 살려 보낼지도 모르겠다. 그들이 죽으면 천검이 나설 테니. 천검이라면 전주께서도 꺼려하실 만한 인물이지."

"한낱 은퇴한 황금충을 전주가요?"

"한낱 황금충으로 생각하면 별것 아니지만 천하팔대고수로 보면 꺼려할 만하지. 그나저나 그들의 위치는?"

"배를 타고 서안으로 향하는 중이랍니다."

"복귀한다. 지금 그들과 마주치는 것은 좋지 않아. 신속히 서안의 경계를 벗어난다. 북천무맹이 움직였다면 그들의 눈도 함께 움직일 것이다."

"알겠습니다. 제가 길을 열겠습니다."

대화를 나누던 복면인 중 한 명이 앞장서 장내를 벗어나기 시작하자 나머지 두 명의 복면인도 정신을 잃은 여인을 어깨에 걸머지고 그 뒤를 따르기 시작했다.

"제길, 구해야 하나 말아야 하나."

추산이 연신 몸을 날리며 구시렁거렸다. 나무와 나무 사이를 산짐승처럼 날아 넘으며 추산은 귀곡성을 울려내던 광녀를 제압한 삼 인의 복면인을 따르고 있었다. 애초에는 그저 싸움 구경만 하는 것으로 끝날 일이었지만 복면인들의 입에서 무불장이라는 말이 흘러나오는 순간 여인과 세 복면인의 싸움은 추산과 연관된 일이 되어버렸다. 자연히 그의 발걸음은 복면인들의 뒤를 추격하고 있었다.

문제는 과연 언제까지 복면인들의 뒤만 쫓을 것인가였다. 그들이 가는 목적지까지 따라붙을지, 아니면 중간에 그들의 손에서 여인을 구해 서안으로 오고 있다는 사형과 무불장의 고수들을 찾아가야 하는 것인지 추산은 쉽게 결단을 내리지 못하고 있었다.

"이대로 따라가는 것은 좋지 않겠어. 저들의 움직임으로 보건대 분명 그들의 본거지에 가까이 다가갈수록 감시하는 눈이 많아질 것이다. 이 추산이 아무리 잘났더라도 홀로 저놈들 전부와 싸울 수는 없지 않겠는가? 중간에 저 미친 여자를 빼돌려 서안으로 가는 것이 상책이다."

결심을 굳힌 추산의 신형이 복면인들의 행로에서 벗어나기 시작했다. 그리고 일단 복면인들과 다른 방향으로 움직인 추산이 지금까지와는 확연히 다른 속도로 숲을 헤쳐 나가기 시작했다.

의도는 분명했다. 크게 원을 그려 복면인들 앞에서 기다리려는 것이었다.

"여기가 좋겠어."

달빛을 가린 가을 단풍의 그림자가 추산의 얼굴에 드리워졌다. 나무 아래 작은 개울로부터 물 흐르는 소리가 맑게 들려왔다.

"사람이란 아무리 작은 곳이라도 물을 만나면 일단 걸음을 멈추는 법이지. 위치도 좋아. 난 내려가고 그들은 올라온다. 여인을 낚아채면 가을 단풍 속으로 몸을 숨기기도 좋고, 게다가 기습으로 한두 놈 제거할 수 있다면 금상첨화고."

스르릉!

혼잣말을 중얼거리며 추산이 검을 빼어 들었다. 고검의 검과는 달리 청명한 기운이 감도는 검이었다. 추산이 뽑아 든 검을 몸 안쪽으로 품어 검날에 반사되는 달빛을 숨겼다.

슈우욱, 슈우욱.

멀리서 뱀 기어가는 소리가 들려왔다. 복면인들의 발에서 나오는 소리였다. 소리의 파공이 그들의 속도를 알려줬다. 추산은 두 다리를 오므려 굵직한 나뭇가지 위에 쪼그려 앉았다. 저들의 속도에 맞춰줘야 제대로 된 기습을 할 수 있었다. 상대는 절정의 강호고수들. 상승의 절공을 몸에 지닌 추산이라도 만반의 준비가 필요한 것이다.

그렇게 움츠린 개구리마냥 한껏 몸을 웅축시킨 추산의 시선 속에 드디어 어두운 숲을 뚫고 작은 개울가로 나서는 삼 인의 신형이 들어왔다. 앞선 자와 등에 광녀를 둘러멘 자, 그리고 후방을 따르는 자가 묘한 삼각형을 이루며 달려나오고 있었다.

그리고 그들은 자연스럽게 개울가 앞에 떨어져 내리며 잠시 걸음을 멈췄다. 하지만 개울이랄 것도 없는 작은 물줄기가 그들의 발걸음을 오래 잡아놓을 수는 없었다. 걸음을 멈춘 것은 그저 본능적인 움직임일 뿐이었다.

"가지!"

삼 인의 복면인 중 중간에 서서 광녀를 들쳐 업고 있는 우두머리가 걸음을 재촉했다. 그에 따라 삼 인의 신형이 다시 달빛 으스름한 야공을 향해 치솟아오르려는 바로 그 순간 추산이 쏘아진 화살처럼 적을 향해 튕겨져 나갔다.

순간 삼 인의 눈에서 안광이 번쩍였다. 갑자기 튀어나와 무서운 속도로 자신들을 향해 날아오는 괴인. 상대의 정체를 묻기 전에 상대의 품속에서 모습을 드러내고 있는 검이 먼저 눈에 들어왔다.

말이 필요없는 상황. 한밤중에 검을 빼 들고 달려드는 자라면 일단 제압하고 볼 일이었다. 더군다나 그 움직임으로 보건대 습격자는 무림에서 흔히 볼 수 없는 고수가 아닌가.

차창!

능숙한 발검으로 검을 빼 든 삼 인의 복면인이 그대로 자신들을 향해 날아드는 추산을 향해 돌진했다. 일 대 삼의 격돌. 양측의 기세로 보건대 단 일합에 승부는 결정될 것이다.

추산의 몸이 달빛을 등졌다. 이미 달빛의 방향을 계산에 두고 있었던 추산이다. 추산의 몸이 기이하게 틀어졌다. 검을 치켜든 오른팔을 한껏 왼쪽 어깨 너머로 젖힌 자세. 두 다리의 무릎은 가슴 위까지 올라와 있었다. 일 초에 전력을 쏟아내려 만든 자세였다. 그리고…….

팟팟팟!

웅크려졌던 몸이 활짝 펴지면서 세 음절의 소성이 그의 검에서 일어났다. 오른쪽에서 왼쪽 아래로, 다시 그 반대 방향으로, 그리고 일직선으로 뻗어내는 지극히 단순한 세 차례의 검식. 하지만 이 세 번의 칼질이 허공에 투명한 검기를 만들어내더니 번개처럼 삼 인을 향해 뻗어나가는 것이었다.

까가깡!

허공에 세 차례의 번쩍임과 세 번의 격돌음이 거의 동시에 만들어졌다. 추산의 몸은 묘한 삼각형의 대형을 유지한 채 날아오는 복면인들 사이를 바람처럼 빠르게 스치고 지나갔다.

"쿡!"

"놈!"

한 명의 신음성과 또 한 사람의 노성. 달빛 시린 야공에 붉은 선혈이 솟구쳤다. 삼 인의 복면인이 형성하고 있던 진세는 어느새 흐트러져 있었다. 그중 한 명은 옆구리에 일격을 당해

땅 위를 나뒹굴고 있었고, 나머지 두 명은 번개처럼 자신들을
공격하고 지나가는 추산을 향해 재빨리 돌아서고 있었다.

추산의 눈에 짐처럼 던져진 광녀(狂女)가 들어왔다. 기습자
의 기세가 심상치 않음을 느낀 복면인의 우두머리가 추산을
상대하기 전 한쪽으로 던져 놓은 것이었다. 추산은 삼 인의 진
형을 돌파한 기세 그대로 여인을 향해 닥쳐들었다. 그리고 재
빨리 왼손을 뻗어 여인의 등 쪽 옷깃을 잡아 낚아챘다. 동시에
오른손에 들고 있던 검을 자신의 팔과 옆구리 사이로 꽂아 넣
었다.

"컥!"

다시 한마디 비명성이 장내에 터져 나왔다. 여인을 낚아채
는 추산의 뒤로 닥쳐들던 또 다른 복면인이 가슴을 부여잡고
비틀거리며 삼사 장 뒤로 물러났다.

"웬 놈이냐?"

두 명의 동료를 잃은 우두머리의 입에서 노성이 터지며 막
여인을 어깨 위로 둘러메는 추산을 공격해 왔다.

"내 이름을 알고 싶으면 그 조잡한 복면이나 먼저 벗어라!"

추산이 냉소를 흘려내며 손에 든 검을 횡으로 그어댔다.

우웅!

검이 막대한 진기를 이기지 못하고 공기를 진동시키며 울어
댔다. 동시에 한줄기 검기가 복면인의 얼굴을 향해 날아갔다.

"웃!"

복면인의 입에서 한마디 다급성이 터져 나오며 그의 몸이

재빨리 뒤로 젖혀졌다. 그 위로 추산이 뻗어낸 검기가 차갑게 스치고 지나갔다. 복면인이 뒤로 누운 자세 그대로 몸을 회전시켜 재빨리 옆으로 이 장을 이동해 자세를 바로 세우며 추산을 찾았다.

하지만 이미 장내에는 추산도 광녀의 모습도 보이지 않았다. 단지 들려오는 것은 나이 든 노인의 음성뿐이었다.

"껄껄껄! 노부를 찾을 생각은 말거라. 자칫하면 너도 네 동료들 꼴이 될 것인즉, 노부가 갈 길이 바쁜 것이 네겐 복이었느니라."

가끔 추산은 이런 생각을 했다. 기억할 수 있는 가장 먼 곳의 추억이 아버지나 어머니, 혹은 형제자매 등, 가족들이었으면 좋겠다는. 그래서 그는 언제나 자신이 기억할 수 있는 시간의 범위를 넓히기 위해 무진장 애를 써보았지만 사람이 스스로 기억의 범위를 넓히는 것에는 한계가 있었다.

"글쎄다. 천통지를 극성으로 익히면 네가 네 가족의 모습을 기억할 수 있을 만큼 머리가 좋아질지도……."

자운 노사가 그에게 천통지를 전할 때 추산에게 한 말이었다.

하지만 천통지를 아무리 여러 번 읽어도 그의 머릿속에서 일어나는 가장 오래된 기억은 결국 코끝으로부터 시작되었다.

비릿한 피비린내와 함께 대지를 적시는 피, 그리고 썩어가는 시체의 냄새를 맡고 달려드는 날짐승의 울음소리. 그 속에서 그는 시체들 사이를 돌아다니며 쇠붙이를 모으고 있었다. 그의 추억은 결코 아름다움으로부터 시작되지 못하는 것이었다.

그리고 한동안 피 냄새를 잊었었다. 천검 능운백을 따라 설연장에 들어가면서부터 근 칠 년이라는 시간 동안 추산의 후각에서 피 내음은 사라지고 없었다. 대신 사부와 사모, 그리고 사저들의 따뜻한 시선이 그 자리를 대신했다.

그런데 오늘 그는 퍼뜩 사라졌던 그 피 냄새가 여전히 자신의 기억 속 가장 오래된 추억이라는 것을 새삼 깨달았다. 등에 메고 있는 광녀로부터, 혹은 그의 손에 죽었을지도 모르는 두 명의 복면인으로부터 시작된 피 냄새가 그의 후각을 진동시키고 있었다.

'제길, 확실히 운수 더러운 날이군. 싸움 구경할 때는 좋았는데 말씀이야. 퉤!'

추산이 운수 사나운 일진을 불평하며 입 안에 고인 쓴 침을 뱉어냈다.

'등하불명(燈下不明)이라…….'

추산은 적의 추격을 피해 오히려 다시 그가 삼 인의 복면인을 기다리던 곳으로 치달아 오르며 생각했다. 커다랗게 원을 그리며 도주한 추산은 그가 복면인들을 상대했던 작은 개울물의 하류에 이르러 다시금 물길을 거슬러 오르고 있었던 것이다. 추격자가 그의 흔적을 찾아 개울에 이른다면 당연히 하류로 방향을 잡을 것이란 기대를 하면서.

"으챠!"

추산의 신형이 개울가의 바위를 차며 허공으로 도약했다. 그리곤 재빨리 그가 처음 복면인들을 기다리던 나뭇가지 위에 내려섰다. 한바탕 혈전이 벌어졌던 장소에는 한 사람의 시신이 뒹굴고 있었다.

'제길, 한 놈밖에 죽지 않은 모양이군. 누굴까? 아무래도 첫 번째 나가떨어진 자는 살아 있을 거야. 세 명을 동시에 상대하느라 한곳에 전력을 쏟지 못했으니. 그나저나 놈들도 대단했어. 아마 기습이 아니었다면 이런 결과를 얻지는 못했을 거야. 물론 이 모든 것이 나 추산의 뛰어난 머리 덕이긴 하지만 말이야.'

추산은 오늘 밤 자신이 벌인 일이 만족스러운지 가볍게 미소를 흘렸다. 본격적으로 무공을 수련한 후 첫 번째 싸움치고는 대단한 결과를 얻은 싸움이라 스스로 자부할 만하다고 생각하는 추산이었다.

"좋아, 놈들을 따돌렸군. 이각이나 지났으니 하류로 움직인 것이 분명해."

이각 동안 나뭇가지 위에서 기다린 추산은 추격자가 없자 훌쩍 나무 아래로 떨어져 내렸다. 여전히 여인의 신형은 그의 어깨 위에 올려져 있었다.

"어디, 어떤 놈들인지 좀 볼까?"

추산이 개울 한쪽에 상체를 걸치고 널브러진 시신을 능숙하게 돌려 뉘었다.

"시체를 뒤지는 것은 이 추산의 주특기지. 그것으로 먹고살았으니까."

혼잣말을 중얼거리며 추산은 재빠른 손놀림으로 시신의 품속을 뒤져 나갔다. 하지만 기대와는 달리 시신의 품속에서는 어떤 물건도 나오지 않았다.

"제길, 영 소득이 없군. 얼굴이나 보자구."

실망 어린 말을 내뱉으며 추산이 복면인의 복면을 벗겨냈다.

"오! 이건 정말 험상궂게 생겼는데? 오히려 복면을 하지 않는 편이 좋았을 걸 그랬군. 그랬다면 내가 겁을 집어먹고 일을 벌이길 주저했을 텐데……."

추산의 말처럼 복면 아래에서 드러난 얼굴은 보는 사람이 두려움을 느낄 만큼 험상궂었다. 부릅뜬 두 눈은 차치하고라도 얼굴에 난 수십 개의 자상은 도저히 정상적인 사람이라고는 생각할 수 없는 것이었다.

"도대체 어쩌다 이런 험한 얼굴을 가지게 된 것일까? 쯧쯧, 험하게 살아온 인생을 이렇게 끝내 버리게 되다니 이거 괜스레 미안해지는군. 뭐, 당신이나 나나 오늘 일진이 사나웠다고 생각합시다. 조금 있으면 당신 동료들이 돌아와 묻어줄 테니 난 그만 가보겠소."

죽은 시체를 보며 변명하듯 말을 건넨 추산이 막 발걸음을 옮기려다가 무엇을 발견했는지 다시금 시체를 향해 허리를 숙였다.

"이것 봐라? 어두워서 못 보았는데… 암전(暗箭)이라…….
어둠 속의 화살이란 말인데, 이자의 별호인가, 아니면 이자가
속한 곳의 명칭인가?"

추산이 고개를 갸웃거렸다. 글씨는 추산의 검에 의해 갈라
진 옷깃 사이로 모습을 보인 살 위에 희미하게 드러나 있었다.
시신의 왼쪽 심장 위에 새겨진 글씨는 기이하게도 섬뜩한 기
운을 뿜어내고 있었다.

"기분 좋은 글자는 아니야. 서둘러 이곳을 벗어나야겠어.
추격에 실패한 자들이 돌아올지도 모르니까."

추산이 들쳐 메고 있던 여인을 재차 단단히 붙든 뒤 이내 몸
을 날려 숲 속으로 사라졌다.

더 이상의 추격은 없었다. 추격을 따돌리는 데에는 일단 성
공한 것이다. 추산은 일을 벌였던 장소에서 한 시진을 이동한
후에야 작은 동굴을 찾아들었다.

비록 멀리 벗어났다고는 해도 불을 피울 수는 없었다. 희미
한 달빛이 동굴로 새어들어 와 그나마 근근이 사물을 분간할
수 있을 뿐이었다.

"보자, 죽은 자에게선 아무것도 알아내지 못했으니 산 사람
에게 물어야겠군. 그런데 이 미친 여자가 과연 제대로 대답이
나 해줄는지 모르겠어. 괜히 혈도를 풀었다가 발광을 하면 곤
란한데……."

벽에 기대어놓은 여인을 앞에 두고 추산은 망설이고 있었다. 여인의 혼혈을 푼 것은 동굴에 들어선 직후였다. 대신 추산은 여인의 마혈과 아혈을 동시에 점해 여인이 발광을 하지 못하도록 해놓고 있었다.

혈도를 점혈당해서인지 여인은 두 눈을 꼭 감고 있었는데, 정신을 차리지 못한 것인지 잠을 자는 것인지, 혹은 그저 두 눈을 감고 있는 것인지 분간하기 어려웠다.

"먼저 아혈만 풀어보자. 소리를 지른다면 누군가에게 발견될 수도 있겠지만 설마 이 깊은 산중에 누가 있을 리 있겠나. 이봐요, 정신이 있다면 잘 들으시오. 난 당신에게 해를 끼칠 사람이 아니니 아혈을 풀거든 소릴랑 지르지 마시오. 소리를 지르면 당신을 추격하던 그자들이 이곳을 발견할지 모른단 말이오. 아시겠소?"

광녀에게 진지한 목소리로 경고를 한 추산이 드디어 광녀의 아혈을 풀었다. 그러나 여인은 어떤 변화도 보이지 않았다.

"설마 이 와중에 잠을 자는 것인가? 혼혈을 푼 지 오래됐으니 당연히 깨어났어야 하는데⋯⋯."

추산이 여인의 가까이 귀를 가져다 댔다. 가는 숨소리가 규칙적으로 들려왔다.

"이거야, 정말 잠이 든 거야? 이 와중에? 정말 할 말 없게 만드는군. 누군 자길 구하기 위해 한밤중에 미친놈 날뛰듯 돌아다녔건만. 하! 나 원 참."

추산이 허탈한 웃음을 흘려내며 다시 한 번 여인의 얼굴을 바라봤다. 그러고 보니 확실히 잠이 든 모습이었다.

"제길, 확실히 예쁘긴 예쁘군. 인화보다 예쁜 것 같아. 물론 천하제일미인이신 사모님보다야 못하지만."

달빛 아래 잠든 여인의 얼굴을 보며 추산이 중얼거렸다. 왠지 모르게 자신의 가슴 한쪽이 뛰어오는 느낌마저 드는 미모였다.

"에라, 모르겠다. 나도 잠이나 자자. 아침에 서로 멀쩡한 정신으로 이야기하는 게 좋겠지."

추산이 잠이 든 여인을 놓아두고 동굴의 한쪽으로 가 벌렁 맨땅에 누워버렸다. 그리곤 이내 깊은 잠에 떨어져 버리는 것이었다. 본시 설연장에서도 추산은 잠보로 유명했다. 어딘가에 눕기만 하면 금세 코를 고는 추산이었기에 천검 능운백에게 무공을 배우디가도 간혹 졸음에 빠지곤 하는 추산이었던 것이다.

그런데 그렇게 추산이 깊은 잠에 빠져든 지 얼마 지나지 않았을 때, 잠을 자는 것으로 보였던 광녀의 두 눈이 번쩍 뜨여졌다. 그리고 한차례 그녀의 눈에서 한광이 번쩍였다. 마혈을 제압당해 몸을 움직일 수 없는 그녀였지만 머리와 두 눈동자는 움직일 수 있었다.

한차례 한광을 쏟아낸 그녀의 동공이 어느새 천천히 평정을 되찾아갔다. 그리곤 그녀의 시선이 어느새 잠든 추산에게 머물렀다. 그때 그녀의 얼굴 반쪽에 달빛이 와 닿았다. 달빛에 얼굴이 드러나자 그녀의 분위기가 좀 더 신비스럽게 보였다.

하지만 다음 순간, 그 신비스러운 얼굴에 전혀 어울리지 않는 일이 발생했다. 갑자기 동굴 안에 낮으면서도 기이한 곡성이 은은히 흘러나오기 시작했던 것이다.

"으흐흐……."

너무 낮아 조용히 귀를 기울지 않으면 들을 수 없는 귀곡성. 그것은 바로 월하선녀의 모습을 한 여인의 입에서 흘러나오는 소리였다. 그러나 추산은 여전히 코를 골고 있었다.

第八章
고수(高手)

물과 불처럼 두 무리의 고수들은 일정한 거리를 두고 동행하고 있었다. 한쪽이 강호무림 최고 명문 문도들이라면, 다른 한쪽은 무림에서 가장 천대받는 직업을 지닌 자들이었으므로 양측의 거리감은 애초에 정해져 있었다고 할 수 있었다.

하지만 신분의 차이가 있다고 해도 달포의 동행에도 불구하고 조금도 가까워지지 않은 양측의 관계는 지나치게 잘난 사람들과 그 잘난 사람들을 눈곱만큼도 인정하지 않는 무불장 고수들 양측 모두가 원인이라 할 수 있었다.

또 하나 이유를 덧붙이자면, 무슨 이유에선지 풍도 가한이 무불장에 청부를 맡기고는 맹으로 복귀한 것이었다. 풍도 가한과 고검의 친분은 막역한 것이었으나 그가 사라진 이상 양

측의 관계는 그저 고용인과 피고용인 이상도 이하도 아니었
다. 물론 애초에 서로가 가까워질 필요가 없는 사이이기도 했
다. 그들은 서로 그저 고용인과 피고용인의 관계 정도로 이번
동행을 끝내길 원하고 있는지도 몰랐다.

고검은 뱃전에 서 있었다. 언제나 그의 몸을 감싸고 있는 검
은색 무복이 시원한 강바람에 흩날렸다. 멀리 양쪽 강변의 산
은 온통 단풍으로 물들어 있었다.

'설연장의 단풍도 좋지. 그러고 보니 설연장에 들르지 않은
지 벌써 삼 년이 지났구나. 일이 바쁘다는 핑계를 대는 것으로
는 변명이 되지 않겠는걸.'

지난 삼 년간 그는 정확히 세 번의 청부를 진행했다. 그 청
부의 사이사이 몇 개월씩의 휴식 기간이 있었음을 감안하면
그의 설연장행은 지나치게 미뤄지고 있는 것이 사실이었다.

갑자기 고검이 피식하고 웃음을 흘려냈다. 이유를 생각해
보면 못 찾을 것도 없었다.

'천화……'

능천화의 얼굴이 강물에 투영됐다. 그가 애써 사부와 사모
에 대한 그리움을 억누르고 있는 데는 분명 능천화가 한몫하
고 있었다.

'언제라도 설연장에 들른다면 이번에는 반드시 그녀와의
관계를 결정지어야 할 것이다. 난 아마도 그걸 꺼려하고 있기
에 설연장으로 가지 않는 것이겠지.'

서로의 마음을 모르는 것은 아니었다. 능천화의 고검에 대

한 애정은 어려서부터 이어온 것이고, 고검 또한 능천화가 자신에게 있어 강호에서 만나는 다른 여인들과는 다른 의미임을 인정하고 있었다. 하지만 둘의 관계를 혼인으로 연결시키는 것에 대해서 고검은 쉽게 결정을 내릴 수 없었다.

'고가장의 기억을 완전히 떨쳐 버릴 수 있을 때!'

그것이 고검의 생각이었다. 그러던 것이 이미 둘의 나이가 서른을 넘어 있었다. 혼인을 하기엔 둘 다 너무 늦은 나이. 덕분에 삼 년 전 설연장에 들렀을 때 능천화의 반응은 몹시 격렬했다. 그것이 두 사람의 감정 싸움을 만들고, 고검은 언제나 그렇듯이 입을 닫음으로써 능천화와의 관계에 어떤 변화도 주지 않고 다시 무불장으로 향했던 것이다.

이상한 것은 능운백과 교교도 마찬가지였다. 자신의 제자와 딸의 문제임에도 불구하고 그 둘은 언제나 한 걸음 뒤로 물러서서 그저 두 사람을 지켜볼 뿐이었다. 고검에게는 고마움으로, 능천화에게는 원망으로 느껴지는 두 사람의 행동이었다.

'하지만 이번에 들르면 사부와 사모께서도 뭔가 결정을 내리라고 하시겠지. 지금껏 그저 지켜보신 것만도 고마운 일이었어.'

그러나 고검은 아직 능천화와의 혼인 문제를 결정 내리지 못하고 있었다. 그가 오래전 혼인 이야기를 어렵게 꺼낸 능천화에게 한 약속, '언젠가 내가 누군가를 아내로 맞이한다면 그 상대는 바로 능 매일 거야. 하지만 지금은 내가 가정을 이룰지 말지에 대한 결정조차 내리지 못하고 있어' 라는 그 말은 아직도 유효했다. 그는 과단성있는 인물이었지만 혼인에 대해서만 큼은 우유부단한 사람이었다.

그리고 잘 생각해 보면 그가 혼인을 꺼리는 이유가 꼭 고가장의 멸문에 대한 아픈 기억 때문만은 아닌지도 몰랐다.

'어쩌면 난 청부업자로서 강호를 주유하며 자유롭게 살아가는 지금의 나 자신에게 너무 익숙해져 있는지도 모르겠군.'

어쩌면 그것이 오히려 가장 근본적인 이유일지도 몰랐다.

'이 풍경, 이 바람, 이 공기, 너무도 좋지 않은가? 난 언제든 어디로든 자유롭게 떠날 수 있는 고검이기를 바란단 말이야. 천화… 당신은 이런 내 생각을 알고 있을까?'

고검이 한 손을 들어 올려 밀려드는 바람을 만졌다. 바람의 결이 기이한 무게감을 만들며 고검의 손가락과 손, 그리고 팔을 지나쳐 흘러갔다.

둥둥둥둥!

"모두 선실 쪽으로 모이시오! 수적들이 나타났소!"

뱃전 강바람 속에서의 평화는 깨어졌다. 다시 현실로 돌아와야 할 시간이다.

"수적이라……. 이 배에 누가 타고 있는 줄 모르는 모양이군. 이렇게 정보가 엉망이어서야 어찌 목줄을 제대로 보존할 것인가?"

고검이 흘낏 고개를 돌려 배 중심부에 불쑥 솟은 망루 위에서 수채의 도적들이 다가오는 모습을 바라보고 있는 북천무맹의 고수들을 보며 혀를 찼다.

"장주!"

그때 조금 떨어진 곳에서 대웅산이 고검을 불렀다. 고검이 돌아보자 대웅산이 고갯짓을 했다. 고검 역시 고개를 끄덕이고는 천천히 선실 입구가 있는 배의 중앙으로 걸음을 옮기기 시작했다.

"뭔가 좀 다르군요."

대웅산이 덩치에 맞지 않게 낮은 목소리로 말했다. 상선에 사다리를 걸치고 반대편 배에서 상선으로 넘어온 수적들을 보고 한 말이었다.

"장강에 비해 이 황하는 수적질 해먹기가 어렵지. 물살이 빠르고 숨을 곳이 별로 없거든. 그런 황하를 주름잡는 수적이 있으니 이름하여 황룡무적단(黃龍無敵團)이라…….."

왕민이 시를 읊듯 흥얼거렸다.

"아유, 왕 선생께서는 이런 상황에서 말을 해도 그렇게 멋들어질 수가 없다니까요. 그나저나 황룡무적단이라면 나도 들어본 적이 있는 것 같은데……."

대웅산이 고개를 갸웃거리며 말했다.

"황하 최고의 수적 집단이지요. 아직 그 본거지가 어딘지 정확하게 알려지지 않았을 뿐만 아니라, 황하의 전역에서 출몰하기 때문에 최근에는 황하 수적들이 황룡무적단의 이름 아래 통일된 것이 아닌가 의심하기도 하고요."

"만약 미 부인께서 말씀하신 대로 그들이 황하의 전 수적들

을 통일했다면 그건 정말 엄청난 일인데요? 천하사패의 군림
에도 영향을 줄 수 있는 일일 겁니다."

대웅산이 정색을 하며 말했다.

"소문은 소문일 뿐이지요. 마침 오늘 기회가 되었으니 눈으
로 그들의 능력을 확인해 보면 소문의 진위를 짐작할 수 있을
거예요. 다행히 이곳에는 그들의 실력을 가늠해 볼 수 있는 적
당한 인물들이 있지요."

미심이 사람들 앞으로 나서는 북천무맹의 고수들을 보며 말
했다.

"그런데 수적들이 어째 수적답지 않은데?"

대웅산이 고개를 갸웃거렸다.

상선으로 넘어온 수적들을 보며 느낀 대웅산의 느낌은 다른
사람들에게도 동일한 것이었다. 보통 수적들이라면 거친 외모
와 대도, 그리고 상대를 위압하는 부리부리한 눈빛을 뿌리게
마련이다. 그런데 지금 고검 등이 타고 있는 상선으로 넘어온
수적들은 하나같이 말끔한 옷차림에 냉정하면서도 차가운 눈
빛을 드러내 보이고 있었다. 그리고 그 말투 역시 낮으면서도
절제되어 있었다.

"선장이 누군가?"

수적 같지 않은 수적 중 회색 무복을 차려입은 오십대 중반
의 사내가 앞으로 나서며 물었다.

'고수군.'

고검은 앞으로 나서서 입을 여는 자를 보자마자 그가 절정

의 무공을 지닌 고수임을 알아봤다.

'역시 일개 수적이라고 불리기에는 무리가 있는 자들이군.'

하지만 그들이 수적이 아닌 것은 아니었다. 상선을 둘러싸고 있는 세 척의 배에는 하나같이 검은 바탕에 황색룡을 아로새긴 깃발이 흩날리고 있었다. 그것은 바로 황룡무적단을 상징하는 깃발들이 아니던가.

"내가 배를 맡고 있는 사람이오."

상선의 선장이 앞으로 나서며 상대의 말을 받았다.

"이름 석 자를 밝혀라!"

"천리표국의 장선개외다. 여러 호걸들께서는 황룡무적단의 영웅들이시오?"

선장의 응대가 자못 자신감이 넘쳤다. 비록 황룡무적단의 이름이 황하수적 중 제일이라지만 천리표국의 명성 또한 중원의 표국 중 다섯 손가락 안에 꼽을 수 있었기 때문이다.

"천리표국의 상선이었구려. 당신 말대로 우린 황룡무적단의 식구들이오. 그리고 난 오늘 일을 주관하게 된 석달개라 하오."

"역시 황룡무적단의 영웅들이셨구려. 그런데 오늘 황룡무적단에서는 길을 잘못 드신 모양입니다. 본시 본 천리표국의 상선은 황하에서 수로의 영웅들을 접견하지 않는 것이 관례외다."

그러자 석달개라 이름을 밝힌 황룡무적단 수적의 우두머리가 비릿한 냉소를 흘려냈다.

"강호의 법도란 시간이 지나면 자연히 바뀌는 것, 황룡무적 단에서는 오늘부터 귀 천리표국의 상선에 대해서도 통행세를 받기로 결정했소. 장 선장의 생각은 어떻소?"

석달개의 말에 상선의 선장 장선개의 얼굴에 그늘이 드리워졌다. 상대의 표정으로 보건대 결코 양보할 생각이 없는 것이 분명해 보였기 때문이다.

"시세를 아는 것이 준걸이라 했지요. 황하의 법도가 바뀌었다면 일단 그 법도를 따를 수밖에 없지 않겠소이까? 자, 이 정도면 되겠소?"

장선개가 품속에서 누런 봉투 하나를 꺼내 들더니 석달개를 향해 가볍게 던졌다. 그러자 장선개의 손을 떠난 봉투가 마치 바람에 흩날리는 낙엽처럼 너울너울 춤을 추며 석달개를 향해 날아갔다.

"아……!"

순간 곳곳에서 사람들의 탄성이 흘러나왔다. 장선개가 석달개에게 전표가 든 봉투를 전달하는 방법은 그야말로 무림의 절정고수만이 보여줄 수 있는 한 수였기 때문이다. 단지 지전을 담은 봉투의 흐름이 거친 것이 흠이라면 흠일까.

하지만 장선개의 고절한 수법에도 석달개의 표정은 전혀 변하지 않았다. 그는 장선개가 날린 봉투가 자신의 앞에 날아오기를 기다렸다가 봉투가 눈앞에 멈춰 서자 갑자기 검을 뽑아 봉투를 향해 무서운 속도로 일 초를 뻗어냈다.

"엇!"

순간 여기저기서 당혹성이 흘러나왔다. 통행세를 담은 봉투를 일검에 잘라내는 석달개의 행동은 그야말로 누구도 예상치 못한 일이었기 때문이다. 하지만 다음 순간, 사람들의 당혹성은 이내 탄성으로 변했다.

"오!"

"와아!"

상대가 수적이라는 사실도 잊은 채 상선의 손님들 입에서 탄성이 흘러나왔다. 그러나 석달개는 흘러나온 탄성에 아랑곳하지 않고 어느새 손에 잡아 든 봉투의 내용물을 느긋하게 확인하고 있었다.

기실 석달개는 전표가 든 봉투를 반으로 가른 것이 아니었다. 그의 검은 정확히 봉투의 입구 부분을 잘라내 그 안에 든 전표를 수월하게 꺼낼 수 있게 만들었던 것이다. 이런 절묘한 검초를 구사할 수 있는 자는 강호의 검객 중 그리 흔치 않았다.

"과연 천리표국. 나를 실망시키지 않는구려."

석달개가 봉투에서 몇 장의 전표를 꺼내 들고 장선개를 보며 말했다.

"석 영웅 또한 황룡무적단의 명성을 확인시켜 주시는구려. 이제 그만 길을 터주시겠소이까?"

장선개가 이마에서 땀을 훔쳐 내며 말했다. 가을이라 햇볕이 따가워도 땀까지 흘릴 정도는 아니었으나 전표가 든 봉투를 석달개에게 날려 보내느라 장선개의 이마에 송골송골 땀이

맺혀 있었던 것이다.

어쨌든 서로의 재주를 선보이고 또한 통행료의 지급도 마쳤으니 이제 서로 갈 길을 가면 되는 상황. 그런데 일은 묘하게 흘러갔다.

"그건 좀 어렵겠소이다."

석달개의 입에서는 장선개가 원하는 대답이 나오지 않았다.

"통행세가 적다는 것이오?"

"그건 아니외다. 이 정도 통행세가 적다면 누가 황하를 통과할 수 있겠소?"

"그렇다면 도대체 원하는 게 뭐요? 설마 노략질이라도 하시겠다는 말씀이시오?"

장선개의 말투가 거칠어졌다.

"통행세를 두둑하게 받았으니 더 이상 재물을 요구할 수는 없다는 건 나도 알고 있소. 황룡무적단의 요구는 이렇소. 천리표국의 상선이 뱃길을 며칠만 멈춰달라는 것이외다."

그러자 장선개의 표정이 더욱 일그러졌다.

"상선의 생명은 시간을 맞추는 것이오. 상선의 발을 묶어놓는 것은 상선을 노략질하는 것보다 더 큰일이란 것을 모른단 말이오?"

"원한다면 이 통행세를 돌려줄 수도 있소. 다만 그대들은 한 사나흘만 이곳에서 머물러 주시면 되는 것이오."

"이 배에는 정확한 날짜에 서안에 도착해야 하는 물건들도 실려 있소."

“알고 있소. 하지만 본 황룡무적단도 양보할 수 없는 문제요. 이 배는 이곳에서 한동안 머물게 될 것이오. 그렇지 않다면 황하의 법칙대로 일을 풀게 될 것이오. 자, 통행세는 돌려드리리다.”

석달개가 손에 들고 있던 전표 봉투를 장선개를 향해 재빨리 던졌다. 그러자 완벽한 일직선을 그리며 입구가 열린 봉투가 장선개를 향해 날아왔다. 그 속도와 궤적의 매끄러움이 장선개가 봉투를 던져 낼 때와는 사뭇 달랐다. 더군다나 석달개는 봉투를 던지면서도 호흡 하나 흐트러지지 않았다. 그는 장선개보다 월등한 고수였던 것이다.

팟!

그런데 또다시 예상치 못한 일이 일어났다. 장선개를 향해 날아오던 봉투가 중간에서 누군가의 손에 의해 낚아채진 것이다.

“이 배를 움직이게 하면 이 돈은 내가 가져도 상관없소?”

봉투를 낚아챈 사내가 장선개를 보며 물었다. 장선개가 그런 사내를 보며 천천히 고개를 끄덕였다.

“물론이지요. 팽 대협께서 나서만 주신다면…….”

그러자 팽업이 가볍게 고개를 끄덕이고는 석달개를 향해 돌아섰다.

“황룡무적단에는 금자가 많은가 보군. 이렇게 많은 액수의 전표를 포기하다니 말이야.”

팽업이 나섰음에도 불구하고 석달개의 표정은 조금도 달라지지 않았다. 그는 여전히 냉정한 눈으로 팽업을 응시하고 있을 뿐이었다. 그러자 팽업이 살짝 눈살을 찌푸리며 말했다.

"길을 열지 않으면 황룡무적단이 황하에서 쌓아온 명성이 오늘로 종결될 것이다."

석달개는 팽업보다 적어도 십여 세는 많아 보였지만 팽업은 처음부터 하대를 하며 상대를 압박하고 있었다. 북천십이룡의 가문에 속한 자의 자신감이 드러나는 행동이었다.

"간혹 자신감과 오만을 혼동하는 자들이 있지."

팽업을 향해 처음으로 흘러나온 석달개의 대답이었다. 그리고 그 대답이 팽업의 심기를 건드렸다.

"그 말은 날 상대할 자신이 있다는 말이냐?"

"오늘 황룡무적단이 천리표국의 배에 오른 것은 이 배에 타고 있는 모든 사람들에 대한 정보를 입수한 이후에 결정한 일이다."

석달개의 대답에 팽업의 얼굴이 긴장으로 굳어졌다. 동시에 팽업의 뒤쪽으로 몇 명의 고수가 몰려들었다. 서안까지 무불장의 고수들과 동행하고 있는 북천무맹의 고수들이었다.

"북천무맹의 사람이 있다는 것을 알고도 왔다는 말인가?"

팽업이 의심 어린 눈빛을 발하며 되물었다.

"물론. 수적질을 하는데 북천무맹이면 어떻고 일반 장사꾼이면 어떤가?"

"후환을 생각해 보았느냐?"

"후환? 북천무맹에서 무맹의 인물들이 탄 상선을 며칠 정도 잡아두었다고 우리 황룡무적단을 적으로 돌릴 것이란 말인가? 뭐, 그것도 좋지. 그렇다면 우리도 서패천이든 남련이든 동궁이든 다른 삼패에 붙으면 그만이니까. 하지만 과연 북천무맹이 그런 결정을 내릴지 의문이군. 현 정국에서 황하를 장악하고 있는 황룡무적단을 적으로 돌리는 것은 그리 쉽지 않을 거야. 그대의 생각은 어떤가?"

석달개의 답변에 팽업의 말문이 막혔다. 그의 지적은 정확했다. 사패가 팽팽히 대립하는 와중에 황하를 장악한 황룡무적단을 적에게 넘겨주는 결정을 할 만큼 북천무맹의 수뇌들이 어리석지는 않았다.

"피를 보지 않는다면 당신 말이 맞을 거요. 하지만 일단 피를 본다면 본 맹은 황룡무적단이 다른 삼패에 넘어간다 해도 당신들을 정벌하기 위해 나설 것이오. 물론 그렇게 된다면 다른 쪽에서도 그대들을 받아들이기 쉽지 않겠지. 그것은 곧 북천무맹과의 전면전을 의미하게 될 테니까."

천가장의 장남 천검성이 팽업을 대신해 석달개의 질문에 대답했다.

"그대는?"

"천가장의 천검성이라 하오."

"역시 천가장의 장자셨군. 북천십이룡의 후인 중 최고의 기재라고 불린다더니만 명불허전이오. 그대의 말이 맞소. 피를 본다면 북천무맹이 나서지 않을 수 없겠지. 그래서 피를 보겠단 말이오?"

"이 상선뿐 아니라 우리 또한 반드시 정해진 날짜에 서안에 도착해야 하오. 그러자면 여기서 며칠을 지체할 수 없소. 또한 나의 동료들이 피를 보게 된다면 훗날 북천무맹의 토벌대가 나설 것이오. 하지만 그것을 걱정하는 것보다 과연 이곳에서 당신들이 우리들의 발길을 묶어둘 수 있는 능력이 있는지가 궁금하구려. 그런 능력이 당신들에게 있소? 피를 흘리는 쪽이 과연 우리이겠소?"

그러자 석달개가 고개를 끄덕였다.

"누구의 피가 흐를지 솔직히 나는 장담할 수 없소. 하지만 이미 약속을 한 일이니 당신들의 뱃길을 막아야겠소."

"누군가에게서 청부를 받았다는 말이구려."

"이 이상의 대답은 하지 않겠소."

"청부라면 우리 쪽에도 강호제일의 청부사들이 있지요. 안 그렇소, 고 장주?"

천검성이 불쑥 고검을 대화에 끌어들였다. 의도는 명백했다. 내 손을 더럽히기 싫으니 무불장의 고수가 나서는 것이 어떻겠냐는 말이었다. 그러나 고검은 태연하게 천검성의 말을 받았다.

"우리가 강호 최고인 줄은 모르겠소. 하지만 누구에게 뒤진다고도 생각지 않소."

"어떻소, 청부를 받은 사람들끼리 승부를 보는 것은?"

천검성이 고검을 도발시켰다.

'고약하군.'

고검이 씁쓸한 미소를 지었다. 무불장의 고수 중 누군가의 충동질에 싸움에 나설 인물은 아무도 없었다. 그들을 움직일 수 있는 것은 오로지 하나, 황금뿐이었다.

"우리가 맡은 청부 밖의 일이오."

고검의 싸늘한 대답에 천검성의 표정이 살짝 변했다.

"일단 서안에 가야 청부를 수행할 것 아니오? 그러자면 저들을 상대하는 것 역시 청부에 포함된 일이라고 할 수 있지 않겠소?"

"우리야 며칠쯤 늦어진다고 해서 문제될 것은 없소."

"급한 것은 우리란 말이구려."

"애초에 시간을 정한 청부는 아니었으니까."

"그래서 결국 나서지 않으시겠다?"

고검이 기볍게 고개를 끄덕였다. 그러자 천검성이 싸늘한 눈으로 고검을 바라보며 말했다.

"그래서 당신들이 황금충이란 소리를 듣는 거요."

순간 고검의 눈에서 한가닥 한광이 폭사했다.

"선(線)을 넘지 마시오."

"그건 경고요?"

"좋을 대로 생각하시오. 결과를 보고 싶거든 선을 넘어도 상관없소. 물론 사리 분별을 할 줄 아는 사람이라면 눈앞에 닥친 일부터 처리하겠지만 말이오."

그러자 천검성이 냉랭한 음성을 흘려냈다.

"선을 넘을 것 같은 것은 그대도 마찬가지군."

"정확히 그쪽이 넘는 선까지만 나도 넘겠소."

"확실히 경고군. 하지만 좋소. 당신 말대로 눈앞의 일을 처리하는 것이 먼저니까. 이보시오, 수적 나으리. 당신들은 생각보다 운이 없는 것 같군. 무불장의 고수 분들이 나섰다면 그나마 목숨이라도 건질 기회가 있었을 터인데, 우리가 나선 이상 목숨 부지하기가 쉽지 않을 거외다."

"결과는 언제나 예상과는 다른 법이라오."

석달개는 여전히 여유있는 표정이었다.

"이렇게 합시다. 당신이 나의 이십 초를 받아내면 우린 이곳에서 삼 일을 머물겠소. 하지만 이십 초 안에 당신이 패한다면 황룡무적단은 이곳에서 물러나시오."

그러자 석달개가 피식 웃음을 웃었다.

"비무를 하잔 말인가? 이거 수적(水賊)에게 비무라니 어울리지 않아서… 끌끌!"

"싫다면 정말 듬뿍 피를 흘릴밖에!"

천검성이 한 걸음 앞으로 나서자 그의 뒤로 십여 명의 북천무맹 고수들이 죽 늘어섰다. 이번 서안행에 나선 북천무맹의 고수는 천가장의 천검성, 하북팽가의 팽업, 그리고 은하장의 두산산 이렇게 세 명의 북천십이룡의 후예들과 그들을 수행하는 일곱 명의 고수 등 열 명이었다.

북천무맹이 동원할 수 있는 무인의 숫자가 일만에 육박하는 것에 비하자면 열 명의 인원은 미미한 숫자라고 할 수 있으나, 서안행에 나선 열 명의 고수들은 하나같이 북천무맹에서도 손꼽히는 자들이었으므로 그들이 한꺼번에 나서자 장내는 일순간 차가운 긴장감에 휩싸이는 것이었다.

"본시 수적의 싸움은 숫자로 밀어붙이는 법! 모두 나서라!"

석달개의 명령이 떨어지자 세 척의 배에서 상선으로 월선한 이십여 명의 황룡무적단 수적들이 일제히 도검을 빼 들고 앞으로 나섰다.

"너희들이 자초한 일! 명이 짧다고 우리를 원망 마라!"

천검성이 검을 내려뜨린 채 서너 걸음 앞으로 걸어가다 갑자기 석달개를 향해 폭사하며 일검을 내리그었다.

번쩍!

순간 석달개의 품에서 눈이 부실 정도로 밝은 빛이 솟구쳤다.

그깅!

이어지는 소름 끼치는 듯한 마찰음.

"음……."

동시에 한마디 신음성이 흘러나왔다. 천검성의 신형이 어느새 일 장여 뒤로 물러나 있었고, 그의 시선이 믿을 수 없다는 눈빛으로 석달개를 향해 있었다.

석달개의 표정 또한 그리 좋아 보이지는 않았다. 두 손에 각각 금빛 륜을 들어 가슴 앞에 모으고 있는 석달개의 얼굴은 단일합의 격돌로 백지장처럼 하얗게 변해 있었다.

"놀랍군. 일개 수적 무리 중에 내 검을 받아낼 자가 있었다니……. 그것도 전표 봉투를 잘랐던 검이 아니라 륜이라…….

본래는 검이 아닌 륜을 장기로 했나 보군. 강호에서 륜을 쓰는 자는 흔치 않은데……. 하지만 운이 좋은 것도 이번 한 번뿐, 이 천검성의 검은 결코 두 번 자비를 베풀지 않는다."

천검성의 검이 허공에서 한차례 회전하더니 이내 석달개를 겨눴다. 그러자 석달개 역시 두 개의 금륜을 든 양손을 기이한 자세로 들어 올려 천검성의 공격에 대비했다.

그때 이미 상선의 갑판에서는 한창 북천무맹의 고수들과 황룡무적단 소속의 수적들이 일전을 벌이고 있었다. 순식간에 배 안이 양측의 격돌음으로 어수선하게 변했다.

양측이 치열한 격전이 벌어지는 와중에도 고검과 무불장의 고수들은 냉정한 눈으로 양측의 싸움을 주시하고 있었다.

"이상한 것이 한둘이 아니오, 장주."

왕민이 한동안 양측의 싸움을 들여다보고 있다가 말했다.

"제가 보기에도 그렇군요."

고검이 고개를 끄덕였다.

"뭐가 이상하단 말입니까?"

대웅산이 궁금한 표정으로 두 사람을 번갈아 보며 물었다. 그러자 왕민이 자신의 생각을 설명하기 시작했다.

"아무리 황룡무적단이 근지에 들어 황하를 장악한 수적 집단이라고 하더라도 북천십이룡 후계자들의 무공을 감당한다는 것은 있을 수 없는 일이오. 지금의 싸움 양상을 보자면 비록 북천무맹의 고수들이 우위를 점하고 있다곤 하더라도 완전히 전세를 장악하고 있는 것은 아니오. 더군다나 많다고는 하나 황룡무적단의 인원은 이십여 명. 그들 둘이 한 사람의 북천무맹 고수를 상대하고 있으니 어찌 이상한 일이 아니겠소. 더군다나 그들의 무공을 자세히 보시구려. 누가 저들을 강에서 도적질이나 하는 자들이라고 생각하겠소.”

그러자 대웅산이 급히 고개를 돌려 장내를 응시했다. 그러다가 갑자기 고개를 끄덕이며 대답했다.

“과연 그렇군요. 저들의 무공은 제대로 된 수련을 거친 자들에게서나 나올 수 있는 무공입니다. 그렇다면 저들은 누굴까요?”

“누구긴 황하의 수적들이지.”

대웅산의 뒤쪽에서 음산한 목소리가 들려왔다. 무불장의 고수 중 가장 드러나지 않는 인물, 조오현이 오랜만에 입을 연 것이다.

그는 한 자루 장도를 사용하는 인물로, 살검에 관한 한 무불장 최고의 고수로 알려져 있었다. 물론 다른 사람들과 마찬가지로 그의 과거 또한 침묵에 묻혀 있었는데, 유일하게 알려진 그의 과거는 그가 자신의 검술을 완성하기 위해 한동안 왜구들을 주살하고 다녔다는 것 정도였다.

무불장의 식솔들은 대체로 입이 무거운 편이었지만 그중에서도 이 조오현의 입이 가장 무거웠다. 그런 조오현이 입을 열자 대웅산이 조심스럽게 물었다.

“하지만 저들은 수적들이라고 보기에는 지나치게 정갈한

무공을 지니고 있지 않습니까? 왕 선생께서도 그리 말씀하셨
고."

"강한 무공을 지녔다고 스스로 수적이라 말한 자들이 수적
이 아닌 것은 아닐세. 단지 그 황룡무적단이라는 곳이 과연 수
적질을 위해 만들어진 곳일까 하는 의심은 해볼 만하지. 그러
나 어쨌든 저들이 최근 황하를 장악한 황룡무적단의 인물들인
것은 분명할 걸세. 저런 무공을 지니고 있으니 당연히 황하를
장악할 수 있었겠지."

"그러니까 조 노사께서는 저들보다 저들이 속한 황룡무적
단에 더 의구심을 갖는단 말이군요."

대웅산의 물음에 조오현이 말없이 고개를 끄덕였다.

"제가 보기에는 황룡무적단이란 단체는 수적을 위장한 청
부업자들이거나, 아니면 강호에 자신들의 세력을 구축하려는
새로운 세력으로 보여지는군요."

이번에는 왕민이 입을 열었다.

"왕 선생께선 왜 그런 생각을 하시게 되었습니까?"

대웅산이 물었다.

"자네도 이미 보았지만 저들의 목적은 이 상선으로부터 통
행세를 받거나 혹은 재물을 약탈하는 데 있지 않았네. 그들은
이 상선의 발을 묶어두려는 것이 목적이었어. 그건 일반적인
수적들의 행동이 아닐세. 아마도 그들은 누군가에게 이 상선
의 발을 묶어달라는 청부를 받았거나 혹은 그들 스스로 이 배
를 묶어둘 이유가 있었을 것일세. 그 두 가지 경우 모두 수적

집단에 어울리는 움직임은 아니지. 그것은 결국 황룡무적단이라는 곳이 일개 수적 집단이 아니라는 것을 의미하는 것이고.”

“그들이 발을 묶고자 한 것은 이 상선일까요, 아니면 우리들일까요?”

묵묵히 무불장 고수들의 말을 듣고 있던 고검이 불쑥 누구에겐지 모를 질문을 던졌다. 그러자 대웅산이 놀라며 물었다.

“장주께서는 저들이 바로 우리의 발길을 막으려 기다렸다는 말입니까?”

“그렇지 않다면 저들이 북천무맹의 고수들과 싸움을 벌이면서까지 발길을 막아야 할 사람이 이 배에 달리 있다고 보는가?”

고검이 되묻자 대웅산이 심각한 표정으로 고개를 저었다.

“오면서 살펴보았지만 무림인이라고는 북천무맹의 고수들과 우리밖에 없었지요. 듣고 보니 확실히 저들의 목적은 우리의 걸음을 막으려는 것인 모양입니다. 그런데… 왜?”

“그건 저들에게 청부를 한 자나 혹은 저들 자신에게 물어봐야겠지.”

“오호! 그럼 결국 저 싸움에 끼어들어야 한단 말이군요?”

“만약 북천무맹의 고수들이 저들을 제압하지 못할 때는 그렇게 해야겠지. 모두들 준비하시죠. 우리의 일은 이곳에서부터 이미 시작된 듯합니다. 우리의 발길을 막으려는 자들이라면 분명 북천무맹 후기지수들의 실종과 관련이 있는 자들일 테니 말입니다.”

"그들이 먼저 나와준다면 오히려 고마운 일이지."

왕민이 자리에서 일어나자 조오현과 미심 또한 앞으로 나서며 싸움에 끼어들 준비를 하기 시작했다.

어느새 싸움은 확연히 그 우열이 가려져 있었다. 아무리 제대로 된 무공을 익히고 있다 하더라도 황룡무적단의 수적들이 북천무맹 최고의 고수들을 상대할 수는 없는 일이었다. 그나마 근근이 버티고 있는 이유는 수적인 우위에 의해서였는데, 그것도 얼마 동안일 뿐 어느 순간부터 상선 위에 올라온 황룡무적단의 수적들이 배의 난간으로 밀려나고 있었다.

"이곳에서 전멸을 면치 않으려면 지금이라도 검을 버리고 항복하라! 그리고 너희들에게 이 일을 사주한 자의 정체를 밝혀라!"

끊임없이 석달개의 목을 노리며 위협적인 살초를 뿌려대며 천검성이 소리쳤다. 싸움은 벌써 오십여 초가 흐르고 있었고, 승패는 이미 결정된 것이나 마찬가지였다. 석달개의 금륜은 미묘한 곡선을 그리며 수많은 절초를 만들어냈지만, 도도하게 밀려드는 천검성의 검에 차츰차츰 우위를 내주더니 오십여 초가 지난 지금은 천검성의 검끝에서 목숨을 부지하기에 바쁜 지경에 처해 있었다. 그러나 수세에 몰리는 와중에도 석달개는 침착함을 잃지 않고 있었다.

"싸움은 끝나봐야 그 결과를 아는 법이지."

석달개가 두 개의 금륜을 교차해 자신의 이마 위로 떨어져 내리는 천검성의 검을 막아내며 침착한 어조로 대답했다.

"이 와중에도 대꾸를 할 여유가 있다니 정말 수적으로 지내기에는 아까운 인물이구나. 항복한다면 북천무맹에 자리를 마련해 줄 수도 있다."

"후후, 이 석달개를 너무 가볍게 보는군. 이 석달개, 비록 수적질이나 하는 사람이지만 엉덩이가 그렇게 가볍지는 않다. 그리고… 싸움은 오히려 이제부터 시작이다. 모두 물러난다!"

석달개가 두 개의 금륜을 천검성을 향해 던져 내며 소리쳤다. 석달개의 손을 떠난 금륜은 약간의 거리를 두고 천검성을 향해 닥쳐들었는데, 금륜이 회전하며 일으키는 소음이 귀부의 사자가 울부짖는 것 같아 누구라도 경계심을 일으키지 않을 수 없었다.

그궁!

천검성이 흠칫하며 자신의 검으로 두 개의 금륜을 쳐내는 순간 석달개의 몸은 이미 상선을 떠나 자신이 타고 온 배를 향해 날아가고 있었다. 그것을 신호로 상선에 넘어왔던 황룡무적단의 수적들이 일제히 후퇴하기 시작했다.

"생각보다 쉽게 물러가는군."

상선을 떠나는 수적들을 보며 대웅산이 중얼거렸다.

"아니, 지금부터 시작이다."

고검이 대웅산의 말에 반박했다.

"지금부터 시작이라뇨?"

"싸움은 오히려 더 어려워질 것이다. 그들은 무공이 아닌 배를 가지고 싸울 것이니까.”

고검이 손을 들어 석달개가 넘어간 수적선을 가리켰다. 자신의 배로 넘어간 석달개는 어느새 선두에 우뚝 서서 수적들을 지휘하고 있었다.

“이선(二船)은 좌로, 삼선(三船)은 우로, 일선(一船)은 중앙을 맡는다!”

부하들의 퇴각이 완료되자 석달개의 입에서 준열한 명령이 떨어졌다. 그에 따라 세 척의 수적선이 신속하게 물살을 가르기 시작했다. 세 방향으로 갈라진 수적선은 순식간에 삼면에서 상선을 포위했다.

“궁수, 앞으로!”

이어지는 석달개의 명에 수십 명의 수적들이 상선이 바라다보이는 배의 난간에 도열했다.

“이런, 젠장할! 저런 망할 자식들이 있나? 지금 전쟁을 하자는 거야?”

대웅산이 화들짝 놀라며 소리쳤다. 이미 상선에 타고 있던 일반인들은 선실 안으로 쫓겨 들어가고 있었다.

“발사!”

쉐이이익!

석달개는 눈 하나 깜짝하지 않고 궁수들에게 발사 명령을 내렸다. 그에 따라 공기 가르는 소리가 장내를 가득 채우더니 이내 수십 발의 화살이 상선에 꽂혀들었다.

“악!”

"사람 살려!"

미처 선실로 피하지 못한 몇몇 사람들이 몸에 화살을 맞고 그 자리에서 나뒹굴었다.

"정말 잔혹한 놈들이군! 이 찢어 죽여도 시원찮을 놈들 같으니라구! 이렇게 되면 이 대웅산 나으리께서도 그냥 두고만 볼 수 없다!"

대웅산이 양쪽 날을 사용하는 장창을 바람개비처럼 휘둘러 무불장 고수들 쪽으로 날아오는 화살들을 막아내며 욕설을 퍼부었다.

"장주!"

대웅산이 고검을 바라봤다.

"그들이 올 것이다."

고검이 월선의 허락을 요청하는 눈빛을 자신에게 보내는 대웅산을 향해 말했다. 그리고 그 순간, 다시금 석달개의 목소리가 들려왔다.

"충선(衝船)!"

석달개의 명이 떨어지자 세 척의 수적선이 상선을 향해 돌진했다.

"피, 피하라! 배가 부딪친다!"

상선의 선원들이 기겁을 하며 경고성을 터뜨렸다. 개중에는 이미 판자 하나씩을 껴안고 물속으로 뛰어드는 자들도 있었다.

쿵! 우지직!

묵직한 격돌음이 울려 나오더니 이내 상선의 삼면이 부수어지는 소리가 들려왔다.

"피해! 배에 물이 들어온다!"

선실 안쪽으로부터 다급한 비명 소리가 연이어 들려왔다.

"배를 포기해야 할 듯하우, 장주!"

대웅산이 눈앞에서 벌어지는 광경에 넋이 나간 듯 중얼거렸다.

"그러기도 쉽지 않을 것 같구나."

고검의 대답에 대웅산이 고검을 돌아봤다.

"그들은 우릴 살려둘 생각이 없는 것 같구나."

고검이 손을 들어 세 척의 수적선을 가리키자 어느새 수적선의 갑판에 복면을 한 십여 명의 인물이 모습을 드러내고 있었다.

"복면? 이미 얼굴을 다 보여놓고 무슨 복면이래?"

"그들은 먼저 월선했던 자들이 아니야. 새로운 인물들이다. 그리고 그 능력 또한 먼저 왔던 자들에 비할 바가 아니다. 준비해야겠다."

고검이 천천히 상선과 세 척의 수적선이 충돌한 지점으로 걸어나가며 허리춤에서 마검을 빼 들었다.

기우웅!

고검의 마검에서 기이한 울음소리가 울려 나왔다.

"정말 제대로 싸워야 할 땐가 보군. 장주의 검에서 저 소리가 날 때는 바로 우리가 싸워야 할 때란 말이지."

왕민이 고검의 뒤를 따르며 손에 들고 있던 부채를 활짝 폈다. 그 뒤를 대웅산과 조오현, 그리고 미심이 각자의 병기를 손에 들고 따르기 시작했다.

　"이제 알겠나, 싸움은 겨우 시작이었을 뿐이란 것을?"
　재차 월선을 시도한 석달개가 천검성을 눈앞에 두고 비웃듯 물었다.
　"네 뒤에 있는 놈들의 정체는 뭔가? 아니, 오늘 이곳에 온 이유가 무엇이냐?"
　"눈치없이 그런 질문을 하다니……. 정체를 밝히려면 어찌 이분들이 존안을 가리셨을까. 그리고 오늘 이곳에 온 목적을 꼭 물어야 안단 말인가?"
　"역시 우릴 기다리고 있었던 것이구나."
　"물론. 너희들은 미혼령이 아니라 서악 땅도 밟지 못할 것이다."
　"네놈들… 본 맹 고수들의 실종에 관련이 있는 자들이구나?"
　"실종? 처음 듣는 말이군."
　석달개의 표정으로 보아 정말 모르는 일인 듯 보였다.
　"이 일을 너희들에게 청부한 자들은 알 것이다. 그러나 너 또한 알아둬야 할 것이 있다. 너와 황룡무적단이 이 일에 관여된 이상 북천무맹에서도 결코 황룡무적단을 그냥 놓아두지 않을 것이란 사실을. 비록 천하삼패와 대립하는 일이 있더라도 황룡무적단은 오늘로 그 명을 다했다고 보아도 좋다. 궁금하군. 과연 황룡무적단을 해체할 만큼의 대가를 그들로부터 받았는지……."

천검성의 말에 냉정하던 석달개의 눈동자가 흔들렸다. 천검성의 말을 듣는 순간 그는 자신들이 정말 강호의 대사(大事)에 관여되었다는 것을 깨달은 듯했다. 황룡무적단은 단순히 북천무맹 고수들의 길을 막는 정도의 일이 아닌, 그 뒤에서 소용돌이치는 거대한 무림의 혈사에 발을 담근 것이었다.

"그들의 입을 막으면 황룡무적단은 무사할 거요. 황룡무적단은 그저 상선 하나를 턴 것으로 알려질 테니까."

그때 석달개의 뒤에 서 있는 복면인들 사이에서 낮고 음침한 목소리가 흘러나왔다. 순간 석달개의 눈에 차가운 살기가 돌았다. 복면인의 말이 옳았다. 적을 전멸시키는 것, 그것이 곧 황룡무적단이 살길이었다.

"한 명도 살려 보내지 마라! 그들의 목숨이 살아난다면 황룡무적단이 사라지리라!"

석달개의 입에서 명령이 떨어졌다. 그러자 세 척의 수적선에 올라 있던 수적들이 부서진 상선으로 날아올라 북천무맹 고수들과 무불장 고수들을 향해 달려들기 시작했다.

"좋아, 이놈들! 어디 한번 놀아보자구!"

어느새 고검의 뒤에 있던 대웅산이 앞으로 달려나가며 장창의 양쪽 창날을 교차하며 휘젓기 시작했다.

"으아악!"

그러자 그의 앞을 막아서던 황룡무적단의 수적들이 가랑잎처럼 날아가 물속에 처박히기 시작했다. 대웅산의 창법은 빠르기도 하거니와 무지막지한 공력이 깃들어 있어 상대를 베거나 찌르기도 전에 상대가 그 기세에 밀려 사방으로 나가떨어지는 것이었다.

"흩어지지 말고 웅산의 뒤를 따라 움직이십시오."

고검의 입에서 짧은 명령이 흘러나왔다. 그에 따라 무불장의 고수들이 대웅산의 뒤에서 마름모꼴로 자리를 잡고 황룡무적단의 수적들을 상대하기 시작했다.

고검의 마검은 오직 한 초식에 한 명씩의 적을 베어 넘겼고, 왕민의 부채와 조오현의 장도, 그리고 미심의 수공(手功)이 펼쳐질 때마다 그들의 주위로 몰려들던 수적들은 여지없이 사방으로 떨어져 나가는 것이었다.

하지만 그때까지도 무불장의 고수들은 싸움의 변방에 있었다. 싸움의 중심은 석달개 뒤에 모습을 드러낸 십여 명의 복면인과 석달개를 위시한 황룡무적단 최정예 고수들이 북천무맹의 고수들과 혈전을 벌이는 곳이었다.

그들의 싸움 양상은 처음 석달개와 천검성이 맞붙었던 때와는 확연히 달랐다. 변화를 가져온 자들은 당연히 십여 명의 복면인들이었다. 그들은 하나같이 절정의 무공을 선보이고 있었는데, 그들의 가세로 인해 싸움은 팽팽한 균형을 유지하고 있었다.

"이대로 가다가는 배가 견뎌내질 못할 것 같소, 장주."

왕민이 고검의 뒤에 바짝 붙으며 말했다. 양측이 맹렬히 격돌하는 사이 상선은 서서히 물 아래로 가라앉고 있었다. 이미 황하의 탁류가 배의 난간에서 찰랑이고 있었다.

"배를 포기해야겠군요."

고검이 담담한 목소리로 대답했다. 대웅산의 무지막지한 신위와 무불장 고수들의 고절한 무공에 질린 탓인지 황룡무적단 수적들은 쉽게 무불장 고수들에게 접근하지 못하고 그저 멀찍이 떨어져 원을 그린 채 도검을 겨누고 있을 뿐이었다.

"우리만 갈 수는 없지 않수? 일을 맡겼으면 집 안에서 결과를 기다릴 것이지 뭐 하러 따라와서는 귀찮게시리……."

대웅산이 배의 선두에서 격전을 벌이고 있는 북천무맹의 고수들을 보며 말했다. 고검이 대웅산의 말에 고개를 끄덕였다.

"웅산과 왕 선생, 그리고 미 부인께서는 뭍으로 나갈 준비를 해주십시오. 조 노사께서는 저와 함께 저들을 데려오도록 하시지요."

"알겠네, 장주!"

조오현이 장도를 어깨 위에 걸쳐 메며 고개를 끄덕였다. 서로 눈빛을 교환한 고검과 조오현이 각자의 검을 치켜들고 무불장 고수들을 둘러싸고 있는 황룡무적단 수적들의 머리 위로 날아올랐다.

第九章

서안(西安)에 이르는 길

孤劍秋山

마검은 정확하게 석달개의 머리 위로 떨어져 내렸다.

"헉!"

순간 석달개의 입에서 자신도 모르게 기겁성이 터져 나왔다. 동시에 그가 들고 있던 두 개의 금륜 중 하나가 허공으로 치솟았다. 금륜이 치솟는 속도만큼이나 빠르게 그의 몸도 뒤로 튕겨져 나갔다. 장내에 일순 정적이 찾아들었다. 사람들의 시선이 석달개를 일검에 물리친 고검에게로 향했다.

"배를 버려야겠소."

고검이 자신을 응시하고 있는 천검성을 보며 말했다.

"배를?"

천검성이 얼떨결에 반문했다.

"그렇소. 이미 배의 반이 물에 잠겼소. 몸을 빼 뭍으로 가는 게 좋을 것 같소."

그제야 정신없이 싸움을 하고 있던 북천무맹 고수들이 좌우를 둘러보기 시작했다. 이미 물은 뱃전을 넘어 갑판 위로 흘러들고 있었다.

"어쩔 수 없구려. 그리합시다."

한바탕의 정신없는 싸움으로 조금 지친 듯 천검성이 고개를 끄덕였다.

"아무도 이곳을 벗어날 수 없다!"

부상에 몸조차 제대로 가누지 못하는 석달개를 대신해 복면을 한 인물 중 한 명이 냉막한 어조로 말했다. 그리고 그의 말이 끝나기 전, 그를 포함한 열 명의 복면인과 황룡무적단의 고수들이 다시금 고검 등을 에워싸기 시작했다. 그러나 고검은 그의 말에 전혀 신경 쓰지 않고 조오현을 보며 짧게 말했다.

"조 노사, 길을!"

그러자 조오현이 가볍게 고개를 끄덕였다.

"맡겨두게."

대답을 마친 조오현이 번개처럼 그들과 대웅산 등과의 사이를 막고 있는 적들을 향해 일격을 내리그었다.

부아앙!

그의 장도에 의해 공기가 찢어지는 소리가 터져 나왔다.

"우악!"

"헉!"

동시에 길을 막고 있던 황룡무적단의 고수 두 명이 피를 흘리며 갑판 위에 나뒹굴었다.

"갑시다."

고검이 뒤도 돌아보지 않고 말을 뱉고는 조오현의 뒤를 따라 이동하기 시작했다. 그러자 북천무맹의 고수들도 누가 먼저랄 것 없이 고검의 뒤를 따르기 시작했다.

"어딜!"

그때 묵묵히 일행의 행동을 지켜보고 있던 복면인 중 우두머리로 보이는 자가 그대로 일행을 보낼 수 없다는 듯 고검을 향해 검을 뻗어내며 달려들었다. 순간 고검의 신형이 재빨리 회전했다. 그리고 그의 마검이 아래에서 위로 사선을 그리며 그어졌다. 그 검의 끝에서 묵색 검기가 작렬하며 퍼져 나갔다.

"웃!"

감당할 수 없는 속도와 힘으로 자신의 가슴을 사선으로 그어오는 고검의 검에 놀란 복면인이 미처 제대로 힘을 모으지도 못한 검으로 고검의 공세를 막아내며 가까스로 몸을 피했다. 그리곤 가까스로 일 장을 물러나 신형을 바로 세웠다.

"그대들이 두려워 피하는 것이 아니다! 물 위에서 싸울 수 없어 뭍으로 갈 뿐이지! 더 싸워볼 마음이 있다면 뭍으로 따라와라! 얼마든지 상대해 주마!"

고검이 뒤로 물러난 복면인을 차가운 눈으로 노려보고는 이내 신형을 돌려 대웅산 등이 기다리고 있는 뱃전으로 다가갔다.

"역시 장주요! 난 장주의 이런 모습이 너무 좋다니깐!"

고검이 다가오자 대웅산이 너스레를 떨었다.

"준비는?"

"준비랄 것이 뭐 있수? 판자 몇 개 준비해 놨수. 그래 봐야, 물에 빠진 생쥐 꼴을 면하진 못할 거요."

"그만하면 됐네. 가십시다."

고검이 천검성을 돌아보자 천검성이 고개를 끄덕였다.

"그럼 내가 먼저 가겠수. 뒤따라들 오시오."

대웅산이 판자 하나를 집어 들더니 훌쩍 몸을 날려 황하의 탁류 속으로 뛰어들었다. 뒤이어 무불장의 고수들과 북천무맹의 고수들이 연이어 대웅산의 뒤를 따랐다. 고검은 그들이 모두 배에서 뛰어내릴 때까지 뒤를 지키고 섰다가 모든 사람들이 배를 벗어나자 훌쩍 몸을 날려 배의 난간에 올라섰다. 그리곤 고개를 돌려 자신들의 움직임을 바라보고 있는 복면인들과 황룡무적단의 수적들을 바라봤다.

"오늘의 일, 황룡무적단에 원한은 없소. 서로 자신들이 청부받은 일을 할 뿐이었으니까. 하지만 그대들, 얼굴을 가린 자들은 아마 앞으로 날 만나지 않기를 바라야 할 거요. 다음에 만나면 주저없이 살검을 쓸 것이오. 물론 반드시 다시 만날 것 같은 예감이 들지만……. 그럼 다시 봅시다."

복면인들을 향해 싸늘한 시선을 던져 낸 고검이 훌쩍 몸을 날려 강물 속으로 뛰어들었다.

추격은 없었다. 상선이 있던 곳에서 강변까지는 수십 장에 이르는 거리였지만 적은 추격을 하지 않았다.

구우우웅!

일행이 강을 벗어날 무렵, 괴성을 내지르며 그들이 타고 있던 상선이 완전히 황하의 물속에 잠겨들었다.

"어흐흐흐!"

"아이고, 이를 어쩌나! 전 재산을 다 날렸네!"

강변은 상선에 타고 있던 사람들로 넘쳐 나고 있었다. 배에 구멍이 뚫리고 싸움이 시작될 때 이미 몸을 날려 뭍으로 도망 나온 사람들이 물속에 수장되는 상선을 보며 한탄을 내뱉고 있었다.

"제길, 목숨 구한 걸 다행으로 알아야지."

대웅산이 뭍으로 나오자마자 훌떡 젖은 옷을 벗어 물을 짜내면서 투덜거렸다.

"저들에게는 잃은 재물이 곧 목숨이라네. 하루 벌어 하루 먹고사는 사람들이니까."

왕민이 그런 대웅산을 보며 말했다.

"어? 듣고 보니 그도 그렇군요. 난 왜 이렇게 항상 생각이 짧을까?"

대웅산이 자신의 머리를 두드리며 말했지만 그의 모습을 보건대 별로 그렇게 생각하는 것 같지는 않았다.

"그나저나 이젠 걸어서 가야 하는 거유?"

대웅산이 고검을 보며 묻자 고검이 조금 떨어져 있는 천검성 등에게로 시선을 돌렸다.

"결정은 저들이 하겠지."

"보아하니 앞으로의 일을 생각할 여력이 없는 것 같은데……."

"저들은 북천무맹의 고수들이야. 이 정도의 일에 당황할 사람들이 아니다."

고검의 말대로 잠시 옷의 물기를 제거한 북천무맹의 고수들이 서둘러 고검 등이 있는 곳으로 다가왔다.

"일이 어렵게 되었소이다. 예정된 날짜 안에 서안에 들어가긴 어렵겠소."

고검을 대하는 천검성의 말투가 조금 변해 있었다. 여전히 건조한 음성이지만 그의 목소리에서 상대에 대한 멸시의 기색은 더 이상 느껴지지 않았다.

"저들의 일차적인 목적은 달성한 셈이군요."

고검이 아직 강 위에 떠 있는 세 척의 황룡무적단 선박을 보며 말했다.

"우리의 발걸음을 늦추는 것이 저들의 목적이었다고 보시오?"

"가장 좋은 것은 우리를 제거하는 것이겠지만 그게 쉽지 않다는 것은 저들도 알고 있었을 거요. 당연히 저들의 첫 번째 목적은 우리의 걸음을 늦추는 것이었을 거요."

"그런데 왜 저들이 우리의 걸음을 늦추려 한 것일까요?"

대웅산이 두 사람의 대화에 끼어들어 고개를 갸웃거리며 물었다.

"우리의 서안행을 방해할 인물들은 오직 하나지."

고검이 대웅산의 말에 답하자 그 말을 즉시 천검성이 받았다.

"본 맹 고수들의 실종과 관련이 있는 자들!"

"그렇소."

"그렇다면 눈앞에서 단서를 놓치고 말았군."

천검성이 아쉬운 듯 황룡무적단의 선박을 바라봤다.

"첫 대결은 우리가 진 것으로 해둡시다. 물론 다음에 만나면 그럴 일은 없겠지만. 쳇!"

대웅산이 황룡무적단의 선박을 노려보며 투덜거렸다.

"그나저나, 고 장주께선 앞으로의 행보에 대해 어떤 의견을 가지고 있으시오까?"

고검에게 앞으로의 행보를 묻는 것 또한 천검성의 변화된 모습이었다.

"어차피 일정보다 늦어지겠지만 그래도 일차 목적지인 서안으로 가야겠지요."

"이동 방법은?"

"달리 방법이 없다면 걸어서라도 가야겠지요. 혹 무맹에 다른 생각이라도 있으신지?"

무림인에게 걷는 것은 그리 문제될 것이 없었다. 더욱이 내공이 충실한 고수들에게는 더더욱.

"이곳이 어디쯤일 것 같소이까?"

천검성이 고개를 들어 주위를 살피며 물었다.

"이곳에서 한 시진 정도 이동하면 벽하진이라는 강변 마을이 나오지요."

미심이 고검 대신 대답했다.

"벽하진이라면?"

천검성이 고개를 돌려 북천무맹의 고수 중 한 명을 바라봤다.

"본 맹의 지부가 있는 곳입니다."

"그리로 갑시다. 말과 마차를 구할 수 있을 거외다."

천검성이 고검을 보며 말했다.

"다행이외다. 그렇다면 생각보다 쉽게 서안에 도착할 수 있겠군요."

"늦어야 하루 밤낮 정도."

"그렇다면 결국 저들의 목적은 반만 달성한 것이군."

"그리되는 거지요. 하하! 자, 가십시다."

한 번의 고난으로 부쩍 가까워진 두 무리의 사람들이 자연스럽게 뒤섞이며 고검과 천검성의 뒤를 따르기 시작했다.

*　　　*　　　*

"와, 이거 정말 미치겠네! 좀 떨어져서 걸으라고!"

추산이 여인을 보며 벌컥 소리를 질렀다. 하지만 잠시 움찔했던 여인은 이내 다시 추산의 바로 옆에 붙어 그의 옷가지를 잡은 채 걸음을 옮겼다.

"완전히 잘못 걸렸구먼! 어이구, 죽든 말든 그냥 지나쳤어야 했는데 사형과 관련이 있단 생각에 그만 덜컥 이 애물단지를 맡고 말았으니……. 그나저나 서안까지는 얼마나 남은 거야?"

추산이 삐딱하게 서서 손을 눈 위로 올리고는 멀리 보이는 산을 바라봤다. 구룡봉. 북쪽에서 서안으로 들어서는 길목에 있는 산봉우리였다. 구룡봉을 지나면 그때부터는 서안에 들었다고 할 수 있었다.

"제길, 이럭저럭 닷새나 걸렸네. 추격이 있을지 몰라 조심하느라 너무 늦었어. 혹 사형이 이미 서안에 들렀다 떠났으면 이를 어쩌나?"

추산이 은근히 걱정이 되는 표정을 지으며 서둘러 걸음을 옮기기 시작했다.

"으흐흐!"

그러자 너무 빠른 걸음에 놀랐는지 여인이 귀곡성을 내며 추산의 옷자락을 잡아끌었다.

"알았어, 알았어. 천천히 갈 테니까 제발 이 옷자락 좀 놓으라고. 여기까지 와서 설마 당신을 버리고 가겠어? 억울해서라도 그렇게는 못하지."

추산이 억지로 옷자락을 잡은 여인의 손을 떼어내 보려 했지만 여인은 마치 추산의 옷자락이 목숨줄이라도 되는 양 절대 놓을 생각을 하지 않는 것이었다.

"아이고! 내가 졌소! 광녀님 마음대로 하시구려!"

추산이 두 손을 번쩍 들어 올리고는 광녀의 요구대로 옷깃을 잡힌 채 터덜터덜 구룡봉을 향해 다가가기 시작했다.

추산과 여인은 구룡봉의 가장 깊고 험한 숲을 찾아 걷고 있었다. 일부러 길을 벗어나 짐승들이 움직인 길을 따라 이동하는 것은 만약의 경우를 대비한 것이었다.

만약 여인을 추격하던 자들이 뒤를 쫓고 있다면 반드시 이 구룡봉에서 자신을 기다리고 있을 것이란 게 추산의 생각이었다. 비록 그들을 따돌리고 도주를 했지만, 사람들의 이목을 조심하느라 둘의 행보는 그들이 따라잡고도 남을 만큼 느렸던 것이다.

"나라면 이 구룡봉에서 진을 치고 있겠다."

험준한 구룡봉의 계곡을 내려다보며 추산이 중얼거렸다. 깎아지른 듯한 수십 척 절벽 아래로 구룡봉을 지나 서안에 이르는 작은 관도가 내려다보였다.

"이봐, 이곳에서는 조용해야 한다고. 이곳을 지나면 사형을 만날 수 있을 테니 그때가 되면 당신의 정체도 알게 되겠지. 하지만 그러려면 오늘이 고비야. 이 구룡봉을 통과하는 일만 잘 해결되면 우린 내일 서안에 도착해 있을 거라고."

추산은 마치 여인이 자신의 말을 알아듣기라도 하는 듯 자신의 생각을 설명했다. 그러자 여인도 마치 추산의 말을 알아듣기라도 한 듯 눈빛을 빛내며 추산을 바라봤다.

"이럴 때면 영락없이 멀쩡한 사람인데 말씀이야."

“히히히.”

추산의 말이 끝나자마자 여인의 입에서 괴소가 흘러나왔다.

“쉿, 내가 조용히 하라고 했잖아. 젠장!”

추산이 재빨리 여인의 입을 막으며 주위를 살폈다. 몇 마리의 밤새 소리, 그리고 험준한 절벽에서 이따금씩 굴러 떨어지는 돌 부스러기 소리만이 들려왔다.

“가자구. 놈들이라고 이 구룡봉 전체를 감시하고 있을 수는 없을 테니까. 이건 서로에게 도박과 같은 일이라고. 어디, 누구 패가 좋은지 두고 보자구.”

추산이 여인을 이끌고 다시 산길을 걷기 시작했다.

동이 터오고 있었다. 결과는 생각보다 좋았다. 밤이 다 지나가도록 추산은 적을 만나지 않은 것이다.

“흐흐, 역시 난 도박에 재질이 있는 모양이야. 놈들을 만나지 않았으니 말이야.”

추산의 입에서 흐뭇한 웃음이 흘러나왔다. 그런데 그때, 그의 뒤를 따라오던 여인이 그의 옷깃을 급히 잡아당겼다. 그 순간 추산의 신형이 허공으로 재빨리 떠올랐다.

파팟!

동시에 서너 갈래의 검기가 그가 있던 자리에 꽂혀들었다.

“이런, 젠장! 다 된 밥에 코 빠뜨리게 생겼네.”

투덜거리는 추산 앞에 모습을 드러내는 세 명의 복면인. 복면 사이로 드러난 눈에서 흘러나오는 안광이 차갑다.

"어쩐지 일이 너무 쉽게 진행된다 했어. 이봐, 단단히 준비하라고! 싸움이 시작되면 널 돌볼 수가 없어!"

추산이 여인을 보며 말하자 여인이 문득 고개를 끄덕였다.

"어? 설마 내 말을 알아들은 거야?"

그러자 여인이 금세 괴소를 흘려냈다.

"히히히!"

"그럼 그렇지, 뭘 바라겠어. 하지만 싸울 수는 있겠지?"

여인은 여전히 추산을 보며 웃고 있었다. 추산이 망설이지 않고 검을 뽑아 들었다. 그러자 여인 역시 자신의 허리춤에 매달려 있는 검을 뽑아 드는 것이었다.

"싸울 때를 아는 이 여인을 누가 미쳤다고 할 것인가?"

검을 빼 든 여인은 여전히 히죽 웃음을 짓고 있다.

"좋아, 이제 가자. 끝까지 우리 두 사람의 운이 좋길 빌자구."

추산이 앞을 가로막은 삼 인의 복면인을 향해 몸을 날렸다. 동시에 그의 일 장 뒤를 여인이 따르기 시작했다.

삼 인의 복면인이 서로 눈빛을 교환했다. 그리곤 이내 몸을 날려 추산을 자신들의 권역 안으로 끌어들였다. 그리고 그중 한 명이 추산과 여인 사이를 파고들며 일검을 내려쳤다.

꽈광!

검기가 바위를 때리며 천둥소리를 만들어냈다. 동시에 추산과 여인의 거리가 멀찍이 벌어지고, 그 사이를 한 명의 복면인이 차지했다. 둘을 갈라놓고 상대하려는 상대의 의도. 하지만 상대의 의도를 알아도 추산이 막을 길은 없었다.

차창!

추산이 자신의 앞을 가로막는 복면인을 향해 검을 부딪쳐 갔다.

'웃, 대단한데?'

검을 통해 전해오는 반발력에 추산이 내심 경각심을 일으켰다. 며칠 전 기습으로 복면인들을 상대할 때와는 확연히 다른 상황. 이제는 서로의 진실한 실력으로 겨뤄야 할 때였다.

"으흐흐……."

그때 뒤쪽에서 여인의 흐느낌 소리가 들려왔다. 여인도 이미 한 명의 복면인과 어울려 공수를 교환하고 있었다. 그리고 나머지 복면인 한 명은 두 사람의 중간에 길을 막고 서서 양쪽의 싸움을 주시하고 있었다.

'제길, 정말 대단한 놈들이야. 사부님께서 말씀하시길, 지금 나의 무공 수준이라면 강호에서 쉽게 적수를 찾기 어려울 거라고 했는데… 이자들은 하나같이 이토록 고강한 무공을 지니고 있다니 말이야. 하지만 천검 능운백의 제자가 겨우 이런 어려움을 극복하지 못한 데서야 말이 되겠는가?'

추산이 살짝 입술을 깨물고는 가볍게 검을 손안에서 굴렸다. 그러자 그의 검끝이 어지럽게 회전하기 시작하더니 이내 가느다란 검기가 용솟음치듯 복면인을 향해 뻗어나가기 시작했다.

"음!"

생각지 못한 추산의 현란한 초식에 복면인의 입에서 신음성이 흘러나왔다. 강호에 환검이라 불리며 화려한 초식으로 상대의 이목을 어지럽히는 검법들이 다수 존재하기는 하지만, 지금 추산이 선보이는 것과 같이 가벼운 손놀림으로 수십 가닥의 검기를 만들어내는 검법은 결코 흔치 않았다.

막강한 공력과 완전히 손에 익은 검에 의해서만 전개가 가능한 절정의 환검. 추산의 나이에 비춰보자면 도저히 상상할 수 없는 고절한 검공이 펼쳐진 것이다.

차차창!

복면인이 다급히 휘두른 검에 수십 갈래로 갈라진 추산의 검기가 부딪치며 어지러운 격돌음을 만들어냈다. 그 와중에 몇 개의 검기가 복면인의 방어를 뚫고 들어가 상대의 몸에 상처를 만들어냈다.

"읏!"

붉은 핏줄기가 허공으로 솟구쳤다. 복면인의 어깨와 허벅지, 그의 옆구리 한쪽에서 솟아 나온 핏줄기였다. 하지만 환검의 단점은 사혈을 건드린 것이 아닌 이상 상대에게 치명상을 주기 어렵다는 것에 있었다. 그 때문인지 여러 군데에 검상을 입었음에도 불구하고 복면인은 아직 생기를 잃지 않고 있었다.

그리고 그 순간, 추산의 뒤쪽으로 검은 그림자가 날아내렸다. 두 싸움의 가운데에서 상황을 주시하던 복면인 중 한 명이 추산의 공격에 어려움을 겪는 동료를 돕기 위해 추산의 배후를 공격해 들어왔던 것이다.

"기다리고 있었다."

그런데 기습을 당한 추산의 입가에 오히려 한가닥 미소가 그려졌다. 그의 몸이 허공에서 한 바퀴 옆으로 회전하며 상대의 기습을 피해냈다. 그리곤 자신의 검을 왼쪽 옆구리 아래로 찔러 넣으며 순식간에 몸을 회전시켰다.

쉬이익!

마치 뱀이 한껏 움츠렸다 먹이를 공격하듯, 추산의 검이 뱀의 헛소리를 내며 자신의 배후를 공격한 복면인을 찔러갔다. 화려한 환검을 펼쳤던 추산의 손에서 펼쳐진 쾌검. 그것은 상대가 전혀 예측할 수 없는 각도와 빠르기로 상대의 심장을 꿰뚫었다.

"큭!"

낮은 신음 소리. 동시에 심장을 추산의 검에 허용한 복면인이 땅 위에 나뒹굴었다. 애초부터 추산의 목적은 그가 상대하던 복면인이 아닌, 자신의 배후를 공격해 올 자에게 있었다는 것이 명확하게 드러나는 한 수였다. 애초에 펼쳤던 화려한 환검은 상대의 눈을 현혹시키기 위한 미끼였던 것이다.

이러한 모습은 추산이 비록 강호 초출이기는 하지만 선천적으로 영활한 두뇌를 타고나 본능적으로 싸움의 방법을 터득하고 있음을 보여주는 것이었다.

"이제야 공평해졌군. 한번 제대로 붙어보자."

추산이 애초에 자신이 상대하던 복면인에게 시선을 돌렸다.

장난스럽던 그의 눈에서 짙은 한기가 흘러나온다. 일단 피를 보자 추산 또한 생사투의 한가운데에 선 투사로 변해 버린 것이다.

검은 천 밖으로 유일하게 드러난 복면인의 동공에서도 차가운 안광이 폭사했다. 생각보다 강한 적에 대한 두려움 같은 것은 없었다. 오히려 끓어오르는 투쟁심이 읽혀지는 눈빛이었다.

'죽음에 익숙한 자들이다.'

추산은 상대의 눈을 보며 생각했다. 동료의 죽음을 동요없이 받아들이고, 상대가 자신보다 강함이 증명되었음에도 전혀 두려워하는 기색이 없다.

'이런 자들은 태어나는 것이 아니라 길러지는 것이지. 누가 왜 이런 자들을 키워낸 것일까? 그리고 저 여인은 왜 이자들에게 쫓기고 있었을까?'

수많은 의문이 추산의 머리를 스치고 지나갔다. 하지만 지금은 검을 들어 상대를 베어야 할 때. 상대를 베어야 길을 열 수 있고, 그런 후에야 사형을 만날 수 있을 것이다.

"오홋!"

가라앉은 심장의 투기를 다시 불러일으키려는 듯 추산의 입에서 한마디 기합성이 흘러나왔다. 동시에 그의 신형이 허공으로 치솟았다.

파라락!

허공에 도약한 채 적을 향해 추산이 검끝을 좌우로 흔들어댔다. 그러자 예의 그 환검의 초식이 다시 한 번 펼쳐졌다. 순식간에 만들어지는 십여 개의 미세한 검기. 그리고 그 검기 하나하나가 살아 있는 생물인 양 복면인을 향해 날아갔다.

복면인의 대응은 처음과 달랐다. 이미 한차례 추산의 환검을 상대해 본 복면인은 이 환검의 검초들이 날카롭기는 하지만 위력은 그리 크지 않다는 것을 눈치 챈 것이다. 복면인이 자신을 향해 유성처럼 쏟아지는 추산의 검기를 정면으로 응시하며 자신의 검을 머리 위로 치켜들었다. 살을 주고 뼈를 베기 위한 자세. 검기 몇 개를 몸에 허용하더라도 추산을 일격에 격살하고자 하는 의도가 명백한 자세였다.

쿠쿠쿵!

그렇게 한쪽은 환검을, 다른 한쪽은 일도양단의 검초를 전광석화처럼 교환했다. 더불어 장내에 천둥치는 소리가 흘러나왔다.

"끄륵."

그리고 한마디 신음성. 혼신의 힘을 다해 추산을 베었던 복면인이 얼굴을 땅에 묻으며 쓰러져 내렸다. 널브러진 그의 목덜미 뒤쪽에서 한줄기 피가 솟구치고 있었다.

"아무리 약한 초식이라도 사혈에 맞으면 죽는 법이야."

추산이 죽어가는 상대를 보며 충고하듯 말했다.

"으흐흐!"

그때 다시금 여인의 흐느낌이 들려왔다. 여전히 그의 옆에서는 한 명의 복면인과 여인이 격전을 벌이고 있었다.

"정신만 올바르다면 이길 수도 있는 싸움인데……."

추산이 혀를 찼다. 여인의 초식 하나하나의 움직임을 보자면 분명 복면인보다 나은 무공을 가지고 있는 듯 보였다. 하지만 싸움의 전체적인 모습은 복면인이 유리한 상황. 그것은 여인의 이지가 정상적이지 못해 그녀가 오로지 검을 휘두르는 데에만 정신이 팔려 있기 때문에 일어난 현상이었다.

"이봐, 그 여자는 성치 않다고! 미친 여자를 상대로 사내가 검이나 휘둘러 대면 되겠어?"

추산이 복면인과 여인의 싸움에 끼어들며 소리쳤다. 그러자 복면인이 갑자기 싸움을 그치며 뒤쪽으로 물러났다.

"너희들은 결코 이 구룡봉을 빠져나갈 수 없다."

목소리만 남긴 채 복면인의 신형은 이미 어두운 숲 속으로 사라지고 없었다.

삐이이익!

그리고 들려오는 한가닥 신호음. 순간 추산이 아차 하는 표정을 지었다.

"이런, 저놈들이 전부가 아니었군. 하긴, 이 넓은 구룡봉을 세 놈이 지키고 있을 리 없지. 이봐, 우린 무척 급하게 되었어! 저런 놈들이 떼로 몰려오면 아무리 이 추산 어른의 무공이 고절하다 해도 당해낼 수가 없다고! 이럴 때는 삼십육계가 상책이야! 어서, 어서!"

추산이 여인의 손목을 잡아끌기 시작했다. 싸움 상대를 잃고 멍한 표정으로 서 있던 여인이 추산에게 이끌려 정신없이 달리기 시작했다.

　서서히 태양이 떠올랐다. 회색빛이던 숲이 순식간에 붉은 태양빛을 받아 천 가지 색으로 변했다. 추산은 작게 한숨을 내쉬었다. 멀리 서안 외곽의 작은 마을이 눈에 들어왔다. 몸을 숨기고 있는 곳과는 대략 이백여 장 떨어진 거리. 해가 뜨고 마을로 들어선다면 더 이상 복면인들의 추격은 걱정할 필요가 없을 것이다.
　적어도 얼굴에 검은 천 쪼가리를 뒤집어쓰고 대낮에 사람 사는 마을에서 검을 들고 설칠 자들은 없을 테니까. 문제는 마을까지 이어진 너른 평지를 어떻게 통과하느냐였다. 몸을 드러내는 순간, 적은 추산과 여인이 마을로 들어가는 것을 막기 위해 마지막 공격을 시도할 것이다.
　"그렇다고 언제까지 이 진 속에 들어앉아 있을 수는 없잖은가!"
　추산이 조그만 목소리로 투덜거렸다.
　복면인들의 추격을 뿌리치는 데에는 한계가 있었다. 결국 구룡봉을 벗어나지 못하고 마을이 보이는 숲의 끝 자락에서 겨우 복면인들의 눈을 피할 진을 펼칠 수 있었다. 진이야 자운 사부로부터 전수받은 것으로, 강호의 누구라도 추산과 여인을 발견할 수 없을 만큼 고절했다.
　그렇게 여인과 추산은 진 속에서 날이 새기를 기다리고 있었다. 옆에서는 여인이 추산의 얼굴을 빤히 바라보고 있었다.

"이보시오, 소저. 소저 생각은 어떻소?"

물론 대답을 기대하고 물은 것은 아니었다. 그저 답답한 마음에 긴장을 좀 풀어보려 물은 것뿐이었다.

"히히히!"

그리고 역시나 여인의 입에서는 기대했던 대답이 흘러나왔다. 귀소로.

"음, 알겠소. 좀 더 기다립시다. 마을 인근에 사람들이 나다닐 때까지는 기다리는 것이 좋단 말이지? 노름이든 싸움이든 본래 기다리는 자가 이길 확률이 크지."

추산은 마치 여인이 제대로 된 대답을 한 것처럼 대꾸를 하고는 그 자리에 벌렁 누워버렸다.

"좀 더 쉬도록 하자구. 한바탕 뜀박질을 하려면 잘 쉬어두어야 한다구."

그러자 여인도 추산의 곁에 벌렁 드러누웠다.

"원, 여자가 무슨 부끄러움을 몰라."

추산이 투덜거렸다. 하지만 미친 여자가 어찌 부끄러움을 알겠는가. 추산 역시 그 사실을 모르는 것은 아니었다. 단지 추산은 계속 입을 놀려 긴장을 좀 풀고자 했을 뿐이었다.

해가 완전히 세상을 장악했다. 그에 따라 사람들도 움직이기 시작했다. 멀리 보이는 마을을 빙 둘러 형성된 밭에 몇몇 사람들이 나와 일을 하기 시작했다. 더불어 구룡봉에서 마을로 이어지는 관도를 따라 사람들의 왕래도 시작됐다. 움직여야 할 시간이었다.

"얼마나 따라올 것 같아? 마을 앞 한 오십여 장 정도까지는 따라오겠지? 그럼 보자, 백오십 장인데… 우린 정말 죽을힘을 다해 뛰어야 해. 알겠지? 만약 뒤처진다면 난 당연히 널 두고 갈 거야. 명심해!"

추산의 경고에 여인이 겁을 먹은 표정으로 고개를 끄덕였다.

"어? 알아들었어?"

"히히히!"

"젠장, 말을 말자. 준비해!"

추산이 자리에서 벌떡 일어났다. 여인도 그에 질세라 몸을 일으켰다. 추산이 눈을 가늘게 뜨고 주변의 숲을 살폈다. 어디에도 사람의 인기척이 느껴지지 않았다.

'어쩌면 추격이 없을지도 몰라. 이것들이 하룻밤 동안 우릴 찾아 헤매다 발견하지 못하고 이미 구룡봉을 떠났을지도……'

하지만 그것이 헛된 기대란 것을 추산은 이미 알고 있었다. 그가 겪은 상대는 그리 허술한 자들이 아니었다. 무공도 무공이려니와 그 움직이는 모습에서 느껴지는 엄정함은 이전에 그가 알고 있던 무림인들과는 사뭇 다른 모습이었던 것이다.

"귀신같은 놈들!"

추산이 자신의 허벅지를 감싼 천 조각을 풀어 다시금 굳게 옭아맸다. 허벅지에 입은 상처에서 느껴지는 아련한 통증이 눈살을 찌푸리게 만들었다.

"사형만 만나봐라. 반드시 오늘 고생한 빚을 갚아줄 거다. 우리 고검 사형으로 말하자면, 사람들이 몰라서 그렇지 천하 제일의 무공을 지니고 있단 말씀이야. 천검 능운백의 제자 고검과 추산이 합치면 무서울 게 없느니라, 요놈들!"

추산이 새삼스레 복면인들에 대해 이를 갈며 검을 뽑아 든 후 가볍게 검끝으로 앞에 놓인 작은 나무토막을 쓰러뜨렸다. 그러자 갑자기 그를 감싸고 있던 풍경이 약간씩 틀어지는가 싶더니 이내 산 아래 평지로 곧게 이어진 산길이 드러났다.

"가자구!"

추산이 여인의 손을 잡아끌었다. 두 사람의 신형이 바람처럼 산을 타고 내려와 마을까지 이어진 평야로 접어들었다.

삐이이익!

두 사람의 뒤쪽에서 예의 그 신호음이 격렬하게 들려왔다.

"역시 기다리고 있었구나. 이제 죽고 사는 것은 오로지 두 발에 달렸구면."

추산이 복면인들의 신호음을 들으며 최대한의 공력을 끌어내 속력을 내기 시작했다. 추산에게 손목을 잡힌 여인 또한 뒤처지지 않고 추산을 따라붙었다. 비록 이지를 상실한 듯 보이는 그녀였지만 그녀 또한 본능적으로 자신이 처한 위기를 느끼고 있는 듯 보였다.

"서랏!"

날카롭고 차가운 음성이 추산의 귀를 때렸다. 보지 않아도

누가 지르는 소리인지 알 수 있는 경고성. 추산이 달리는 와중
에 피식 웃음을 흘려냈다.

“네놈들 같으면 이 와중에 서겠냐, 죽일 놈들아!”

한바탕 욕지거리를 쏟아내고는 시원한 듯한 표정을 지어 보
인 추산의 발걸음이 좀 더 빨라졌다. 그렇게 쫓기는 두 사람과
쫓는 다섯 사람의 추격전이 서안 인근 작은 마을을 목적지로
숨 가쁘게 펼쳐지기 시작했다.

“헤헤, 이렇게 가면 놈들에게 잡히지 않고 도착하겠는데?
보라구. 벌써 사람들이 우리에게 관심을 가지기 시작했잖아?”

적과의 간격은 좁혀지지 않았다. 대신 관도를 걷던 사람들
과 논밭에 나와 일을 하던 사람들이 어느새 하던 일을 멈추고
이 두 무리의 추격전을 바라보고 있었다. 마을까지의 거리는
이제 대략 백여 장. 오십여 장만 더 가면 마음을 놓을 수 있는
거리에 도착한다고 할 수 있었다.

“생포할 수 없다면 죽여라!”

순간 뒤쪽에서 차가운 음성이 들려왔다.

쉬이익!

동시에 파공음이 일어나며 몇 갈래의 강전이 추산과 여인의
등을 향해 무서운 속도로 발사됐다.

“그리 편하기만 한 길이 아닐 거란 건 알고 있었어!”

추산이 눈빛을 굳히며 걸음을 늦췄다. 그리곤 자신들 쪽으
로 다가오는 강전을 향해 검을 휘둘렀다.

우우웅!

잔뜩 진기를 머금은 검이 검기를 일으키며 맹렬하게 울어댔다.

따다당!

동시에 서너 개의 강전이 추산의 검에 막혀 사방으로 비산했다.

"웃! 무슨 놈의 화살이 이렇게 센 거야?"

추산이 서너 걸음 뒷걸음치며 중얼거렸다. 복면인들이 쏘아 낸 강전은 일반 화살보다 서너 배의 힘을 지니고 있었던 것이다. 그리고 그렇게 강전을 막아내는 사이, 화살을 날린 자들 이외에 추격을 계속하던 삼 인의 복면인이 십여 장 안쪽으로 거리를 좁혀들었다.

"다시 달리자구."

추산이 재빨리 몸을 돌려 여인을 이끌고 다시금 뛰기 시작했다. 최대한 끌어올린 공력 덕분에 발이 땅에 닿는가 싶은 순간 두 사람의 신형은 쏜살같이 앞으로 뻗어나가기 시작했다.

슈슈슉!

순간 다시 섬뜩한 파공음이 추산의 등 뒤에서 들려왔다.

"이런, 제길!"

추산의 신형이 허공으로 치솟더니 머리를 아래에 두고 옆으로 한 바퀴 회전했다. 동시에 그가 있던 공간에 대여섯 개의 암기가 날아와 박혔다.

"아이쿠야!"

추산이 땅 위로 내려서며 어깨를 감싸쥤다. 어깨를 감싸 쥔 그의 손가락 사이로 시뻘건 선혈이 흘러나왔다. 적이 쏘아 보낸 암기 중 하나가 그의 어깨에 박혀들었던 것이다. 다행히 치명상은 아니었지만 암기를 맞은 곳에서 느껴지는 통증은 불에 데인 듯 격렬했다.

"이것들이!"

추산의 눈이 분노에 휩싸였다. 추산이 어깨에 박힌 암기를 뽑아냈다. 암기를 빼낸 자리에서 쉬지 않고 피가 흘러나왔다. 그러나 추산은 흐르는 피에 아랑곳하지 않고 재빨리 몸을 날려 바닥에 박힌 암기들을 주워 들더니 이내 허공으로 솟구치며 자신을 향해 날아오는 세 명의 복면인을 향해 암기를 던져냈다.

"돌팔매라면 나도 어려서부터 다년간 익혀온 몸이다."

쉐애액!

추산의 손을 떠난 암기가 그를 향해 날아올 때보다 더 강한 파공음을 내며 삼 인의 복면인을 향해 날아갔다.

"헛!"

복면인들 사이에서 신음성이 흘러나왔다. 동시에 무섭게 날아오던 삼 인의 복면인 중 한 명이 땅 위에 나동그라졌다. 그리고 다른 한 명의 다리에서는 피가 솟구치고 있었고, 삼 인 중 오직 한 명만이 추산의 암기를 막아내고 추산을 향해 떨어져 내리고 있었다.

"기다리고 있었다."

추산이 자신 쪽으로 떨어져 내리는 복면인을 향해 사선으로 검을 그어댔다.

부앙!

한껏 진기를 머금은 추산의 검에서 굉음이 터져 나왔다.

쾅!

동시에 검과 검이 허공에서 격돌했다.

"웃!"

"음!"

추산과 복면인이 동시에 신음성을 흘려내며 각자 이삼 장 뒤로 물러났다. 그런데 바로 그때였다. 지금껏 진행되는 상황을 멀뚱히 지켜보던 여인이 갑자기 복면인을 향해 달려들었다.

"으흐흐!"

여인의 입에서 예의 그 귀곡성이 흘러나왔다.

"이런!"

순간 복면인의 입에서 다급한 음성이 흘러나왔다. 그는 추산의 검공에 내기가 흔들린 상태였기에 미처 여인의 공격을 막아낼 준비가 되어 있지 않았던 것이다.

그 순간 복면인을 공격하는 여인의 허리를 잘라오는 검이 있었다. 추산의 암기를 다리에 맞아 미처 앞선 동료를 따라붙지 못했던 복면인이 동료의 위급함을 보고 여인의 빈틈을 공격해 들어갔던 것이다.

하지만 여인은 자신이 목표로 한 복면인에 대한 공격을 멈추지 않았다. 마치 자신의 측면을 공격해 들어오는 복면인을 보지 못한 듯 여인은 추산과의 격돌로 흔들리는 복면인을 향해 돌진하는 것이었다.

"조심햇!"

추산의 입에서 다급한 경고성이 터져 나왔다. 그대로 둔다면 여인은 자신이 목표로 한 복면인을 벨 수 있을 테지만, 그 자신도 또 다른 복면인의 공격에 목숨을 잃을 것이 분명했던 것이다.

"하여간 멍청하기는!"

추산이 신경질적인 소리를 뱉어내며 들고 있던 검을 힘껏 전방을 향해 던져 냈다.

슈우욱!

추산의 검이 허공을 격하고 여인의 측면을 공격하는 복면인을 항해 날아갔다. 다행히 복면인은 여인만큼 무모하지 않았다. 복면인의 신형이 허공에서 빙글 돌았다. 동시에 자신을 향해 날아오는 추산의 검을 힘껏 내려쳤다.

깡!

"컥!"

동시에 두 개의 소음이 장내에 흘러나왔다.

"이런!"

추산의 검을 막아낸 복면인이 십여 걸음 뒤로 물러나며 낭패한 음성을 흘려냈다. 추산의 검을 막는 동안 여인의 공격을 받은 복면인은 속절없이 쓰러지고 말았던 것이다.

"호호호!"

　자신이 목표로 한 복면인을 쓰러뜨린 여인은 거기에 만족하지 않고 다시 추산의 검을 막아낸 복면인을 향해 공격해 들어갔다.

　"결코 살아가지 못할 것이다!"

　순간 복면인이 차가운 경고성을 흘려내더니 훌쩍 몸을 날려 뒤에 남아 강전을 쏘아댔던 동료들을 향해 재빨리 물러났다.

　"우물거릴 시간 없어. 우리도 가자구."

　추산이 땅에 떨어진 검을 집어 들고는 재빨리 여인의 손목을 낚아챘다. 그리고는 순식간에 몸을 날려 마을을 향해 달려가기 시작했다.

　더 이상의 추격은 없었다. 멀리서 추산과 여인이 마을로 들어서는 것을 본 복면인들은 두 사람의 신형이 마을 속으로 사라지자 이내 몸을 돌려 구룡봉으로 되돌아갔다.

　"아이구, 아파라. 아파 죽겠네."

　마을로 들어선 추산이 적의 추격이 없는 것을 확인하고는 암기에 맞았던 어깨를 손으로 누르며 죽는소리를 해댔다.

　"어흐흐……."

　그러자 여인이 겁먹은 얼굴을 하고 추산의 상처를 만지려 했다.

　"참나, 사람 죽일 때는 눈 하나 깜짝 안 하던 사람이 뭐가 무섭다고 그래? 걱정 마, 난 괜찮으니까. 먼저 의원이라도 찾아가서 금창약이라도 사서 바른 후 아침 요기를 하자구."

　추산이 여인의 손목을 잡아끌었다.

"히히히!"

추산이 괜찮은 것을 확인해서인지 여인이 이번에는 웃음을 흘려냈다.

"그렇게 웃지 좀 마. 누가 보면 귀신인 줄 알겠어. 어, 그리고 아침을 먹은 후에는 네 옷도 좀 사보자구. 이 동네는 멀리서 볼 땐 작은 것 같더니 들어오고 보니 제법 큰걸? 웬만한 물건은 모두 구할 수 있겠어. 제길, 이 추산이 오늘 거금을 쓰게 생겼군. 본시 난 내 수중에 들어온 돈은 밖으로 내보내지 않는 사람인데……."

투덜거리는 추산의 눈에 멀리 허름한 의원이 들어왔다.

"음, 저기 있군. 가자구. 제발 네가 돈이 좀 되는 사람이길 바랄 뿐이다. 사형이 이곳으로 오고 있고, 사형과 동행하는 사람들이 북천무맹의 사람들이라면 넌 제법 돈이 될 사람일 거야. 머리에 헝겊 뒤집어쓴 놈들이 네가 그들을 만나는 걸 원치 않는 것을 보면 넌 아마도 북천무맹과 연관이 있겠지. 그렇다면 난 그들로부터 널 구해온 대가를 충분히 받을 수 있을 거야. 흐흐흐, 가끔은 큰돈을 벌기 위해 투자도 해야 하는 법이지."

추산은 흐뭇한 웃음을 흘려내며 의원으로 들어섰다.

第十章

고검추산(孤劍秋山)

孤劍秋山

　한 대의 마차와 십여 필의 말이 힘차게 관도를 질주하고 있었다. 마차는 네 마리 말이 끄는 대형 마차로 십여 명의 인원은 너끈히 타고 남을 만큼 컸다.

　마차의 뒤를 따르는 십여 필의 말에는 동일한 복장을 한 사람들이 타고 있었는데, 그들의 왼쪽 가슴에는 검은 실로 '무맹(武盟)' 이란 글자가 선명하게 새겨져 있었다.

　열어놓은 창을 통해 시원한 가을바람이 밀려들어 왔다. 멀리 보이는 산야는 홍엽으로 가득했다.

　'녀석, 뭘 하고 있을까? 지금쯤 승천공(昇天功)은 완성했는지……. 삼 년 전 봤을 때 벌써 상당한 경지에 올라 있었는데……. 내 자신의 자질에 대해 나름대로 자신감이 있었는데

추산 그 녀석에 비하면 난 아무것도 아닌 듯 생각되니…….'

창을 통해 들어오는 바람에 머리칼을 휘날리며 고검은 추산을 생각하고 있었다. 천하를 가득 채운 가을 단풍 때문인지도 몰랐다.

그런 고검의 모습을 두 사람의 시선이 주시하고 있었다. 한 사람은 북천십이룡 중 천가장의 장자인 천검성이었고, 또 다른 한 사람은 북천십이룡 은하장의 대제자 두산산이었다. 두 사람은 꽤 오랫동안 고검을 주시했지만 고검은 자신만의 생각에 빠져 미처 두 사람의 시선을 눈치 채지 못하고 있었다.

"장주."

고검의 옆에 있던 대웅산이 낮은 목소리로 고검을 부르며 손으로 그의 옆구리를 쿡 찔렀다.

"뭐냐?"

고검이 그런 대웅산을 뜨악한 표정으로 바라봤다.

"저기……."

대웅산이 시선은 딴 데다 둔 채 고갯짓으로 천검성과 두산산을 가리켰다. 대웅산의 고갯짓을 따라 시선을 돌리던 고검이 두 사람과 눈이 마주쳤다.

"두 분, 무슨 하실 말이라도……."

고검이 그제야 두 사람이 자신을 보고 있었다는 것을 눈치 채고는 두 사람에게 물었다.

"아니올시다. 고 장주의 모습이 하도 운치가 있어서 그만 나도 모르게 시선을 빼앗겼소이다."

“보기 좋네요.”

천검성의 대답에 두산산이 거들었다. 본시 무림의 여인이란 남녀 간의 내외를 잘 하지 않는 법이었다. 그래서인지 두산산이 보기 좋다고 건넨 말도 별 의미가 없는 듯 느껴졌다.

“두 여협께서도 고 장주께 반하신 모양입니다.”

천검성이 농담 비슷하게 말하자 두산산이 고개를 끄덕였다.

“무인으로서 반하지 않을 수가 있나요? 그동안 강호에 떠도는 무불장의 명성을 그저 소문이려니 하고 내심 인정하지 않고 있었는데 이번에 무불장 고수 분들의 신위를 보니 소문이 사실임을 알 수 있더군요. 특히 고 장주의 무공은 마치 천검 능운백 노사를 뵙는 듯한 느낌이었습니다.”

“사부님의 무공을 보신 적 있으신가요?”

고검이 두산산을 보며 물었다.

“제가 아주 어릴 때 은하장이 있는 북경 인근에 오셨던 천검 노사를 뵌 적이 있습니다. 특히 당시 노사께서 선보이신 검공은 제가 검을 들게 된 큰 동기가 되었지요.”

“사부님의 검공을 보셨다니 제 무공이 사부님의 발끝도 따라가지 못함을 아시겠군요.”

그러자 두산산이 고개를 저었다.

“글쎄요. 제가 보기에는 당시의 천검 노사 수준에는 이미 오르신 것 같은데……”

“사부께서는 그 너머에 계시지요.”

그러자 천검성이 가볍게 한탄을 흘려냈다.

"아, 천하의 후기지수들이 모두 강호팔대고수를 목표로 고
련을 하고 있건만 그분들은 우리 후배들이 간 것의 배는 더 앞
서 나가는구려. 아마 평생 그분들을 따라잡기는 어려울 거외
다."

"하지만 강호는 언제나 새로운 강자들로 채워지게 마련이
지요. 앞선 사람은 언젠가는 가게 마련이고……."

세 사람의 대화를 듣고 있던 왕민이 미소를 지으며 입을 열
었다. 왕민이 대화에 끼어들자 천검성이 왕민과 다른 무불장
의 고수들을 돌아보며 말했다.

"전 이번에 무불장의 고수 분들께 큰 감명을 받았습니다. 그
간 보인 실례가 무안해지는군요."

사과를 건네며 천검성이 가볍게 고개를 숙여 보였다.

"본시 권력을 가지고 있는 사람은 자신의 실수를 잘 인정하
지 못하는 법이지요. 만약 천하를 움직일 힘을 가지고 있으면
서 스스로의 잘못을 인정하고 바로잡을 줄 아는 사람이 있다
면 그런 사람은 천하의 주인이 될 자격을 갖추었다고 할 수 있
을 겁니다. 제가 본 북천무맹의 고수 분들이 바로 그런 분들이
아닐까 생각합니다."

왕민이 정색을 하며 말하자 천검성이 다시 고개를 숙여 보
였다.

"그간의 무례를 덮고 오히려 칭찬을 해주시니 더욱 부끄러
울 뿐입니다."

"하하, 정말 그렇게 생각하신다면 앞으로 우리 무불장을 많

이 이용해 주시기 바랍니다.”

“당연히 언제든 어려운 일이 있으면 무불장을 찾겠습니다.”

그러자 왕민이 고검을 보며 말했다.

“이보시오, 장주. 우린 오늘 또 한 사람의 단골을 얻은 것 같소이다. 이렇게 단골을 늘려 나가면 우린 곧 천하의 갑부가 될 거요.”

“물론 그렇긴 합니다만, 일단 눈앞의 일부터 해결해야 되지 않겠습니까?”

고검이 희미한 미소를 지으며 대답했다.

“그렇긴 하구려. 생각보다 큰일이구려. 혹 우리가 모르는 뭔가가 이 일에 관련되어 있습니까?”

왕민이 천검성을 보며 물었다. 그러자 천검성이 고개를 저었다.

“그렇지 않습니다. 이 일은 사실 저희들도 정보가 별로 없습니다. 보름 전 마혼령에서 본 맹의 후기지수들이 갑자기 사라져 버린 이유를 본 맹에서도 추측하기 어려운 상황입니다. 서안에서 활동하는 본 맹의 고수들이 그간 어떤 정보를 확보했기를 바랄 뿐입니다.”

“그들은 아마도 제법 단단히 준비를 한 모양이외다. 우리의 움직임이 비록 완전히 비밀에 붙여진 것은 아니나 그렇다고 드러내 놓고 서안으로 온 것도 아닌데 우리가 탄 상선을 정확히 찾아내 일을 꾸민 것을 보면 말이외다.”

하북팽가의 팽업이 천검성의 말을 받았다.

"천하사패를 상대로 일을 꾸민 자들이외다. 만만치 않은 자들일 거요."

천검성이 대답했다.

"그런데 과연 그런 자들을 상대로 무불장의 고수 분들만으로 실종된 사람들을 찾아올 수 있겠습니까? 물론 무불장의 고수 분들의 능력이야 이 사람도 이 두 눈으로 보았지만 말이외다."

팽업이 걱정스런 눈으로 고검을 바라봤다. 그리고 말은 안 했지만 그런 의구심은 천검성이나 두산산도 마찬가지였다. 비록 무불장의 다섯 고수가 뛰어난 능력을 지니고 있다 하더라도 단 다섯 명이서 암중에 북천무맹의 고수들을 납치한 자들을 상대할 수 있을 것인가? 장내에 그렇다고 답할 사람은 아무도 없었다.

"만약 그들이 살아 있다면 어떤 방법으로든 그들을 데려올 수 있을 겁니다. 물론 그때는 서패천의 경계에서 북천무맹 고수 분들의 도움이 필요할 겁니다. 하지만 내가 걱정하는 것은 그것이 아니라 과연 우리가 도착했을 때 실종된 사람들이 살아 있을까 하는 것입니다."

고검이 마음속에 있는 말을 꺼냈다.

"아, 그것은… 그것은 하늘의 뜻에 맡겨야겠지요. 그중에는 나의 동생도 포함되어 있으니……."

"내가 보기엔 그들이 꼭 살아 있을 것 같소만……."

대웅산이 말했다.

"왜 그렇게 생각하느냐?"

"생각해 보시우, 형님. 천하사패에 속한 고수들을 아무 이유 없이 그냥 죽여 버리는 자들이 있겠수? 무슨 목적이 있어서 벌인 일일 텐데… 목적이 있다면 목적을 달성할 때까지 살려두지 않겠수?"

"글쎄다. 별로 설득력이 없는 말이구나. 원한이란 것으로 설명하면 죽이지 않을 이유도 없다."

"원한? 아, 그렇구려. 역시 난 멍청해. 강호에서 일어나는 사건의 태반은 과거의 혈원에 기인하고 그 끝은 언제나 피를 보는 것인데 말이우. 하긴 북천무맹에 원한이 있는 자들이 어디 한둘이겠수?"

대웅산의 말에 천검성이 씁쓸한 미소를 지으며 수긍했다.

"북천무맹뿐 아니라 천하사패의 군림은 결국 수많은 혈원을 쌓으며 이룩된 거지요."

"천하사패뿐 아니라 강호무림 자체가 그 원한에 의해 돌아가는 세상이지요. 덕분에 우리 같은 청부업자들이 먹고사는 것이고. 그나저나 혹 실종된 일행에게 특별히 귀중하거나 중요한 물건이라도 있었습니까? 누군가 노릴 만한……. 그런 것이 없었다면 정말 원한이 원인일 수도……."

왕민이 천검성을 보며 물었다. 그러자 천검성이 문득 창밖으로 시선을 돌렸다. 창밖에는 애초에 일행을 따라온 북천무맹의 고수 일곱과 벽하진에서 합류한 고수 세 명이 말을 몰며 마차를 호위하고 있었다.

'인솔자가 따로 있었던가?

고검의 눈에 이채가 서렸다. 천검성이 왕민의 질문에 대한 답변의 가부를 마차 밖에서 이동하고 있는 고수들 중 한 명에게 눈으로 물었던 것이다.

고검의 시선이 자연스럽게 천검성을 따라 창밖으로 향했다. 말을 타고 이동하던 북천무맹 고수 중 냉막한 인상의 오십대 중반의 사내가 천검성의 눈빛을 대하자 가볍게 고개를 끄덕였다.

'누구지? 상선에서 황룡무적단과 싸울 때에도 전면에 나서지 않았던 것 같은데……'

천검성에게 고개를 끄덕인 사내는 그동안 천검성과 다른 세 명의 북천십이룡 후기지수들을 수행하는 인물로 묻혀 있던 인물이었다. 어쨌거나 천검성은 상대가 고개를 끄덕여 답변을 허락하자 이내 왕민을 보며 말했다.

"그들은 우리 세 사람의 형제자매들이니 당연히 우리가 찾아야 하는 사람들입니다. 해서 우리가 이번 출행에 동행한 것이지요. 하지만 북천무맹의 입장에서도 그들을 반드시 찾아야 하는 이유가 있습니다. 그들의 수중에는 금 일만 냥의 전표가 있지요."

"헉! 금 일만 냥!"

대웅산이 화들짝 놀라 소리를 내질렀다.

"그렇소이다. 그들은 금 일만 냥을 지니고 있었소."

"아니, 강호를 유람하는 데 금 일만 냥씩이나 가지고 다닐 이유가 뭐가 있었소이까?"

대웅산이 이해가 가지 않는다는 듯 물었다. 그러자 고검이 대웅산의 말을 가로막았다.

"그 이상의 이야기는 천 대협도 답하기 어려울 것이다. 단지 그분들이 단순히 강호 유람을 하기 위해 서패천의 지역으로 들어간 것은 아닌 것이 분명하구려."

"사정을 보아주니 고맙소. 고 장주의 말처럼 그들은 모종의 임무를 띠고 강호행에 나선 것이었소이다. 금 일만 냥은 그 일을 하기 위한 자금이었지요. 하지만 지금 우리에겐 금 일만 냥을 가지고 그들이 하려던 일이 문제가 아니오."

"그보다 더 중한 것이 있소이까?"

"휴… 이건 정말 말하기 어렵구려. 하지만 어차피 우리만 알고 있어서 될 일이 아니니 말씀드리리다. 그들에게는 서패천 지역에서 활동하는 본 맹 고수들의 명단이 적힌 연판장이 있소이다."

순간 무불장 고수들이 모두 놀란 눈으로 천검성을 바라봤다. 서패천 지역에서 활동하고 있는 고수들의 연판장. 그것이 사실이라면 그것은 금 일만 냥보다 수십 배는 더 가치가 있는 물건이었다.

"우린 반드시 그 물건을 회수해야 하오. 물론 그 물건이 아직 서패천의 손에 들어가지 않았다는 것을 전제로 말이오."

"일을 꾸민 자들이 서패천이 아니라고 말할 수 있습니까? 정황상 실종된 분들은 서패천에게도 무척 중요한 정보를 지닌 사람들인데…….”

“그렇지 않기를 바랄 뿐이오. 만약 서패천이 감행한 일이라면 무림은 정말 큰 혼란에 빠지게 될 거외다. 서패천 지역의 고수를 모두 잃는다면 북천무맹으로서는 서패천을 공격하지 않을 수 없을 거외다. 서패천 지역에 있는 본 맹 고수들이 소멸된다면 정세는 본 맹에 절대적으로 불리해질 것이고, 본 맹은 앉아서 사패에서 제외되는 상황을 두고 보지는 않을 거외다.”

“전쟁이 일어나겠군요.”

“아마 사패는 삼패나 혹은 이패, 아니면… 누군가의 손에 들어가게 되겠지요.”

“무림이 시산혈해(屍山血海)로 변하겠군요.”

“그건 우리 무불장의 영업에도 좋지 않은데…….”

문득 말이 없던 조오현이 입을 열었다.

“아니, 천하가 혼란에 빠지면 장사가 더 잘될 텐데 뭐가 좋지 않다는 겁니까?”

대웅산이 이해할 수 없다는 듯 물었다.

“적당한 혼란이야 일거리가 많아져 좋겠지만 사패가 충돌하는 전쟁이 발생하면 큰 일거리는 없을 걸세. 어차피 시작된 전쟁, 자파의 힘으로 모든 은원을 해결하려 할 테니 말이야. 우리 무불장에서 그동안 수행한 청부 중 금자 오백 냥이 넘는 청부는 대부분 천하사패에서 나왔다는 것을 생각하게.”

“듣고 보니 그렇군요. 그렇다고 우리가 청부업을 때려치우고 사패의 싸움에 용병이 될 것도 아니고. 이거, 벌 수 있을 때 많이 벌어둬야겠는데요, 편히 앉아서 싸움 구경이나 하려면?"

대웅산이 넉살을 떨었다.

"그런데 서패천에서 무맹의 고수들을 제압했을 가능성은 얼마나 되오이까?"

고검이 본론으로 돌아와 천검성에게 물었다.

"우린 한 가지 사실을 주목하고 있소이다."

천검성의 말에 다시금 무불장 고수들의 시선이 그에게 모아졌다.

"본 맹의 고수들이 실종된 이후 서패천에 어떤 변화도 일어나지 않았다는 사실 말입니다. 서패천 지역에서 활동하는 본 맹의 고수들 또한 전과 다름없이 활동하고 있습니다."

"저들이 일부러 때를 기다리는 것이라면?"

"물론 그럴 수도 있지만 개중에는 당장 손을 대야 하는 곳도 있지요. 그런데 서패천은 조용합니다. 따라서 우린 서패천이 이 일을 벌인 자들이 아닐 거란 기대를 하는 거외다."

그때 창문 밖에서 무감정한 목소리가 흘러들어 왔다.

"방금 전 자네의 추측을 좀 더 확신할 수 있는 전갈이 들어왔네."

말을 타고 이동하는 북천무맹 고수들의 우두머리가 건넨 말이었다.

"소식이라면……?"

"서패천에 들어가 있는 세작의 보고에 의하면 일단의 서패천 고수들이 마혼령을 향해 출발했다고 하네.”

“그렇다면……?”

“그들도 이제야 그 아이들이 마혼령 근처에서 실종된 사실을 알게 된 것이지. 그리고 그들은 지금부터 그 아이들을 확보하기 위해 움직일 걸세.”

“경쟁자가 생겼군요.”

“만약 그들이 그 연판장에 대해 알게 된다면… 그때는 경쟁 정도가 아니라 작은 전쟁이 될 걸세.”

“준비를 해야겠군요.”

그러자 갑자기 마차 밖의 사내가 고검을 불렀다.

“고 장주!”

“말씀하시지요.”

“난 북천무맹 묵천성의 단주 고화룡이오.”

순간 고검의 눈이 가늘어졌다. 그 가늘어진 눈 속에서 기광이 흘러나왔다.

‘북천무맹 묵천성의 단주라……. 정말 거물이 움직였군. 풍도 어른이 그저 청부만 맡긴 채 무맹으로 복귀한 이유를 알겠군. 이런 거물이 동행한다면 당연히 풍도 어르신까지 나설 필요는 없었겠지.’

북천무맹 묵천성의 명성은 강호제일이라 할 수 있었다. 그러면서도 묵천성은 철저히 장막에 가려져 있었다. 북천무맹에서 시도한 은밀한 행사는 반드시 묵천성의 손에 의해 이루어진다. 추적과 암살의 대가들. 일백오십 명 단원 전원이 강호절정고수의 반열에 올라 있고, 또한 살수를 능가하는 은잠술과 살법을 익히고 있다고 알려진 조직. 그 묵천성의 수장을 만나는 것은 그러하기에 염라대왕을 만나는 것보다 어렵다고 했던가?

그런데 그 묵천성의 수장 고화룡이 지난 며칠간 줄곧 자신을 숨기고 무불장의 고수들과 함께 여행하고 있었던 것이다.

"뵙게 되어 영광입니다."

한참 후에 고검의 입에서 흘러나온 말이다. 고검의 목소리는 약간 기분이 상한 듯 건조했다.

"미리 신분을 밝히지 못한 점 사과하네."

다시 한 번 고검의 눈이 가늘어졌다. 대북천무맹 묵천성의 우두머리치고는 너무 쉽게 자신의 잘못을 시인한다.

'원하는 게 있다는 말이군.'

고검은 지그시 눈을 감았다. 어쩌면 일은 생각보다 어려울 수도 있었다. 서패천이 움직였다면 무불장의 고수들이 상대해야 할 집단이 너무 많았다. 북천무맹의 고수들을 납치한 자들과 서패천의 고수들, 그리고 어쩌면 지금 동행하고 있는 북천무맹의 고수들도 무불장이 이 청부를 완성시키는 데 방해가 될지 몰랐다.

"묵천성의 움직임은 북천무맹 내에서도 아는 사람이 적다고 하더군요. 신분을 밝히시지 않은 것은 이해합니다. 또한 이번 일은 확실히 묵천성이 은밀히 움직일 만큼 중요한 일이기도 하고요. 그런데 묵천성도 마혼령에 들어가는 것입니까?"

"마혼령의 동쪽으로 오십여 리 떨어진 곳에 양화촌이라는 산골 마을이 있네. 산골 마을치고는 제법 큰 곳이지. 본 맹은 그곳에서 장주와 무불장의 고수들을 기다리겠네. 단……."

고화룡이 말꼬리를 흐렸다.

고검이 시선을 돌려 고화룡의 눈을 정면으로 바라봤다. 두 사람의 시선이 허공에서 맹렬히 부딪쳤다.

"단, 연판장이 서패천의 손에 들어간다면 우린 즉시 마혼령으로 출격할 걸세."

절대 연판장을 서패천의 손에 넘기지 않겠다는 의미였다. 그러자 고검이 고소를 지었다.

"그것은 저희 무불장이 상관할 바가 아니군요. 저희들이 맡은 청부는 실종된 사람들을 찾는 것이니 말입니다. 연판장이 누구의 것이 되든 무불장은 관여치 않겠습니다."

그러자 고화룡이 고개를 끄덕였다.

"물론 무불장에 청부한 사항은 그들을 찾아오는 것이지. 그런데… 지금 청부 내용을 추가하거나 변경하는 것은 어떤가?"

"어떻게 말입니까?"

"그들을 찾아오는 것에 더해 연판장까지 찾아오는 것으로."

그러자 고검이 즉시 고개를 저었다.

"불가합니다."

"이유는? 청부금이라면 약속한 것의 배를 줄 수 있네."

"대가의 문제는 아닙니다. 단지 연판장을 회수하는 청부는 우리 무불장이 지나치게 무림의 일에 깊게 관여되는 일이기 때문입니다. 아시다시피 무불장의 청부는 항상 사패의 균형을 깨지 않는 선에서 이루어져 왔습니다. 사부님이나 저나 무불장이 무림의 판세에 영향을 미치는 것을 원치 않습니다."

"결국은 서패천의 고수들과 충돌하는 것이 싫다는 말이군."

"가능하다면 그들을 피할 생각입니다."

그러자 고화룡이 묵묵히 고개를 끄덕였다.

"알겠네. 더 이상 욕심내지 않겠네. 실종된 사람들을 찾는 것에 매진해 주시게. 대신 그들을 찾게 되면 즉시 우리에게 연락을 해주시게."

"설마… 그들이 발견되면 직접 마혼령으로 진입하실 생각입니까?"

"경우에 따라서는."

"일이 무척 커질 겁니다."

"그래 봐야 연판장을 잃는 것보다는 커지지 않을 걸세. 겨우 국지전 정도나 벌어지겠지. 뭐, 그 정도는 감수해야 하지 않겠는가?"

고화룡의 대답이 단호했다. 고검이 천천히 고개를 끄덕였다.

"알겠습니다. 사람들을 발견하는 즉시 연락을 드리지요. 가능하면 연판장의 유무도 함께 말입니다."

"고맙네. 그럼 여행들 즐기시게."

말을 마친 고화룡이 천천히 마차에서 멀어져 갔다. 고화룡이 멀어진 후에도 고검은 한참 동안 깊은 생각에 잠겨 있었다. 그런 그가 생각하기를 멈추고 고개를 들자 기다렸다는 듯 천검성이 입을 열었다.

"미안하외다, 고 장주. 묵천성의 움직임은 나라도 입에 올릴 수 없는 것이기에……."

그러자 고검이 고개를 저었다.

"신경 쓰지 마십시오. 처음부터 이런 일에 묵천성이 움직이지 않는 것을 의아하게 생각하고 있었소이다. 그런데 역시 움직였구려. 천 대협의 입장은 충분히 이해할 수 있소이다."

"그렇게 말해주니 고맙소이다."

고검이 천검성을 보며 가볍게 미소를 지어 보인 후 다시 시선을 창밖으로 돌렸다. 어느새 단풍이 어둠에 묻히고 있었다. 서안까지는 하룻길이 남아 있었고, 마차는 밤을 새워 달릴 예정이었다.

한 마리 괴조(怪鳥)가 어두운 밤하늘로 솟구쳤다. 새는 발목에 작은 전서를 달고 있었는데, 일단 허공으로 솟아오르자 사람들이 사는 거대한 성읍을 가로질러 동쪽으로 향했다.

그렇게 한 시진을 날은 괴조가 어느 순간 땅으로 꽂혀 내리는가 싶더니 어느새 한 사람의 팔 위에 내려앉았다.

"도문의 설상시라……."

고화룡의 안면이 씰룩였다. 그의 손에 들린 전서에서 한 사람의 이름을 확인한 후에 보인 반응이었다.

"어쩌면 일이 쉽게 풀릴 수도 있겠군. 일단 설상지 그 아이를 그들의 손에서 지켜내야 하겠지만."

고화룡이 품속에서 기름종이를 꺼내 들더니 품속에 넣고 다니던 세필(細筆)을 꺼내 깨알 같은 글씨로 종이에 글을 적어 내려갔다. 그러더니 이내 종이를 돌돌 말아 새의 다리에 달려 있는 전서구 통에 넣고는 다시 괴조를 어두운 밤하늘로 날려 올렸다. 새는 고화룡과 마차 위를 한 바퀴 돌더니 이내 자신이 날아온 방향을 향해 사라졌다.

"무슨 일입니까?"

마차 안에서 천검성의 목소리가 들려왔다.

"자고 있지 않았던가?"

"일찍 깼습니다."

"아직 아침이 되려면 멀었는데……."

"잠이 오지 않는군요."

"걱정한다고 자네의 동생과 실종된 사람들이 돌아오는 것은 아닐세. 쉴 수 있을 때 쉬어두는 게 좋아. 이제 곧 움직여야 할 듯하니……."

"무슨 일이 있군요?"

"도문의 설상지가 발견되었다는군."

순간 어둠 속에서 천검성의 눈빛이 번쩍였다.

"살아 있답니까?"

"살아 있다네."

"좋은 소식이군요."

"일단 생존자가 있다니 좋은 소식이랄 수 있지. 하지만 좋지 않은 소식도 있다네."

"뭡니까?"

"일단은 눈에 띈 사람이 설상지 한 명뿐이라는 것이고, 두 번째는 그녀가 누군가에게 쫓기고 있다는군. 물론 조력자도 한 명 있는 듯하지만……."

"조력자라면?"

"정체는 아직 모르네. 그런데 설상지를 쫓는 자들의 기세가 심상치 않다는 거야."

"어디서 발견되었답니까?"

"서안 서북쪽 용창현이라는군. 서안으로 향하고 있다네."

"일단 한숨 돌렸겠군요."

"그렇지. 사람들이 사는 곳에 들어섰으니 낮에는 공격하기 힘들 테고… 오늘 밤이 고비일 듯하네. 내일 아침 정도면 우리도 서안에 도착해 있을 것이고… 연락은 해두었네. 서안에 정주하고 있는 고수들이 나설 걸세."

"자칫하면 서안의 본 맹 고수들의 정체가 고스란히 드러날 수도 있습니다."

"물론 그렇긴 하지만 지금은 설상지를 지키는 게 더 중요하네. 그 아이로부터 이 사건의 실마리를 풀 수 있을 테니까."

"알겠습니다. 정말 쉬어두어야겠군요."

"그게 좋을 걸세."

고화룡이 마차에서 멀어졌다. 마차는 안에 탄 사람들이 잠을 잘 수 있을 만큼 천천히 움직이고 있었다. 하지만 비록 늦게 움직이고는 있어도 끊임없이 서안을 향해 전진하고 있었다.

“좋은 소식이군요.”

막 천검성이 마차 벽에 등을 기대려 할 때 문득 고검의 목소리가 들려왔다.

“깨어 있었소?”

“두 분의 대화에 잠이 깨었소이다. 덕분에 좋은 소식을 들었군요.”

“그녀가 지켜졌을 때의 일이지 않겠소?”

“그렇겠지요. 이렇게 되고 보니 왜 그들이 상선을 공격했는지 짐작이 가외다.”

“맞소이다. 그들은 우리가 설 소저와 만나는 것을 원치 않았던 것이오. 우리가 도착하기 전 설 소저를 제거하기 위해 시간이 필요했을 거요.”

“결과적으로는 비긴 셈이군. 그들은 우리의 걸음을 늦추었지만 하루 정도밖에는 늦추지 못했으니…….”

“승부는 서안에서 나지 않겠소?”

“그러자면 단주의 말처럼 휴식이 필요한 시간이외다.”

고검의 말을 끝으로 마차는 다시 침묵에 빠져들었다.

*   *   *

‘이건 뭔가 이상하군.’

추산이 몸을 낮추며 생각했다. 초저녁부터 쏘아대던 은밀한 살기가 어느 순간부터 격렬한 기파를 쏟아내고 있었던 것이다. 그런데도 불구하고 적의 공격은 없었다.

용창현이라 불리는 마을로부터 서안성에 이르는 관도 주변에는 적지 않은 민가들이 늘어서 있었으므로 낮에는 별반 위험 없이 서안을 향해 움직일 수 있었다. 하지만 어둠이 찾아들자 위험은 또다시 추산과 여인을 위협했다.

의원에 들러 상처를 치료하고 이곳저곳 해진 비참한 몰골의 여인을 여염집 아름다운 규수로 탈바꿈시키느라 허비한 시간 때문에 용창현을 떠난 것은 정오가 지난 이후의 일이었다.

'어쩌면 그게 실수였는지도 몰라. 치료고 뭐고 바로 서안으로 향했어야 하는 건데……'

적의 기세가 다시 느껴졌을 때 추산은 용창현에서 너무 여유를 부린 것을 후회했다. 관도 옆으로 하나둘씩 늘어선 민가는 밤이 되자 두 사람의 도피에 그렇게 큰 도움이 되지 못했다.

그런데 도움은 의외의 곳으로부터 찾아왔다. 밤이 깊기를 기다려 공격할 요량인지 추격만 할 뿐 공격을 하지 않던 적들의 기세가 한순간 격렬해지더니 이내 추격의 시선이 중간중간 끊기기 시작했던 것이다.

'분명 누군가 우릴 도와주는 것 같은데……. 에라, 모르겠다. 누군지 나중에 인사하기로 하고 일단은 먼저 도망가는 게 상책이다.'

추산이 여인의 손목을 잡고 관도를 달리기 시작했다.

한줄기 섬뜩한 살기가 추산의 등에 와 닿았다.

"젠장!"

자신도 모르는 사이에 추산의 입에서 욕설이 흘러나왔다. 동시에 허리춤에서 검이 뽑혀져 나오더니 이내 그의 신형이 한 바퀴 핑그르르 돌며 무서운 속도로 검을 휘저었다.

차창!

두 개의 강전이 추산의 검에 튕겨져 나갔다.

창!

바로 옆에서 광녀 또한 하나의 화살을 튕겨내고 있었다. 그리곤 또 거짓말처럼 공격이 멎었다. 화살을 날린 곳에서 들려오는 소리로 보건대 누군가가 화살을 날린 자들과 일대 격전을 벌이고 있는 것이 분명해 보였다.

"막아주려면 제대로 좀 막아주지. 이렇게 간간이 화살이나 암기 세례를 받는 게 더 골치 아프단 말씀이야."

화살이 날아온 방향을 보며 투덜거린 추산이 이내 고개를 돌려 동쪽 밤하늘을 바라봤다. 멀리 거대한 성벽이 어둠 속에 웅크리고 있었고, 그 위로 성안에서 흘러나오는 불빛이 아련하게 번져 나오고 있었다.

"이제 다 왔는데 말씀이야. 우린 도대체 어디로 가야 하는 거요, 낭자?"

추산이 장난스레 여인을 보며 물었다.

"히히히!"

그러자 그 모습이 우스운지 여인이 괴소를 흘려냈다.

"제길, 제대로 된 답이 나올 리 만무하지. 도대체 저 넓은 서안 어디에서 사형을 찾는단 말인가?"

서안으로 향한 것은 적에게 들은 말 때문이었다. 북천무맹의 고수들과 무불장의 고수들이 서안으로 향했다는 말. 그 말에 추산과 여인의 목적지가 되어버린 서안이었다.

그런데 막상 눈앞에 서안이 나타나자 오히려 추산은 갈 곳을 잃어버렸다. 사형과 무불장의 고수들이 서안에 머물고 있다 하더라도 도대체 그들을 어디서 찾아야 할지 알 수가 없는 추산이었다.

그런데 바로 그때였다. 갑자기 추산이 검을 들어 올려 자신의 좌측을 향해 매서운 일초를 전개했다.

깡!

검과 검이 부딪치며 불꽃이 튀어 올랐다. 그런데 다음 순간, 다시 예상치 못한 일이 추산을 찾아왔다.

"적이 아니오."

상대가 갑자기 검끝을 땅을 향해 내리며 말했다.

"적이 아니라면 친구란 말이오?"

"그렇소. 지금까지 저들의 공격으로부터 그대와 설 여협을 지킨 사람 중 하나요."

"설 여협?"

추산이 고개를 갸웃거렸다. 그러자 어둠 속에서 모습을 드러낸 사십대 사내가 추산과 함께 온 여인에게로 시선을 돌렸다.

"아는 사람이야?"

추산이 여인을 보며 묻자 여인은 대답 대신 추산의 곁으로 다가섰다. 그러자 추산이 재빨리 검을 들어 여인과 자신의 앞을 가로막았다.

"미안하게도 난 당신이 우리의 적인지 친군지 확신이 안 서는군요."

"설 여협, 절 모르겠습니까? 지난번 서안을 지나가실 때 뵈었던 손무락입니다."

사내가 자신을 못 알아보는 여인을 이상한 눈으로 보며 자신의 신분을 밝혔다. 그러나 여인은 추산의 뒤에 숨어 멀뚱멀뚱 사내를 바라볼 뿐 어떤 반응도 보이지 않았다.

"이 여자… 미쳤소이다."

추산이 사내를 보며 말하자 사내가 당황한 듯 되물었다.

"지금 뭐라고 했소?"

"이 여자, 미쳤다고 했소."

"그, 그게 정말이오?"

"그럼 내가 이 마당에 헛소리나 하고 있겠소? 이봐, 그렇지?"

추산이 여인을 보며 묻자 그녀는 예의 그 귀소를 흘려냈다.

"이히히!"

그러면서 추산의 곁으로 더욱 바싹 달라붙는 것이었다.

"이럴 수가, 이럴 수가 있나? 설 여협이 실성을 하다니……."

그러자 이번에는 추산이 의심 어린 표정으로 질문을 던졌다.

"정말 이 여인을 아는 것이오?"

그러자 사내가 크게 고개를 끄덕였다.

"물론 난 그분을 잘 알고 있소. 그분은 바로 북천무맹 북천 십이룡의 한 가문인 도문의 삼제자이신 설상지 여협이시오."

순간 이번에는 추산이 퍼뜩 놀랐다. 설연장에서만 살아온 그지만 북천무맹의 중추 세력인 북천십이룡에 대해선 익히 들어 알고 있었기 때문이다.

"도문의 설상지라고요?"

"그렇소. 그분은 분명 도문의 삼제자이신 설상지 여협이시오."

그러자 놀란 눈으로 설상지와 손무락이라 자신의 이름을 밝힌 사내를 번갈아 보던 추산이 갑자기 입가에 희미한 미소를 지었다.

"흐흐, 그 말이 사실이라면 난 정말 큰 건수를 올린 것이군. 북천십이룡의 도문이라면 그 대가가 적지 않을 거야. 으하하! 이거 하산 후 첫 일치고는 제법 묵직한걸."

갑작스런 추산의 변화에 손무락이 경계의 빛을 보이며 물었다.

"그런데 소협은 누구시오? 어떻게 설 여협을 만나시게 된 것이오?"

그러자 추산이 손무락을 보며 말했다.

"음, 당신의 신분이 확실치 않은 상황에서 내가 어찌 내 이름을 함부로 말하겠소."

"아직도 날 믿지 못하는 것이오?"

손무락이 답답하다는 듯 되물었다.

"뭐, 돌다리도 두드려 보고 건너자는 거지요. 그나저나 북천무맹에서 이 서안으로 사람들이 왔다고 들었소만……."

그러자 손무락이 화들짝 놀라며 물었다.

"아니, 그 사실은 또 어떻게 알았소?"

"우릴 쫓던 자들이 하는 말을 들었소."

"음, 역시 보통 놈들이 아니군. 단주께서 오는 길에 기습을 당했다고 하더니만……."

"설마 기습을 당해 누가 죽거나 하진 않았겠지요?"

추산이 북천무맹의 고수들과 동행하고 있을 무불장 식구들이 걱정되어 얼른 되물었다.

"물론 상한 사람은 없소. 대신 단주의 일정이 하루 정도 늦춰졌을 뿐이오. 그렇지 않다면 벌써 이곳에 도착해서 당신과 설 여협을 만나고 계실 거요."

"그럼 아직 도착하지 않은 것이오?"

"새벽쯤 당도하실 것이오."

"새벽이라……. 아직 한 시진 정도 남았군."

"자, 날 따라오시오. 본 맹의 거처로 이동하다 보면 새벽이 될 거요. 그곳에서 그분들을 기다리도록 합시다. 어쩌면 그분들이 먼저 와 계실지도 모르오."

"아니, 이것 참, 이렇게 무턱대고 따라가면 안 되는데……."

그러면서도 추산은 여인의 손목을 끌고 사내를 따라나서고 있었다. 하지만 미처 북천무맹의 본거지에 당도하기도 전에 심각한 상황이 추산을 찾아왔다.

단 한 명의 복면인. 하지만 추산은 지금껏 그를 따라왔던 수 많은 복면인보다도 홀로 자신들 삼 인의 앞을 가로막은 눈앞 의 복면인이 훨씬 강하고 위험한 인물이라는 것을 단번에 알 아챌 수 있었다.

'고수다!'

추산의 심장이 가쁘게 뛰기 시작했다. 얼추 새벽이 가까워진 시각. 북천무맹의 서안 본거지가 눈에 보이는 거리에 있었다.

"생각보다 젊군. 본 전의 추격을 뿌리치고 이곳까지 온 자라 기에 노련한 강호고수일 줄 알았는데……."

복면인이 추산을 보며 중얼거렸다.

'제길, 대답할 엄두조차 나지 않는군.'

추산은 상대의 기세에 질식할 듯한 압박감을 느끼고 있었다.

─저기 보이는 곳이 본 맹의 서안 근거지요. 설 여협을 데리 고 먼저 가시오. 뒤는 내가 맡겠소.

불현듯 들려오는 전음에 추산이 손무락을 바라봤다. 그러자 손무락이 가볍게 고개를 끄덕였다.

'자존심 상하지만 어쩔 수 없다. 일단 실고 봐야 하지 않겠 는가? 어줍잖은 영웅심이란 항상 목숨을 위태롭게 하는 법이 지. 이 추산은 그렇게 어리석지 않아.'

추산도 손무락에게 마주 고개를 끄덕였다. 어차피 북천무맹 의 일이었다. 손무락이 희생하는 것이 옳았다. 설상지라 밝혀 진 여인을 포기한다면 상대가 아무리 고수라도 자신의 몸 하나쯤 빼내는 건 자신있는 추산이었다. 그러니까 손무락의 희생은 자신이 아닌 설상지를 위한 것이었다.

"조심하세요."

추산의 입에서 오랜만에 나이에 걸맞는 소리가 흘러나왔다.

"설 여협을 부탁하네."

손무락은 추산에게 말을 건네면서도 시선은 복면인에게로 향해 있었다. 그리고 세 사람이 동시에 움직였다. 추산과 설상지는 멀리 보이는 북천무맹 서안 본거지를 향해, 그리고 손무락은 길을 가로막고 있는 복면인을 향해…….

차창!

오 장여를 전진했을 때 첫 번째 격돌음이 들렸다.

"음!"

십여 장을 달려왔을 때 손무락의 신음성이 들렸다.

"큭!"

다시 십여 장을 전진했을 때 손무락의 숨 끊어지는 소리가 들려왔다. 추산은 자신도 모르게 고개를 돌렸다. 멀리 복면인의 검에 쓰러지는 손무락의 모습이 눈에 들어왔다.

"제길, 내 잘못이 아니오, 당신이 북천무맹의 녹을 먹고사는 사람인 게 잘못이지."

추산은 손무락의 죽음을 접하고는 가슴 한쪽에 치솟는 싸늘한 울분을 그런 식으로 풀어냈다.

"나중에 내가 좀 더 강해지면 기회를 봐서 꼭 빚을 갚아주리다. 암전(暗箭)이라는 놈들, 오늘 상대를 잘못 골랐어!"

추산의 이가 부드득 갈렸다. 하지만 지금은 도주할 때였다. 손무락을 베어 넘긴 복면인이 추산과 설상지를 향해 무서운 속도로 날아오고 있었다.

"제길, 복수는커녕 잘못하면 나도 저승에 가게 생겼네."

추산이 설상지의 손을 이끌며 최대한 공력을 끌어올렸다. 그야말로 젖 먹던 힘까지 쏟아내야 하는 상황. 덕분에 복면인이 추산을 오 장 안까지 추격했을 때 추산은 북천무맹의 서안 본거지 정문 앞으로 뛰어들고 있었다.

"죽어랏!"

순간 복면인의 입에서 한마디 노성이 터지더니 추산과 설상지의 머리 위로 검은 그림자가 떠올랐다. 그리고 다음 순간, 먹이를 노리는 독수리마냥 복면인이 두 사람을 향해 폭사했다. 그 빠름과 강력함. 추산은 정신이 아득해짐을 느꼈다. 도저히 피할 수 없는 적의 공격이었다.

'이렇게 젊은 나이에 죽는 거야?

추산이 자신의 죽음을 예상하며 더 이상 도주하지 않고 신형을 돌려 복면인을 향해 마주 검을 뻗어냈다. 하지만 도저히 복면인의 검에 대항할 엄두가 나지 않는 반격이었다.

"까짓, 죽고 만다."

추산이 이를 악물었다. 그리곤 자신의 검에 전신의 공력을 실었다. 그런데 바로 그때였다.

"죽기는 왜 죽느냐, 이 녀석아!"

추산의 귀로 익숙한 목소리가 들려왔다.

“사형?”

추산이 상대의 공격을 앞에 두고도 고개를 돌려 목소리가 들려온 쪽으로 시선을 주었다. 그의 시선에 쏘아진 화살처럼 날아오는 검은 인영. 그러나 무척 익숙한 형체의 인물이 들어왔다.

“사형!”

추산이 다시금 탄성을 질러냈다.

순간 고검이 추산의 신형을 스치고 지나갔다. 그리곤 추산과 설상지를 향해 전율적인 일격을 가해오는 복면인에게 부딪쳐 갔다.

쿠쿠쿵!

지축을 뒤흔드는 충돌음. 동시에 한순간 사방을 밝게 비추는 불꽃이 두 사람 사이에서 일어났다.

“너… 닌 누구냐?”

복면인의 입에서 의혹에 가득 찬 말이 흘러나왔다.

“무불장의 고검이라 하지. 그리고 당신에게 쫓기던 녀석의 사형이기도 하고.”

고검이 마검을 거둬들이며 담담한 음색으로 대답했다. 동시에 복면인의 신형이 땅 위에 쓰러져 내렸다.

『고검추산』 제1권 끝

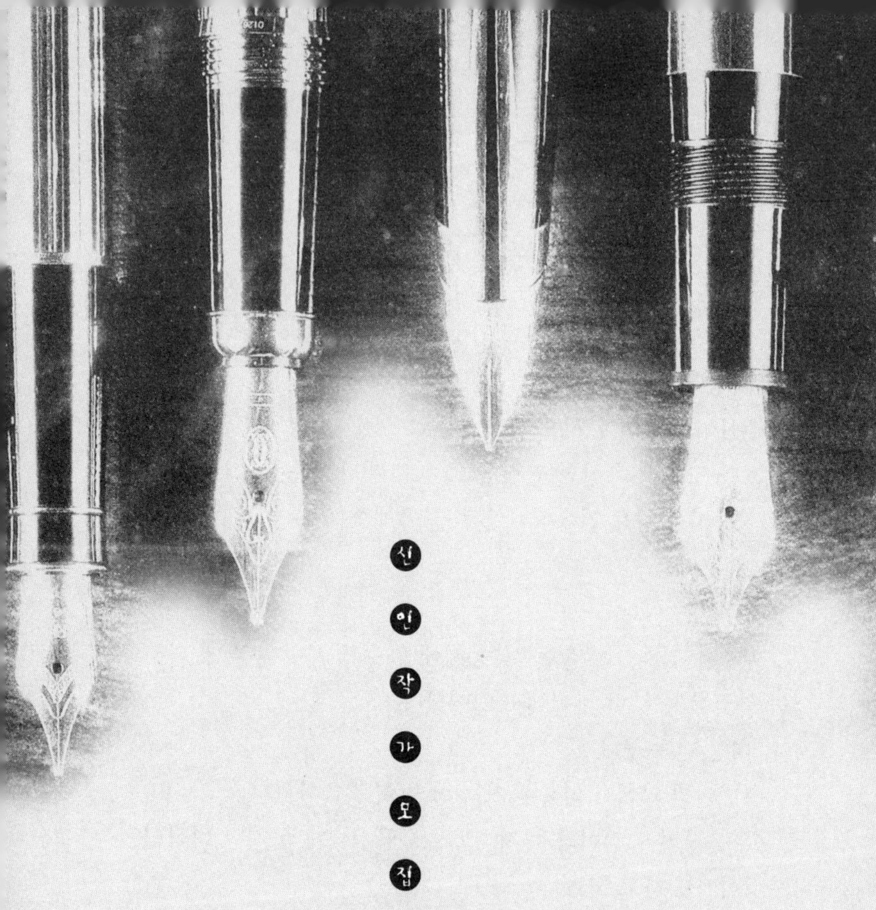